Julia – Eine Frau gibt nicht auf

Janette Oke

Julia-

Eine Frau gibt nicht auf

Weltbild

Die amerikanische Originalausgabe erschien unter dem Titel
Julia's Last Hope im Verlag Bethany House Publishers, Minneapolis

Besuchen Sie uns in Internet:
www.weltbild.de

Genehmigte Lizenzausgabe für
Verlagsgruppe Weltbild GmbH, Augsburg

Übersetzung: Beate Peter
Umschlaggestaltung: Studio Höpfner-Thoma, München
Umschlagmotiv: Victor Gaudino/Agentur Schlück, Garbsen
Satz: Quark XPress im Verlag
Druck und Bindung: Oldenbourg Taschenbuch GmbH
Printed in Germany
ISBN 3-8289-7056-7

2005 2004 2003 2002
Die letzte Jahreszahl gibt die aktuelle Lizenzausgabe an

Eine schlechte Nachricht

Niemand im ganzen Haus hatte damit gerechnet. Julia Harrigan saß gerade im Ostsalon; den Rücken hatte sie den warmen Strahlen der Morgensonne zugewandt. Wieder hatte sich ein herrlicher Frühlingstag angekündigt. Julia summte leise, während sie an dem Saum einer neuen Tischdecke nähte. Sie mußte lächeln, als sie den glatten Stoff betrachtete, der zwischen ihren Fingern entlangglitt. Es war feinstes Leinen, aus England importiert. Julia besaß einen Sinn für Qualität.

Im Eßzimmer sang Hettie mit ihrer warmen, wohlklingenden Stimme. Sie war gerade dabei, den Frühstückstisch abzuräumen.

Ein leises Knarren auf der Veranda verriet Julia, daß ihre beiden Töchter dort auf der Holzbank schaukelten. Sie malte sich aus, wie die Morgensonne in dem goldblonden Haar der beiden spielte und wie sich die Falten der weiten, rüschenbesetzten Mädchenröcke über das weißlackierte Holz breiteten. Dann verstummte die Schaukelbank, und Julia hörte Schritte auf der Veranda. Plaudernd und lachend suchten sich die beiden Schwestern eine neue Beschäftigung.

Wieder lächelte Julia. Das Leben war schön. Gott hatte sie reich gesegnet.

»Papa war im Irrtum«, flüsterte sie und schob die Nadel mit Nachdruck durch den Stoff. »John Harrigan ist sehr wohl dazu in der Lage, mir ein Leben zu bieten, wie ich es von früher gewohnt bin!«

Bei dem Gedanken an die Sorgen ihres Vaters hätte Julia beinahe gelacht. Sie ließ ihren Blick durch den Raum schweifen. Ein gelbes Blumenmuster zierte die Tapeten im Ostsalon. Die weichen Polster auf den weißen Korbmöbeln waren mit gelbem Chintz bezogen. Alles in diesem Raum zeugte von gutem Geschmack und gehobenen Verhältnissen.

Hinter der hohen Doppeltür glänzte das polierte Holz der Walnußmöbel im Eßzimmer. Der Boden dort war mit einem weichen, kunstvoll geknüpften Teppich bedeckt, und auf dem Tisch stand noch das feine Porzellan.

Von der hellen, weitläufigen Diele führte eine Wendeltreppe zum oberen Stockwerk, wo sich die geräumigen Schlafzimmer befanden. An den Wänden der Diele hing eine Reihe von Landschaftsgemälden, die Frieden und Harmonie ausstrahlten.

Das ganze Haus war von einer ruhigen, beinahe andächtigen Atmosphäre erfüllt. Julia hatte immer von einem Heim geträumt, das sowohl seinen Bewohnern als auch den Gästen ein Gefühl von Geborgenheit vermittelte. John kannte sie gut genug, um ihr immer wieder Gelegenheiten zu verschaffen, die Einrichtung auf eine solch ruhevolle Atmosphäre abzustimmen.

Julia stammte aus dem Osten Kanadas. Sie hatte die besten Schulen besucht und war zu einer sanftmütigen jungen Frau erzogen worden. Doch als sie John Harrigan kennengelernt hatte, einen breitschultrigen Mann aus dem Westen, hatte sie nicht gezögert, ihre Wahl sehr energisch kundzutun. Selbst ihr Vater war über die eiserne Entschlossenheit überrascht gewesen, mit der die zarte Julia aufgetreten war.

»Ihn und keinen anderen will ich heiraten«, hatte sie beharrt.

»Denk doch mal nach, Mädchen!« hatte ihr Vater sie zurechtgewiesen. »Du bist an ein zivilisiertes Dasein gewöhnt. Du glaubst doch nicht im Ernst, daß dieser rauhbeinige Hinterwäldler dir so etwas bieten kann!«

»Das ist mir ganz egal«, hatte sie ihm widersprochen. »Das

Leben besteht schließlich nicht nur aus Kaffeekränzchen und Seidenkleidern!«

»Sehr richtig. Es gibt auch Armut und Not und hungrige, in Lumpen gekleidete Kinder. Aber ich möchte nicht, daß meine Tochter so etwas erleben muß!«

Schließlich hatte sie sich aufs Flehen verlegt.

»Ach, Papa, bitte! Schick ihn doch nicht fort! Ich lebe lieber bescheiden, aber dafür mit John, als in einem riesigen Palast mit einem Mann, den ich nicht liebe!«

Endlich hatte ihr Vater nachgegeben, wenn auch nur widerwillig.

»Ich bin nur froh, daß deine liebe Mama das nicht mehr erleben mußte«, hatte er ihr nach der Hochzeit beim Abschiedskuß ins Ohr geflüstert. »Sie hätte mir niemals verziehen!« Sein tiefes Seufzen verriet Julia, wie schwer es ihm fiel, sie in den Westen ziehen zu lassen.

»Komm uns doch einmal besuchen, Papa«, hatte sie ihn eindringlich gebeten. »Ich schreibe dir, sobald wir uns eingerichtet haben.« Dabei drückte sie ihm einen dicken Kuß auf die Wange, wo die Tränen eine feuchte Spur hinterlassen hatten.

Kurz darauf war sie mit John in den Westen gezogen. Ihre neue Heimat war ein entlegenes Bergdorf in den Rocky Mountains, wo John eine Arbeitsstelle als Vorarbeiter eines großen Sägewerks angenommen hatte.

Julia ließ ihre Handarbeit sinken und dachte an die ersten Jahre ihrer Ehe zurück. Es war wahrlich keine leichte Zeit gewesen, weder für sie noch für John. Heute war sie froh, daß ihr Vater damals darauf verzichtet hatte, die Reise in den Westen auf sich zu nehmen, um sie zu besuchen.

Doch dann hatte ihr Leben eine unerwartete Wende genommen. Johns Onkel war pflegebedürftig geworden und hatte sich bei dem jungen Ehepaar einquartiert. Onkel George war in den Wäldern des Westens aufgewachsen. Er war immer ein sonderbarer Kauz gewesen, dem jegliche Manieren fehlten, und Julia hatte sich in seiner Gegenwart nie so recht wohl gefühlt. Aber er war schließlich Johns Onkel, und als er krank geworden war, hatte Julia ihm das Gästezimmer des kleinen Hauses angeboten, in dem sie mit ihrem Mann zur Miete wohnte.

In den Monaten bis zu seinem Tod hatte Julia ihre Meinung über Onkel George gründlich geändert. Bei dem schlichten Begräbnis weinte sie mehr als alle anderen Trauernden, die sich auf dem kleinen Friedhof eingefunden hatten. Sie würde Onkel George schmerzlich vermissen; das wußte sie genau. Während der Zeit, in der sie ihn gepflegt hatte, war er ihr ans Herz gewachsen.

»Du darfst dich nicht so furchtbar grämen«, hatte John sie gewarnt und seinen Arm um ihre Schulter gelegt. »In deinem Zustand mußt du dich besonders in acht nehmen.«

Julia blickte auf ihren gewölbten Leib hinab. Weil sie ihrem ungeborenen Kind auf keinen Fall Schaden zufügen wollte, zwang sie sich dazu, mit dem Weinen aufzuhören. Sie richtete sich auf und schneuzte in ihr Leinentaschentuch.

»Er wird mir fehlen«, sagte sie leise. »Er hatte ein Herz aus Gold!«

»Ich hätte es nie für möglich gehalten, daß du einmal so über Onkel George sprechen würdest«, schmunzelte John. »›Ungehobelt‹ hast du ihn damals genannt. Weißt du noch, wie sehr du dich vor seiner schlagfertigen Art und seiner spitzen Zunge gefürchtet hast?« John zog sie an sich. »Aber Onkel George steckte voller Überraschungen, nicht wahr? Hinter seiner rauhen Schale war ein guter Kern verborgen. Ich glaube, wir werden ihn beide sehr vermissen.«

Und dann geschah etwas völlig Unerwartetes. Der alte Trapper, Goldgräber, Holzfäller und Erzsucher mußte irgendwo und irgendwann auf ein riesiges Vermögen gestoßen sein. Jedenfalls fand sich in seinem Nachlaß ein Bankkonto mit einem enormen Geldbetrag. Es stellte sich heraus, daß das Geld aus dem Erlös einer Goldader stammte, die er entdeckt hatte. Niemand hatte etwas davon geahnt, bis John und Julia nach seinem Tod erfuhren, daß er ihnen den gesamten Betrag hinterlassen hatte – »als Dank für alle Liebe, mit der ihr einen alten Querulanten wie mich bei euch aufgenommen habt.«

Julia war zu Tränen gerührt. John nahm die Nachricht von der Erbschaft eher nüchtern zur Kenntnis. Er verlor keine Zeit, um Julia ein Haus zu bauen, genauso, wie sie es sich schon immer gewünscht und zweifellos auch verdient hatte.

John scheute weder Kosten noch Mühe. Als das Haus einzugsbereit war, waren zwar die Geldreserven aufgebraucht, aber Julia konnte nun ein fürstliches Haus ihr eigen nennen, das einzige am Ort, das über fließendes Wasser und sogar einen Generator zur Stromerzeugung verfügte.

Noch vor dem Einzug hatte sich der Nachwuchs der Familie eingestellt. Das Baby, auf das sich John und Julia so sehr gefreut hatten, war ein Mädchen, das seine Zwillingsschwester gleich mitgebracht hatte. Julia war außer sich vor Freude. Sie selbst war als Einzelkind aufgewachsen. Sie konnte sich kein größeres Geschenk vorstellen, das man einem Kind machen konnte, als ihm einen Spielgefährten mit auf den Lebensweg zu geben.

»Die beiden werden einander die besten Freundinnen sein!« jubelte sie. »Wir werden unsere Freude an ihnen haben! Ob sie einander wohl sehr ähnlich sein werden?«

John betrachtete seine schlafenden Töchter. Das eine Mädchen – Felicitas hatten sie es genannt – regte sich im Schlaf. Sie ruderte mit der winzigen Faust, bis sie ihr kleines rosa Mündchen damit gefunden hatte. Unbeholfen lutschte sie daran herum und verzog das Gesicht zu einer Grimasse, als ihr die Hand von den Lippen glitt.

Jennifer, das andere Baby, lag friedlich daneben und schlief.

»Ich glaube, sie werden sich ziemlich deutlich voneinander unterscheiden«, meinte John mit einem Lächeln. »Schau sie dir nur an. Sie legen ja schon jetzt ein grundverschiedenes Wesen an den Tag!«

»So ist es auch besser, findest du nicht? Es käme mir ein wenig unheimlich vor, ein und dasselbe Kind in doppelter Ausführung aufzuziehen. Ach John, glaubst du, daß wir ihnen gute Eltern sein können?«

»Mit Gottes Hilfe werden wir es schon schaffen, die beiden großzukriegen«, sagte John zuversichtlich.

Die Jahre vergingen wie im Flug in dem großen, hell gestrichenen Haus. Der kleine Ort um das Sägewerk veränderte sich kaum. Hin und wieder zog jemand fort oder neu zu, je nach Ertragslage des Sägewerks. Die meisten Einwohner von Calder Springs lebten schon seit vielen Jahren hier und fühlten sich wohl.

Die morgendliche Routine der Harrigans war tagein, tagaus die gleiche. John ging um sechs Uhr fünfzehn aus dem Haus und kehrte um halb sechs abends von der Arbeit zurück.

Es wäre Julia niemals in den Sinn gekommen, von Calder Springs fortzuziehen. Sie hatte sich an das Leben in der kleinen Stadt gewöhnt: an den scharfen, beißenden Wind, der im Winter von den verschneiten Hängen herunterwehte, den dichten Herbstnebel, die feinen grünen Farbtupfer, die sich mit der ersten Frühlingswärme über die Hänge zogen, und das geschäftige Treiben an einem Sommermorgen. Selbst den säuerlichen Geruch aus den Schloten mochte sie nicht missen.

John hatte einen angemessenen Platz für die Villa ausgewählt. Das Haus lag nahe genug bei der Stadt, so daß Julia bei gutem Wetter zu Fuß dort einkaufen gehen konnte, doch zugleich weit genug entfernt von dem Staub und Lärm des Sägewerks. So konnte sie die Ruhe und Abgeschiedenheit genießen, die sie sich immer gewünscht hatte.

Die Stadt bot nicht viel an Abwechslung, aber Julia hatte ohnehin noch nie viel Geschäftigkeit gebraucht, um glücklich zu sein. Julia und John waren beide in ihrer Kirchengemeinde aktiv; dazu nahmen sie hin und wieder an einem gesellschaftlichen Ereignis in der Stadt teil. Damit waren die beiden vollauf ausgefüllt und zufrieden.

Julias Glaube war schlicht, aber tief. John hatte noch nie jemanden kennengelernt, der sein Leben so völlig Gott ausgeliefert hatte wie Julia. Das Vertrauen, das sie zu ihrem Erlöser hatte, war beinahe das eines Kindes. Wie stolz John auf seine Frau war, konnte man seinem Blick entnehmen, wenn er sie ansah und ihr zulächelte. Und das tat er unzählige Male am Tag.

Die Stadtbewohner entwickelten eine Art von Besitzerstolz, was die Harrigans betraf, gerade so, als sei die Familie in dem stattlichen Haus ein Eigentum der Stadt. Ihr vornehmes Leben verlieh dem ganzen Ort einen Hauch von Eleganz. »Da drüben wohnen die Harrigans«, belehrten die Leute von Calder Springs jeden Neuankömmling, der es hören wollte. »Direkt dort hinten am Ende des Weges. Feine Leute, die Harrigans. Frau Harrigan ist eine elegante Dame – gebildet, aber ganz und gar nicht eingebildet! Grüßt einen auf der Straße, als wär's das Normalste der Welt. Lädt sogar die Frauen hier zum Tee ein. Nette Leute, wirklich!«

Manche Frau mochte Julia Harrigan um ihre zarten Spitzenvorhänge und die weichen, kostbaren Teppiche beneidet haben, aber es gab eigentlich niemanden, der Mißgunst hegte. Julia prahlte nicht mit ihrem Besitz, so daß man ihr Überheblichkeit wirklich nicht vorwerfen konnte.

Julia fädelte ihre Nadel neu ein und durchtrennte dann den feinen Faden mit ihren Zähnen.

»Liebe Güte!« flüsterte sie. »Habe ich's denn schon wieder vergessen?«

John hatte sie davor gewarnt, den Faden einfach abzubeißen. Womöglich würde sie ihre Zähne dadurch beschädigen, hatte er gemeint. Trotz der besten Vorsätze vergaß Julia die Schere aber meistens, bis es zu spät war.

Ein wenig schuldbewußt rutschte sie auf ihrem Stuhl hin und her und gönnte sich dann einen Blick aus dem Fenster. Es war ein wunderschöner Tag. Am besten nahm sie die Mädchen zum Einkaufen mit.

Bevor Julia den Leinenstoff aus der Hand legen konnte, hörte sie jemanden durch die Diele gehen. Sie horchte auf und erschrak, als sie die Schritte ihres Mannes erkannte. John mußte um diese Zeit eigentlich im Sägewerk sein.

Julia sah auf die Wanduhr. Zwanzig Minuten vor acht. Was konnte nur geschehen sein? Sie ließ den Stoff auf die Couch gleiten und wollte aufstehen. Bevor sie sich aber richtig erhoben hatte, stand ihr Mann schon im Zimmer.

Julia sah ihn an. Auf einmal verspürte sie Angst.

»John! Du bist doch nicht krank, oder?«

Er starrte sie so ausdruckslos an, daß sie nicht sicher war, ob er ihre Frage überhaupt verstanden hatte. Dann schüttelte er langsam den Kopf und lehnte sich müde an einen Stuhl.

Julia sah sein aschfahles Gesicht an. Sie wollte auf ihn zugehen, aber ihre Füße gehorchten ihr nicht.

Er schüttelte noch immer den Kopf.

»Nein, nein. Ich bin nicht krank«, sagte er, doch der Klang seiner Stimme war alles andere als beruhigend.

»Warum bist du dann nach Hause gekommen – noch so früh am Morgen?« fragte Julia.

»Man hat uns fortgeschickt. Alle. Heute morgen wurden

wir zu einer Sonderversammlung gerufen. Die Betriebsleitung hat eine Ankündigung verlesen. Dann sind wir allesamt nach Hause geschickt worden.«

Julia begriff kein Wort. Sie langte nach dem Leinenstoff. Vielleicht würde das kühle, glatte Gewebe sie wieder in die Wirklichkeit zurückversetzen.

John fuhr sich mit der Hand durch das dunkelbraune Haar.

»Er sieht müde aus«, dachte Julia plötzlich und fragte sich, warum ihr das nur nicht eher aufgefallen war. »Er braucht Urlaub. Er hat ja viel zu hart gearbeitet!« Und noch bevor sie ihm ihre Gedanken mitteilen konnte, hob John den Kopf und sah ihr direkt in die Augen. In seinem Blick stand die Bitte um Verständnis, als er ihr die Hiobsbotschaft überbrachte:

»Das Sägewerk soll stillgelegt werden.«

Ein Herz und eine Seele

»Ach Feli! Rede doch nicht so albern daher!« ermahnte Jennifer ihre Schwester sanft und sah sie aus ihren tiefblauen Augen fast flehend an.

»Du bist die einzige, die es albern findet, über Jungen zu reden«, entgegnete Felicitas mit einem schelmischen Kichern. »Alle Mädchen in der Schule ...«

»Die Mädchen in der Schule sind genauso albern!« fiel ihr Jennifer ins Wort. Sie errötete leicht. »Du weißt genau, daß Mama es nicht ausstehen kann, wenn wir ...«

Felicitas strich sich eine blonde Locke aus dem Gesicht. »Unsinn! So weltfremd ist Mama doch gar nicht! Bestimmt hat sie als Schulmädchen auch über Jungen ...«

»Hör auf damit!« rief Jennifer, und ihre Wangen röteten sich noch heftiger. »Mama war von Anfang an eine feine Dame, und ...«

»Aber feine Damen reden auch über Jungen – oder Männer, besser gesagt. Du bildest dir nur ein, daß so etwas verboten ist«, beharrte Felicitas ungeduldig.

»Ich habe nie behauptet, daß es verboten ist«, verteidigte Jennifer sich.

»Du tust aber so, als wär's das! Immer wenn jemand von einem Jungen spricht, schimpfst du entweder los, oder du wechselst das Thema. Die anderen Mädchen meinen alle ...«

»Was meinen die anderen Mädchen?« fragte Jennifer. Sie war entschlossen, auch den Rest des angefangenen Satzes herauszufinden. Die Augen des hübsch gekleideten Mädchens verengten sich. Die Wende, die die Unterhaltung genommen hatte, gefiel ihr nicht.

Felicitas senkte den Blick und zupfte an einer Rüsche ihres weiten Rocks. Jetzt wünschte sie sich, sie hätte die Bemerkung gar nicht erst gemacht.

»Na?« drängte Jennifer. »Was denken die Mädchen? Daß ich von gestern bin? Eingebildet? Hochnäsig?«

Felicitas' Kopf fuhr in die Höhe. Wenn die Mädchen in der Schule auch nur eine Andeutung in dieser Richtung gemacht hätten, dann hätte sie ihre Zwillingsschwester leidenschaftlich in Schutz genommen.

»Nein! Doch nicht so was! Sie finden halt nur, daß du ... daß du ziemlich still bist.«

»Still?«

»Ja, still.«

»Still?« wiederholte Jennifer die Anklage verwundert.

Wieder nickte Felicitas und zupfte weiter an ihrer Rüsche herum.

»Und was soll daran so schlimm sein?« fragte Jennifer.

»Nichts. Gar nichts«, antwortete Felicitas hastig.

»Warum haben sie dann an mir was auszusetzen?«

»Einfach nur, weil es seltsam ist für ein Mädchen in deinem Alter, dauernd so still zu sein.«

Jennifer dachte über den Vorwurf nach. Vielleicht war sie tatsächlich etwas zu still für ihr Alter. Aber die meisten Dinge, über die sich die anderen Mädchen unterhielten, interessierten sie einfach nicht, und an Bemerkungen, die unter den übrigen Mädchen regelrechte Lachsalven auslösten, konnte sie überhaupt nichts Witziges finden ... Nachdem sie eine Weile überlegt hatte, zuckte Jennifer mit ihren schmalen Schultern.

»Vielleicht bin ich wirklich ein bißchen komisch«, sagte sie leise.

»Bist du gar nicht! Du magst nur keine Jungen«, tröstete Felicitas sie mit einem versöhnlichen Rippenstoß. »Noch nicht!« fügte sie verschmitzt hinzu.

Jennifers Kopf fuhr herum, das Kinn trotzig in die Luft gestreckt.

»Ich mag Jungen sehr wohl!« gab sie zurück. »Ich sehe nur nicht ein, warum man albern über sie reden und kichern soll!«

Felicitas zuckte mit den Achseln. Die ganze Unterhaltung führte zu nichts. Außerdem mochte sie es nicht, in die Enge getrieben zu werden. Ihre innere Rastlosigkeit trieb sie dazu, sich mit dem Fuß von dem Verandaboden abzustoßen und die Schaukelbank in Schwung zu versetzen. Für ihren Geschmack war das Schaukeln bisher viel zu langsam vor sich gegangen.

»Was meinst du: Ob Mama uns wohl den grünen Organza für neue Sonntagskleider kauft?« fragte sie.

Jennifer war an die Launen ihrer Schwester gewöhnt, und daß Felicitas oft riesige Gedankensprünge vollführte, war ihr nichts Neues. Mühelos folgte sie dem Richtungswechsel.

»Ach, hoffentlich!« sagte sie mit leuchtenden Augen und streckte auch ihren Fuß aus, um beim Anschwung mitzuhelfen. »So eine hübsche Farbe habe ich noch nie gesehen!«

»Blau steht uns aber eigentlich besser«, stellte Felicitas fest und zog an einer ihrer langen Haarsträhnen.

Jennifer nickte. Felicitas hatte recht. Aber das Grün war so hübsch, von einem so satten Ton, und schließlich besaßen die beiden schon eine ganze Reihe von blauen Kleidern.

»Ob Mama uns heute mit in die Stadt nimmt?« fragte Felicitas, und schon allein bei dem Gedanken strahlte ihr Gesicht. »Es ist ein so wunderbarer Morgen!«

Nun bekam Jennifer große Augen, aber dann legte sie Felicitas eine Hand auf den Arm, als ob sie ihre Schwester damit von einem Ansturm auf den Ostsalon abhalten wollte.

»Mama säumt gerade die neue Tischdecke«, erinnerte sie Felicitas. »Sie möchte sie bis zum Sonntag fertig haben, wenn der Pfarrer mit seiner Familie zum Essen kommt.«

Felicitas seufzte. Es wäre nicht recht von ihr, von Mama zu verlangen, daß sie ihre Arbeit ruhen ließe, nur um den grünen Stoff zu kaufen.

»Und was machen wir jetzt?« fragte Felicitas mit einer Spur von Langeweile in der Stimme.

»Zum Beispiel könnten wir unser Zimmer aufräumen«, schlug Jennifer vor und warf ihrer Schwester einen Seitenblick zu.

»Das haben wir doch schon längst!« stöhnte Felicitas.

»Wir haben unsere Siebensachen vom Fußboden aufgehoben und die Betten gemacht«, berichtigte Jennifer sie, »aber du weißt selbst, wie es in unserem Schrank aussieht, und außerdem hat Mama gesagt ...«

»Ach, Mensch!« rief Felicitas. »Warum hast du bloß damit angefangen?«

»Weil es immer noch nicht erledigt ist«, bemängelte Jennifer.

»Daß deine Schrankhälfte so aussieht, als wäre sie noch nie benutzt worden, braucht noch lange nicht zu bedeuten, daß ...«

»Das kommt daher, weil ich sie jeden Tag in Ordnung halte«, belehrte Jennifer sie. »Und du könntest es genauso machen, wenn du dir nur die Zeit dazu nehmen würdest!«

»Zeit!« polterte Felicitas. »Wer hat schon Zeit, um alles andere stehen- und liegenzulassen und ...«

»Ich zum Beispiel. Und du ebenfalls. Es ist viel einfacher, die Sachen gleich auf den Bügel zu hängen, als sie erst einmal auf den Boden zu werfen und dann später wieder aufzuheben.«

Felicitas hätte ihre Schwester erdolchen können. Sie trat mit einem Fuß fest auf den Boden, um die Schaukelbank zum Stehen zu bringen und stand auf.

»Du bringst es aber auch fertig, den schönsten Sommermorgen zu verderben!« schimpfte sie.

Jennifer wirkte nicht im geringsten verstört. Sie kannte die wechselnden Launen ihrer Schwester, und die gegenwärtige war nicht weiter ernst zu nehmen. Bald würde Felicitas einen neuen Einfall haben und Jennifer um ihre Hilfe bitten. Jennifer blieb sitzen, die Hand lässig auf die hölzerne Armlehne der Schaukelbank gelegt.

»Ich helfe dir gern, wenn du magst«, bot sie an.

Nichts anderes hatte Felicitas erwartet. Immerzu half Jennifer anderen, sobald sie mit der eigenen Arbeit fertig war. Felicitas hielt es nicht einmal für nötig, sich für das freundliche Angebot zu bedanken; achselzuckend sagte sie nur: »Na schön, dann machen wir's gleich, damit wir's bald hinter uns haben.«

Jennifer stand von der Schaukelbank auf und folgte ihrer Schwester in das gemeinsame Zimmer. Der Schrank hatte es wirklich nötig, einmal gründlich aufgeräumt zu werden.

Jennifer übernahm das Kommando. Sie räumte die Sachen vom Schrankboden weg und türmte sie vor ihrer Schwester zu einem Haufen auf.

»Hier«, sagte sie, »das sortierst du jetzt. Was du nicht mehr trägst, legst du beiseite. Alles übrige hänge ich ordentlich in den Schrank zurück.«

Felicitas hatte keine Einwände. Sie ließ sich auf den Boden fallen und fing an, in ihren Sachen herumzustöbern. Felicitas hatte das Herz einer Sammlerin. Wie konnte sie sich je von diesen Dingen trennen, die doch ein Teil ihrer selbst waren? Stirnrunzelnd betrachtete sie die vertrockneten wilden Blumen, die noch immer in der kleinen Glasvase steckten, obwohl das Wasser längst verdunstet war. Jim Conner hatte ihr die Feldblumen bei ihrem letzten Schulpicknick im Frühling geschenkt. Felicitas errötete bei dem Gedanken an die Antwort, die sie gestottert hatte. Und jetzt wohnte Jim nicht mehr hier. Er war mit seinen Eltern fortgezogen. Wie konnte sie sich nur von seinen Blumen trennen?

Dann fiel ihr Blick auf die Zeitungsausschnitte, die sie in einer alten Hutschachtel gesammelt hatte. Die Artikel berichteten von einem jungen Mann aus Europa, der hier zu Gast gewesen war, um die Berggipfel zu bezwingen. Jennifer und Felicitas hatten sich mit einer ganzen Gruppe von jungen Leuten einen Spaß daraus gemacht, gemeinsam zum Bahnhof zu gehen und zuzusehen, wie er und seine Mitreisenden ihre Gerätschaften ausluden. Richtig schick hatte er ausgesehen! Und so abenteuerlich! Einen Moment lang hatte Felicitas sich gewünscht, ein Junge zu sein – oder auch als Mädchen seine Aufmerksamkeit für sich zu gewinnen. Sie blätterte durch die Ausschnitte und fragte sich dabei, welchen neuen Abenteuern Erik Eriksen nach seiner Reise in die kanadischen Rocky Mountains auf der Spur sein mochte.

Felicitas hob eine Haarschleife auf. Sie konnte sie unmöglich jetzt noch tragen. Die Schleife war viel zu kindisch für sie. Aber sie war einmal ihre Lieblingsschleife gewesen. Felicitas betrachtete den Flecken an dem einen Ende. Johnny Singer hatte sie in ein Tintenfaß getunkt – einfach nur aus Spaß. Alle Mädchen hatten von Johnny geschwärmt, aber Felicitas war die einzige gewesen, deren Haarschleife er in Tinte getunkt hatte, und darauf war sie mächtig stolz.

Mit einem tiefen Seufzen drückte Felicitas ihre Schätze an sich. Sie wußte genau, daß sie es einfach nicht übers Herz bringen würde, auch nur einen einzigen davon wegzuwerfen.

»Was wir brauchen, sind getrennte Zimmer«, verkündete sie.

Jennifer hielt beim Sortieren und Aufhängen der Kleider inne und steckte den Kopf zur Schranktür heraus.

»Was willst du denn damit sagen?« fragte sie. Die beiden Schwestern hatten von Anfang an ein Zimmer miteinander geteilt, obwohl das große Haus über drei zusätzliche Schlafzimmer verfügte. Sie hatten noch nie eigene Zimmer gewollt.

Ihnen lag nichts daran, voneinander getrennt zu sein. Schon allein bei dem Gedanken daran wurde Jennifer unwohl zumute.

»Diese Schrankhälfte hier ist einfach viel zu eng«, beklagte Felicitas sich.

»Meine ist auch nicht größer.«

»Ja, aber du ...« Felicitas hielt plötzlich inne. Wie konnte sie ihrer Schwester nur begreiflich machen, daß sie nun einmal keinen Sinn für das Sammeln von Schätzen hatte, ohne Jennifers Gefühle dabei zu verletzen?

»Was ist mit mir?« wollte Jennifer wissen.

Felicitas suchte nach Worten.

»Du hast eben nicht so viele ... Sachen zu verwahren.«

»Haargenau. Wertloses Zeug kommt sofort in den Müll«, sagte Jennifer.

»Das ist kein wertloses Zeug!« beharrte Felicitas.

Jennifer seufzte. Sie wußte, daß Felicitas in solchen Dingen sentimentaler veranlagt war als sie selbst. Zugleich wußte sie auch, daß Felicitas anderen Menschen oft mit mehr Ungeduld begegnete. Für Jennifer dagegen waren Menschen und deren Gefühle am allerwichtigsten, und wieder fiel ihr Mama ein. Die Mutter hatte Felicitas gebeten, ihren Schrank aufzuräumen, und sie würde ärgerlich sein, wenn dies ungetan blieb. Obendrein würde Felicitas sich möglicherweise zur Strafe eine zusätzliche Arbeit einhandeln, wenn die erste nicht bis zum ausgemachten Zeitpunkt erledigt war. Trotzdem gefiel es Jennifer nicht, in eine Zwickmühle zu geraten. Sie mußte Felicitas mit ein wenig Geschick dazu bringen, das Aufräumen selber zu besorgen, wenn sie ihr diese Arbeit auch lieber abgenommen hätte. Doch das wäre nicht in Mamas Sinn gewesen.

Jennifer wußte keinen rechten Ausweg.

»In meinem Schrank ist noch eine Ecke frei«, seufzte sie.

»Wie wär's, wenn du alles, was du noch aufheben willst, in eine kleine Schachtel räumst und sie dann in meine Schrankhälfte stellst?«

Felicitas sah erleichtert aus.

Trotz einiger Schwierigkeiten gelang es den beiden, alles in einer kleinen Hutschachtel unterzubringen. Felicitas' Schätze waren gerettet. Jennifer stapelte ihre Hutschachteln aufeinander, um Platz für die zusätzliche Schachtel freizuräumen. Endlich hatten sie alles geschafft. Jetzt sah Felicitas' Schrankhälfte genauso ordentlich und sauber wie ihre eigene aus, dachte Jennifer. Alles war ohne einen Streit abgegangen. Erleichtert schloß sie die Schranktür und schlug Felicitas vor, mit einem Glas Limonade auf die hintere Veranda zu gehen.

Als sie am Ostsalon vorbeikamen, hörten sie Stimmen.

»Das klingt ja wie Papa!« rief Felicitas.

Jennifer warf einen Blick auf die Uhr in der Diele.

»Um diese Zeit müßte er aber eigentlich im Sägewerk sein«, sagte sie zu Felicitas.

Felicitas zuckte die Schultern und lief zur Tür. Was kümmerte es sie schon, wieviel Uhr es war? Es war immer prima, Papa daheim zu haben. Vielleicht hatte er eine schöne Überraschung für sie.

Die beiden Mädchen hatten kaum die Tür zum Salon erreicht, als sie hörten, wie ihr Vater mit verstörter Stimme sagte: »Das Sägewerk soll stillgelegt werden.«

Trübe Aussichten

»Stillgelegt? Was willst du damit sagen?« fragte Julia mit ruhiger, gefaßter Stimme.

Johns Stimme klang nicht annähernd so ruhig, als er ihr antwortete:

»Stillgelegt heißt stillgelegt! Schluß! Aus! Ende!« stieß er im Staccato hervor.

Jetzt begriff Julia. Nicht, was mit dem Sägewerk geschehen sollte, sondern was ihr Mann empfand. John machte sich offensichtlich große Sorgen. Sie mußte ihm irgendwie helfen. Sie stand auf, ging auf ihn zu und legte ihre Hand sanft auf seinen angespannten Arm.

»Laß nur«, flüsterte sie. »Es wird schon alles gut werden!«

John sank auf einen Stuhl. Er schüttelte den Kopf, als wollte er der Beruhigung seiner Frau widersprechen.

Sie setzte sich neben ihn und strich ihm über den Arm.

»Es wird nichts so heiß gegessen, wie's gekocht wird«, sagte sie.

»Du verstehst nicht, worum es geht«, warf er ihr vor.

»Doch, ich glaube schon«, entgegnete sie.

Er sah ihr geradewegs in die Augen.

»So? Was habe ich denn gerade zu dir gesagt?« fragte er unruhig. So hatte er noch nie mit ihr gesprochen.

Julia schluckte mühsam. Dann sagte sie so ruhig und beherrscht, wie sie nur konnte: »Du hast gesagt, daß das Sägewerk geschlossen werden soll. Daß es zugemacht wird. Daß alles aus und vorbei ist.« Es fiel ihr schwer, dabei nicht in Tränen auszubrechen.

»Im ersten Moment ist man noch zu schockiert, um es zu

begreifen. So ist es mir auch ergangen. Du verstehst immer noch nicht, was das alles zu bedeuten hat. Aber wenn ...«

»Ich bin nicht schockiert«, widersprach sie energisch. »Mir fehlt nichts. Das Sägewerk wird also stillgelegt. Das bedeutet, daß du arbeitslos sein wirst.«

Sie hielt seinem Blick und damit seiner Herausforderung stand.

»Ich weiß nur, daß uns nichts zustoßen kann«, beharrte sie und zupfte sanft an seinem Ärmel, als erhoffte sie sich davon, sowohl sich selbst als auch John wieder auf den Boden der Tatsachen zurückzuholen. »Du kannst dich nach einer anderen Arbeit umschauen. Du hast erstklassige Zeugnisse.«

»Julia, ich kenne mich nur in der Holzwirtschaft aus«, gab er ihr zu bedenken. Trotz der Situation hatte er seine Fassung zurückgewonnen.

»Und das ist genug!« sagte Julia.

»Das Sägewerk schließt, Julia.« Er schüttelte den Kopf, als wollte er damit Ordnung in seine wirren Gedanken bringen. »Ich habe gewußt, daß die Holzbestände dürftig waren, aber daß es so schlimm kommen würde ...« Seine Stimme geriet ins Stocken. Dann sah er Julia direkt in die Augen. »Wenn die Holzbestände verbraucht sind, wird auch kein neues Sägewerk hier aufgemacht.«

Aber Julia ließ sich nicht beirren.

»Es gibt auch in anderen Städten Sägewerke. Sägewerke wird es immer geben. Die Welt kommt nicht ohne Bauholz aus.«

»Andere Sägewerke haben schon genug Arbeiter.«

»Wenn es in der Holzindustrie keine Arbeit für dich gibt, dann ... dann erlernst du eben einen anderen Beruf. Du hast einen klugen Verstand und einen kräftigen Rücken. Du wirst schon Arbeit finden; irgendwo wird es eine Anstellung für dich geben.«

»Ja«, gestand er, »das könnte ich – wenn nur das Haus nicht wäre!«

»Das Haus können wir verkaufen und ein anderes dafür kaufen«, sagte Julia mit einem Achselzucken. Sie hoffte, daß John ihr das Entsetzen nicht an den Augen ablesen konnte. Sie hing sehr an ihrem Haus. An ihrem wunderbaren Zuhause.

Er schüttelte langsam den Kopf. Verzweiflung stand in seinem Blick.

»Ich fürchte, du begreifst immer noch nicht. Die ganze Stadt steht und fällt mit dem Sägewerk. Für die Häuser hier gibt es keine Käufer. Für kein einziges. Die Grundstücke werden wertlos sein, vollkommen nutzlos. Calder Springs wird zu einer Geisterstadt werden.«

Bei diesen Worten stockte Julia der Atem. Ihre Hand auf seinem Ärmel zitterte leicht, und ihre Augen wurden feucht. Dann hob sie den Kopf, und die alte Entschlossenheit kehrte in ihren Blick zurück.

»Gott hat uns noch nie im Stich gelassen«, stellte sie leidenschaftlich fest. »Er wird auch jetzt für uns sorgen, wo wir ihn mehr denn je brauchen. Auch wenn die Lage ziemlich aussichtslos ist. Gott wird uns zeigen, wie es weitergeht und was wir zu tun haben. Dessen bin ich mir ganz sicher.«

Ihre Worte, die sie aus tiefster Überzeugung heraus gesprochen hatte, lösten etwas von der Anspannung in Johns Gesicht.

»Ach, Julchen!« flüsterte er leise und zog sie in seine Arme.

»Du wirst es selbst sehen. Alles wird gut!« Sie strich ihm über die Haare und gab ihm einen zärtlichen Kuß auf die Wange.

Keiner der beiden hatte die beiden Mädchen bemerkt, die still an der Tür standen. Und keiner der beiden hörte, wie sie sich wie auf Kommando wieder umwandten und in ihr Zimmer zurückgingen.

Jennifer brach das Schweigen. Nun war auch ihr Gesicht aschfahl, und Angst und Sorge spiegelten sich in ihren Augen.

»Was sollen wir nur tun?« flüsterte sie.

Felicitas hatte sich auf ihr Bett geworfen und weinte hemmungslos.

Jennifer ging zu ihr und legte beschützend einen Arm um die Schultern ihrer Schwester.

»Du, wein doch nicht so! Es wird schon alles gut werden.«

»Ich will aber nicht von hier fortziehen!« schluchzte Felicitas. »Mir gefällt's hier. Meine Freundinnen ...«

Jennifer strich ihrer Schwester über das lange, blonde Haar.

»Vielleicht müssen wir auch gar nicht von hier fort«, sagte sie tröstend.

»Du hast doch gehört, was Papa gesagt hat«, schluchzte Felicitas.

»Du hast doch gehört, was Mama gesagt hat«, antwortete Jennifer. »Gott wird uns zeigen, was wir tun sollen. Er weiß doch, was mit dem Sägewerk los ist. Vielleicht findet Papa ja eine andere Arbeit ...«

»Und du hast gehört, was Papa gesagt hat«, konterte Felicitas. »Einen anderen Beruf hat er nicht gelernt.«

»Und du hast gehört, was Mama gesagt hat«, wiederholte Jennifer. »Papa kann umlernen.«

»Dann müßten wir trotzdem von hier fortziehen«, schluchzte Felicitas auf und fing von neuem an zu weinen.

»Hör auf! Hör endlich auf!« befahl Jennifer und packte Felicitas bei den Schultern. »Sonst hören Mama und Papa dich, und dann wird alles nur noch schlimmer für sie. Wir müssen doch auch an sie denken. Bitte hör auf!«

Felicitas' Tränen versiegten zwar nicht auf Kommando, aber immerhin beruhigte sie sich ein wenig. Ihr Schluchzen hörte auf, und auch die Anspannung ihres Körpers ließ nach.

Jennifer ging ans Fenster. Mit zitternden Händen schob sie die hellblauen Vorhänge beiseite, um nach draußen zu schauen. Ihr Blick schweifte über die Straße, glitt über die Nachbarhäuser, die Kleinstadt mit ihrem Kirchturm und Schulhof, bis hin zu den Bergen, die sich in der Ferne majestätisch in den Himmel erhoben. Auch Jennifer liebte das Leben in Calder Springs. Warum mußte das Sägewerk nur schließen? Warum konnte nicht alles weiterhin seinen gewohnten Gang gehen? Sie hatte hier gewohnt, so lange sie denken konnte. Es mußte doch einen Ausweg geben. Es mußte eine Möglichkeit für ihre Familie geben, ihr Leben in der gewohnten Weise weiterzuleben. Ihre Hand lockerte sich, und der Vorhang fiel wieder an seinen Platz zurück. Jennifer drehte sich zu Felicitas um und sagte:

»Wenn wir schon von hier fortmüssen, dann sollten wir es Mama und Papa so leicht wie möglich machen.«

Felicitas wischte sich die Tränen aus dem Gesicht und nickte.

»Deine Schatzsammlung kannst du ja mitnehmen«, wollte Jennifer ihre verzweifelte Schwester trösten.

Doch damit löste sie nur einen erneuten Strom von Tränen aus.

»Aber ... aber meine Freundinnen kann ich nicht mitnehmen, und ...«

»Wenn alle von hier fortmüssen, dann ziehen unsere Freundinnen vielleicht mit uns um«, beruhigte Jennifer ihre Schwester.

»Und wohin?« schluchzte Felicitas.

»Das ... das weiß ich auch nicht. Dorthin, wo wir auch hingehen. Wo es ein anderes Sägewerk gibt. Deren Papas sind schließlich auch beim Sägewerk angestellt«, gab Jennifer zu bedenken.

Felicitas wischte sich die Augen und schneuzte sich geräuschvoll. Jennifer war froh, daß das Schlimmste überstanden war. Sie ging zu ihrer Schwester und legte ihr liebevoll die Hand auf die Schulter.

»Wir werden es schon irgendwie überstehen«, sagte sie und wünschte sich dabei von ganzem Herzen, daß ihr innerlich so zuversichtlich zumute wäre, wie ihre Worte geklungen hatten.

Felicitas nickte. Sie stand von ihrem Bett auf und zog sich den Rock gerade. Dann ging sie an die Kommode, nahm eine Bürste heraus und brachte ihre Haare in Ordnung.

»Ich wasch' mir schnell das Gesicht«, rief sie Jennifer zu. Als sie kurz darauf zurückkehrte, war von ihren Tränen keine Spur mehr zu sehen.

Jennifer wünschte sich, das Geschehene mit der gleichen Leichtigkeit von sich schieben zu können. Noch immer kam es ihr vor, als hätte sie einen Kloß im Hals und einen Stein im Magen. Trotz der tapferen Worte, die sie gerade zu Felicitas gesagt hatte, sah auch sie der Zukunft mit Sorge entgegen.

»Komm, wir fragen Mama, ob wir den grünen ...« sagte Felicitas, doch Jennifer brachte sie mit einem heftigen Kopfschütteln zum Verstummen.

»Doch nicht jetzt!« rief sie. »Papa ist arbeitslos!«

Felicitas sah sie überrascht an, als hätte sie die veränderten Umstände schon vergessen, aber dann senkte sie schuldbewußt den Blick und nickte einsichtig.

»Nein, es ist wohl kaum der passende Augenblick«, sagte sie kleinlaut. »Na schön, dann fragen wir sie eben, ob wir uns in der Stadt eine Limonade kaufen dürfen«, schlug sie vor. »Eine Limonade werden wir uns ja wohl noch leisten können.«

Jennifer warf ihr einen strafenden Blick zu, den Felicitas trotzig erwiderte.

»Felicitas Harrigan«, ermahnte Jennifer sie, »wir sind dreizehn Jahre alt. In diesem Alter wird man wohl von uns erwarten können, daß wir Verständnis für unsere Eltern aufbringen, wenn es Schwierigkeiten gibt.«

Felicitas zuckte die Schultern.

»Schon gut, schon gut!« sagte sie ungeduldig. »Und was willst du jetzt unternehmen, um alles wieder zurechtzubiegen, Fräulein Neunmalklug?«

»Ich ... ich bin nicht neunmalklug«, stotterte Jennifer. »Ich ... ich weiß nur, daß wir nicht ständig um etwas betteln dürfen, wenn Papa keine Arbeit hat. Bald wird uns das Geld ausgehen, und ...«

»Ich hab's!« unterbrach Felicitas sie mit leuchtenden Augen und klopfte ihrer Schwester begeistert auf die Schulter.

»Was? Was hast du?« fragte Jennifer.

»Den Ausweg: Arbeit! Wir sind alt genug, um eine Arbeit anzunehmen. Wir können Papa helfen!«

Jennifer zögerte einen Moment lang, doch dann sprang der Funke der Begeisterung über.

»Natürlich!« rief sie. »Eine prima Idee. Wir suchen uns eine Arbeit und geben Papa das Geld, das wir verdienen!«

»Aber wir sagen ihm nichts davon«, sagte Felicitas. »Jedenfalls nicht, bis wir beide eine Arbeit haben.«

»Aber ...« wollte Jennifer widersprechen.

»Wir melden uns bei Hettie ab. Wir sagen ihr, daß wir in der Stadt eine Limonade trinken wollen und daß sie Mama Bescheid geben soll.«

»Aber ...« Jennifer war der Gedanke nicht ganz geheuer. Lügen wollte sie auf keinen Fall, auch nicht, wenn es darum ging, ihrer Familie zu helfen.

»Und die Limonade werden wir uns auch tatsächlich gönnen«, fuhr Felicitas fort und öffnete die oberste Schublade ihrer Kommode. »Hier!« sagte sie und hielt triumphierend ein paar Münzen in die Luft. »Das reicht für zwei Gläser Limonade. Ich hab's noch von dem Taschengeld übrig, das Papa mir letzte Woche gegeben hat.«

Daß Felicitas überhaupt dazu in der Lage war, etwas von ihrem Taschengeld aufzusparen, war Jennifer neu. Aber die Münzen waren ein unschlagbarer Beweis. Jennifer besann sich auf das Geld, das sie selbst in den Tiefen ihrer Schubladen aufbewahrt hielt. Doch das würde sie lassen, wo es war. Schließlich konnte niemand voraussagen, wann Papa eine neue Arbeitsstelle finden würde. Vielleicht würde ihr Geld eines Tages für wichtigere Dinge gebraucht werden.

»Also schön«, gab sie sich endlich geschlagen. »Laß uns zu Hettie gehen.«

Auf dem Weg zur Küche war Jennifer recht unwohl zumute. Die beiden Schwestern waren noch nie auf eigene Faust in die Stadt gegangen, ohne ihre Mutter vorher um Erlaubnis zu bitten. Jennifer hoffte, daß sie und ihre Schwester keinen Ärger bekommen würden.

Arbeitssuche

Die Neuigkeit von der Schließung des Sägewerks verbreitete sich wie ein Lauffeuer. Unruhe, Sorgen und Angst waren in der ganzen Stadt zu spüren. In dem Krämerladen, wo Felicitas und Jennifer zusammen ein Glas Limonade tranken, hörten sie aus der einen Ecke tiefe, mutlose Männerstimmen und aus der anderen Ecke laute und ängstliche Frauenstimmen. Heute schien es wirklich nur ein einziges Thema zu geben.

»Was sollen wir denn jetzt bloß tun?« hörten sie eine Frau ausrufen. »Wir hatten gerade die teuren Arztkosten bezahlt, und jetzt das!«

Ihre Begleiterin tat ihr Bestes, um sie zu beruhigen, doch auch ihre Stimme klang verzweifelt, als sie ihr antwortete: »Wir werden wohl an einen anderen Ort ziehen und wieder ganz von vorn anfangen müssen.«

»Ganz von vorne anfangen?« fragte die erste der beiden Frauen mit bebender Stimme. »Dazu sind wir wohl zu alt!«

»Und du? Was hast du jetzt vor?« fragte ein Mann seinen Nachbarn.

»Keine Ahnung. Ich weiß es auch nicht«, antwortete er. »Meine Frau ist krank. Ich bin gekommen, um ihre Arznei abzuholen. Der Arzt meint, die Luftveränderung wird ihr guttun. Der Qualm hier hat ihr schon immer zu schaffen gemacht.«

Der erste Mann nickte.

»Ja, vielleicht«, stimmte er zu, wenn er dabei auch recht zweifelnd aussah. Was nützt einem schon die Luftveränderung, wenn man kein Geld für die nötige Arznei hat?

»Das Ganze kommt zum völlig falschen Zeitpunkt«, sagte

ein dritter Mann, der noch seinen blauen Arbeitsanzug anhatte.

»Ja, wirklich; es hat keiner damit gerechnet«, gab ihm der erste recht, und die Angst und Sorge um seinen Arbeitsplatz stand ihm ins Gesicht geschrieben.

Je mehr die Mädchen hörten, desto deutlicher wurde es Jennifer und Felicitas, wie ernst die Lage war. Ihre Familie war nicht allein betroffen. Es ging um die ganze Stadt, genau wie ihr Vater gesagt hatte. Was sollte nur aus ihnen allen werden? Was konnten zwei junge Mädchen schon ausrichten?

Es war Jennifer, die sich und ihrer Schwester Mut machte.

»Wenn wir eine Arbeit finden wollen, dann haben wir keine Zeit zu verlieren«, flüsterte sie Felicitas zu. »Komm, wir gehen los, bevor sich alle anderen in unserem Alter auf die Suche machen!«

Felicitas riß ihren Blick von dem jungen Mann los, der die Regale des Geschäfts mit Ware füllte, und sprang auf die Füße. Jennifer hatte recht.

»Du nimmst diese Straßenseite und ich die andere«, ordnete sie an, überlegte es sich aber dann anders und sagte: »Nein, nimm du die andere Seite und ich diese hier.« Es wäre einfach traumhaft, wenn der Besitzer des Geschäfts eine zusätzliche Arbeitskraft zum Auffüllen seiner Regale bräuchte!

Aber der Ladenbesitzer war nicht an einer weiteren Angestellten interessiert – nicht einmal für seine Limonadentheke. Er wies Felicitas mit einem traurigen Kopfschütteln ab.

»Ich weiß selber nicht, wie lange ich noch bleibe«, sagte er mit trauriger Stimme. »Kaum der passende Augenblick, um neue Leute einzustellen.«

Die übrigen Ladenbesitzer an der Straße gaben allesamt ähnliche Antworten. Niemand war bereit, neue Arbeitskräfte einzustellen. Felicitas schob sich die Haarsträhnen aus dem erhitzten Gesicht und trottete weiter. Als sich die beiden Mädchen am Ende der Hauptstraße trafen, war Jennifer genauso wenig erfolgreich gewesen wie Felicitas.

»Am besten gehen wir schnell wieder nach Hause, bevor Mama sich Sorgen macht«, sagte Jennifer.

Widerwillig fügte sich Felicitas. Außerdem war sie durstig, und ihr gesamtes Geld hatten sie bereits für die Limonade ausgegeben.

»Wenn wir nach Hause kommen, dürfen wir kein Sterbenswörtchen von der Sache mit dem Sägewerk sagen«, warnte Jennifer sie. »Mama und Papa wollen uns das bestimmt zur rechten Zeit selbst sagen.«

Felicitas nickte und winkte einer Freundin auf der anderen Straßenseite zu.

Daheim war alles still, als die beiden Mädchen eintrafen. In der Küche schenkte Hettie gerade Tom, ihrem Mann, den Vormittagskaffee ein. Tom war für die Pflege und Instandhaltung von Haus und Garten verantwortlich. Die beiden machten einen ungewöhnlich ernsten Eindruck, sahen aber erfreut auf, als die Mädchen zur Tür hereinkamen.

»Na, ihr zwei, seid ihr auf der Suche nach einem kleinen Imbiß?« erkundigte Hettie sich. Obwohl sie keine eigenen Kinder großgezogen hatte, besaß Hettie ein unfehlbares Gespür dafür, was die beiden Mädchen gerade auf dem Herzen hatten.

»Hast du noch Limonade übrig, Tante Hettie?« fragte Jennifer und bemühte sich dabei um einen möglichst sorglosen Tonfall.

»Aber natürlich«, antwortete die Haushälterin und strich Felicitas im Vorübergehen über ihr goldblondes Haar.

»Und du, kleines Madamchen?« fragte sie Felicitas.

»Für mich das gleiche«, antwortete sie lustlos. Tom musterte sie verwundert, sagte aber nichts.

»Und wie wär's mit Plätzchen?« fragte Hettie. »Ich habe frische Ingwerplätzchen gebacken.«

»Nein danke, nur Limonade«, sagte Felicitas.

»Nanu? Euch ist wohl eine Laus über die Leber gelaufen, stimmt's?« fragte Tom, der seine Kaffeetasse mit beiden Händen umschlossen hielt.

»Nein. Wir haben nur gerade zusammen eine Limonade getrunken«, antwortete Felicitas. »Wo ist Mama denn?« Beinahe hätte sie sich auch nach Papa erkundigt, besann sich aber im letzten Moment.

»Im Garten«, sagte Tom und deutete zum Fenster hinaus.

Die beiden Mädchen bedankten sich bei Hettie für die Limonade und gingen nach draußen. Es war höchste Zeit, daß sie ihre Mutter suchten. Sie sollte endlich wissen, wo die beiden die ganze Zeit gesteckt hatten.

Mit ganzer Hingabe widmete sich Julia dem Rosenbeet und sang mit ihrer reinen Sopranstimme bei der Arbeit. Jennifer und Felicitas wechselten einen erleichterten Blick und lächelten, als ihre Mutter sich nach ihnen umwandte.

»Wo wart ihr beiden denn den ganzen Morgen?« fragte sie plötzlich und unterbrach ihr Lied.

»Hat Hettie dir nicht Bescheid gesagt?« fragte Felicitas.

»Seit wann ist Hettie eure Postbotin?« wollte Julia wissen und trat einen Schritt zurück, um die beiden Mädchengesichter eindringlich zu studieren.

»Wir waren in der Stadt«, antwortete Felicitas.

»Ich habe keine Einwände dagegen, daß ihr in die Stadt geht – *nachdem* ihr mich um Erlaubnis gefragt habt«, sagte Julia ruhig.

Zwei Augenpaare senkten den Blick.

»Entschuldige, Mama«, murmelte Jennifer. Sie hatte gleich geahnt, daß sie sich nichts als Ärger einhandeln würden.

»Ihr wißt doch, was in diesem Haus erlaubt und verboten

ist«, fuhr Julia fort. »Ohne ausdrückliche Erlaubnis habt ihr unser Grundstück nicht zu verlassen. Das ist gewiß nicht zuviel verlangt, oder?«

Wie auf Kommando schüttelten beide den Kopf.

»In Zukunft achtet ihr bitte darauf, daß ihr euch zuerst die Erlaubnis holt«, bestimmte Julia.

Jetzt nickten beide Köpfe.

Julia wandte sich wieder ihren Rosenbeeten zu, und die Mädchen gingen zum Haus zurück, wo sie sich auf der Schaukelbank niederließen. Jennifer rutschte unbehaglich auf ihrem Platz hin und her, doch Felicitas schien die Schelte ihrer Mutter längst vergessen zu haben.

»Ich habe meinen Schrank aufgeräumt!« rief sie Julia zu.

Jennifer sog den Atem zwischen den Zähnen ein.

Julia hob den Kopf.

»Das freut mich zu hören«, antwortete sie.

»Jetzt sieht er genauso ordentlich aus wie Jennifers« fuhr Felicitas fort.

»Na prima!« erwiderte Julia.

»Bekomme ich eine Belohnung?« fragte Felicitas.

»Und ob!« sagte Julia, und Felicitas' Augen leuchteten auf.

»Du darfst mit uns zu Abend essen«, antwortete Julia und schmunzelte.

»Aber das tu' ich doch jeden Abend ...« wollte Felicitas sich beschweren, bis sie einen Stoß von Jennifers Schuhspitze verspürte.

»Recht hast du!« nickte Julia, stimmte ein neues Lied an und widmete sich wieder ihren Rosen.

Nach dem Abendessen holte der Vater die Familienbibel aus dem alten Eichensekretär und begann ein wenig ziellos darin herumzublättern. Er wußte, daß er den Mädchen sagen mußte, was mit dem Sägewerk geschehen sollte, doch er war unsicher, wie er es tun und welche Worte er wählen sollte.

Sie alle würden von den Folgen dieses Ereignisses betroffen sein, aber wie würden diese Folgen aussehen?

Er wußte, daß Julia recht hatte. Natürlich würde Gott für sie alle sorgen, wie er es schon immer getan hatte. Doch Gott hatte ihn als Familienvater damit betraut, seine Frau und seine Kinder zu ernähren, und nun hatte John versagt. Zumindest empfand er es so. Obwohl er die Schließung des Sägewerks nicht selbst veranlaßt hatte, verspürte er Schuldgefühle. Es war seine Pflicht, die Familie auch weiterhin zu ernähren.

So sehr er sich auch um eine zuversichtliche Miene bemühte – seine Schultern waren gebeugt. Den ganzen Nachmittag hatte er mit den anderen Männern vom Sägewerk verbracht, und immer wieder war ihr Gespräch um denselben Punkt gekreist: die bittere Aussicht, daß es in dem kleinen Ort, wenn das Werk erst einmal geschlossen war, bald keine Arbeit mehr geben würde. Und für die Grundstücke und Häuser, auch für die stattlichsten unter ihnen, würde es keine Käufer geben. Bald würde Calder Springs einer Geisterstadt gleichen.

Julia nahm Johns Hand und lächelte zuversichtlich zu ihm herüber. Sie wollte ihn aufmuntern, doch tief in ihrem Herzen verspürte auch sie nur wenig Zuversicht.

Nun hatte John den Bibelabschnitt gefunden, wo er gestern aufgehört hatte zu lesen, und räusperte sich. Er las die Geschichte, in der Jesus fünftausend Menschen mit dem Proviant eines kleinen Jungen satt gemacht hatte, und Julia fragte sich im stillen, wie oft Christus von nun an die Brote in ihrer Speisekammer durch ein Wunder würde vermehren müssen.

Die Mädchen hörten den Worten aus der Bibel aufmerksam zu. Selbst Felicitas achtete auf das, was ihr Vater vorlas.

Dann klappte John die Bibel zu und legte sie wieder beiseite. Er räusperte sich erneut, und Julia konnte ihm anmerken, daß er nach den richtigen Worten suchte.

»Bevor wir beten«, sagte er endlich, »habe ich ... habe ich euch etwas zu sagen. Wir ... ich meine ... eure Mama und ich haben heute etwas erfahren, das ihr auch wissen sollt, weil es uns alle betrifft.«

Jennifer sah auf ihre Schnürsenkel hinab. Die eine Schleife hing schief. Sie beugte sich vor, um sie zu richten. Felicitas rutschte unruhig auf ihrem Stuhl hin und her. Jennifer setzte sich wieder aufrecht hin und warf ihrer Schwester einen ermahnenden Blick zu.

»Es wird einiges an Veränderungen für uns geben«, fuhr John fort, und Julia nickte zustimmend, gerade so, als seien Veränderungen stets eine erfreuliche Abwechslung.

»Das Sägewerk verfügt hier in unserer Gegend nicht mehr über einen ausreichenden Holzbestand zur Verarbeitung und wird daher abgerissen, um an ... an einem anderen Ort wieder aufgebaut zu werden.«

Jennifer brachte es nicht fertig, ihrem Vater ins Gesicht zu sehen. Felicitas fing wieder mit dem Herumrutschen an, so daß Jennifer ihr warnend die Hand auf den Arm legen mußte.

Julia schwieg, um John die Gelegenheit zu geben, das, was er vorzubringen hatte, auf seine Art – und zu dem Zeitpunkt, den er für richtig hielt – zu sagen.

»Das bedeutet, daß ich hier keine Arbeitsstelle mehr habe«, gestand er endlich.

Wenn er eine Art explosiver Reaktion erwartet hatte, so hatte er sich getäuscht. Es blieb still im Zimmer.

Er wartete einen Augenblick und fuhr dann fort: »Es ist möglich, daß wir unser Haus hier aufgeben und in eine andere Stadt ziehen müssen.«

Die Mädchen saßen stocksteif da.

»Versteht ihr, was das bedeutet?« fragte John die beiden.

Sie nickten.

»Uns wird es an nichts fehlen; ihr werdet es selbst sehen«,

meldete sich Julia zu Wort und lächelte ihren Töchtern ermutigend zu.

»Und was tun wir solange, bis Papa eine neue Arbeit gefunden hat?« fragte Felicitas ihre Mutter. Julias Blick wich ihrem aus.

»Papa wird schon bald eine Arbeit finden.«

»Aber überall in der Stadt heißt es, daß keine neuen Leute eingestellt werden. Niemand weiß, wie lange ...«

Jennifer versetzte Felicitas einen Rippenstoß.

Sofort brach Felicitas ab, die Augen vor Entsetzen geweitet.

John und Julia sahen die beiden Mädchengesichter prüfend an.

»Dann wußtet ihr also Bescheid?« fragte John streng.

Felicitas nickte.

»Die beiden waren vorhin eine Limonade trinken«, erklärte Julia. »Ich hätte es mir denken können. Die ganze Stadt ist in Aufruhr.«

»Was habt ihr alles in der Stadt erfahren?« fragte John.

»Ehrlich gesagt«, antwortete Jennifer zögernd, »wußten wir schon, was los ist, bevor wir überhaupt losgegangen waren. Das ... das war auch der Grund ...«

»Wir waren in der Stadt, um uns eine Arbeit zu suchen!« gab Felicitas ihr Geheimnis preis. »Aber alle Ladenbesitzer haben gesagt, daß sie bald auch von hier fortziehen und niemanden mehr einstellen. Niemanden.«

Tränen stiegen Julia in die Augen.

»Ihr wart in der Stadt, um euch eine Arbeit zu suchen?« fragte sie.

»Wir wollten doch nur Geld verdienen, bis Papa wieder eine Anstellung hat«, entschuldigte Jennifer sich und ihre Schwester.

Auch John sah ergriffen aus.

»Das war lieb von euch gemeint«, brachte er hervor. »Aber

ich halte es kaum für richtig, daß meine kleinen ...« Er zögerte, als er das Stirnrunzeln auf den beiden Gesichtern sah. »... meine zwei jungen Damen«, berichtigte er sich. »Also, ich halte es kaum für richtig, daß meine beiden jungen Damen sich nach Arbeit umschauen – jedenfalls vorläufig noch nicht.« Er brachte ein Lächeln zustande.

»Und wo habt ihr die Neuigkeit erfahren?« erkundigte Julia sich.

Jetzt übernahm Felicitas wieder das Erklären.

»Wir haben Papas Stimme gehört und wollten ihn begrüßen, aber als wir noch an der Tür waren, sagte er gerade zu dir, daß das Sägewerk geschlossen werden soll, und dann sind wir schnell wieder nach oben gegangen.«

»Ach, so war das also«, seufzte Julia.

»Laßt uns zusammen beten«, sagte John und nahm die Hand seiner Frau, wie er es immer beim Familiengebet tat.

Gemeinsam neigten sie den Kopf. Es fiel John schwer, seine Zukunftssorgen in Worte zu fassen, und so umging er das Thema, indem er ein allgemeines Gebet sprach. Er brauchte Zeit für sich allein, um Rat bei Gott zu suchen. Wenn er alles gründlich durchdacht hatte, würde er vielleicht eher dazu in der Lage sein, offen mit seiner Familie über die Zukunft zu sprechen.

Julias Hand spannte sich fester um seine. Sie verstand, wie ihm zumute war.

Zwei Wochen hatten sie noch Zeit. Länger konnten die Arbeiter im Sägewerk nicht mehr beschäftigt werden. Danach sollten die Geräte abgebaut und an einen anderen Ort transportiert werden.

Zwei Wochen also. Zwei Wochen, um sich auf die veränderte Situation einzustellen und sich auf all das gefaßt zu machen, was nun auf sie zukam.

Einige der Männer kündigten sofort, holten sich ihren Lohn ab und verließen Calder Springs in der Hoffnung, anderweitig eine Arbeitsstelle zu finden, bevor der zu erwartende Ansturm auf Arbeit einsetzte. Andere blieben und leisteten die restlichen Arbeitsstunden ab, für die sie ein letztes Mal eine volle Lohntüte erhalten würden. Aber was dann?

Julias Plan

»Hettie, ist der Teetisch im Salon gedeckt?« fragte Julia ihre Haushälterin.

»Ja, Madam«, nickte die Frau.

»Wo ist Rosa?«

»In der Küche. Sie macht noch ein paar belegte Brote.«

»Gut. Und hat sie alle meine Einladungen überbracht?«

»Allen bis auf Frau Miller. Die ist nämlich zu ihrer Mutter gereist.«

»Gut!« sagte Julia wieder. »Hat Rosa gesagt mit wievielen Gästen wir rechnen können?«

»Die meisten haben die Einladung gerne angenommen«, antwortete Hettie. »Wir erwarten so gut wie alle.«

Julia nickte. Sie hatte ein flatterndes Gefühl in der Magengrube. Es war das erste Mal in ihrem Leben, daß sie es wagte, einen derartigen Plan auszuführen. Sie war sich nicht sicher, wie sie ihn angehen sollte – aber irgend etwas mußte schließlich geschehen!

»Und hat Rosa allen gesagt, daß wir um zwei Uhr beginnen wollen?« fragte Julia nervös.

»Das hat, soweit ich weiß, auf Ihren Einladungen gestanden, Madam«, erinnerte Hettie sie.

»Ach ja, richtig. Natürlich!« antwortete Julia, und ihre Wangen röteten sich leicht.

Hettie machte sich an dem Teeservice zu schaffen.

»Ach Hettie, ich bin ja so furchtbar nervös!« gestand Julia und fuhr sich mit zitternden Fingern über die Wangen. »Was tun wir nur, wenn alles schiefgeht?«

»Aber was soll denn schiefgehen? Sie haben Ihre Nachbarinnen zum Tee eingeladen, und bei dieser Gelegenheit wollen Sie Ihre – vielmehr unsere – Schwierigkeiten mit ihnen besprechen und sie fragen, ob jemand vielleicht einen Ausweg weiß. Daran ist doch nichts Ungewöhnliches. Unter Nachbarinnen unterhält man sich eben gern über das, was so in der Nachbarschaft passiert.«

Hetties Worte ließen alles so einfach erscheinen.

»Wir werden gleich zur Sache kommen müssen«, sagte Julia mit einem hastigen Blick zur Uhr. »Wir haben nicht viel Zeit, bis die Frauen wieder nach Hause müssen. In einer Stunde ist die Schule schon aus.«

»In einer Stunde läßt sich vieles besprechen«, tröstete Hettie ihre Dienstherrin.

Das hoffte Julia sehr. Auch hoffte sie, daß ihre Gäste pünktlich kommen würden. Als sie gerade begonnen hatte, im Zimmer auf und ab zu gehen, klingelte es an der Tür. Hettie führte Frau Wright, die Frau des Pfarrers, in das sonnendurchflutete Eßzimmer.

»Oh, ich freue mich so, daß Sie kommen konnten!« begrüßte Julia ihren Gast. »Womöglich werde ich Ihre Hilfe brauchen. Ich habe ja keine Ahnung, wie man so etwas anfängt!«

Frau Wright hielt Julias Hand fest umschlossen.

»Lassen Sie sich nur nicht nervös machen«, riet sie ihr flüsternd. »Tun Sie einfach so, als hätten Sie ein Treffen der Frauenhilfe zu leiten. Sie machen Ihre Sache immer glänzend!«

»Vielen Dank«, antwortete Julia und brachte ein Lächeln zustande.

Die Türklingel läutete noch dreizehn weitere Male, bis sich Julias Gäste vollständig in dem geräumigen Salon der Harrigans eingefunden hatten. Hettie und Rosa servierten den Damen Tee, liebevoll belegte Brote und anschließend feines dänisches Buttergebäck. Julia betrachtete zuerst die Wanduhr und dann die Nachbarinnen an ihrem Tisch. Eine jede von ihnen war durch die Nachricht von der Schließung des Sägewerks hart getroffen worden. Ein ungewohnter Ernst überschattete ihre Augen, und ihre Schultern sahen aus, als läge eine unsichtbare Last darauf. Trotz ihrer Bemühungen, einen sorglosen Eindruck zu machen, konnte Julia ihnen anmerken, daß sie nicht weniger besorgt waren als sie selbst.

Endlich erhob sie sich von ihrem Stuhl und räusperte sich. »Wie Sie alle wissen, habe ich Sie heute nicht nur zum Tee eingeladen«, begann sie in aller Offenheit. »So nett es auch ist, unter Nachbarinnen beisammenzusitzen und zu plaudern – heute haben wir alle eine gemeinsame Sorge. Ich ... ich weiß nicht, ob es etwas gibt, was wir als Frauen, als Ehefrauen, tun können, um unseren Männern zu helfen, aber ich ... ich dachte, daß wir uns miteinander beratschlagen sollten. Vielleicht fällt uns eine Lösung ein.«

Alle Blicke ruhten auf Julia. Alle Ohren hörten ihr aufmerksam zu.

Julia verlagerte ihr Gewicht von einem Fuß auf den anderen.

»Also, diese Stadt lebt nun einmal von der Holzindustrie. Eine andere Industrie haben wir nicht. Aber ... aber gibt es nicht vielleicht eine andere Möglichkeit? Ich meine ... wie könnte dieser Ort andere Einkommensquellen erschließen?«

Die Frauen sahen einander fragend an. Jede schien die Antwort in dem Gesicht ihrer Nachbarin ergründen zu wollen, doch niemand meldete sich zu Wort.

»Wir müssen scharf nachdenken!« sagte Julia mit einer solchen Eindringlichkeit, daß eine Falte zwischen ihren Augenbrauen entstand und ihre Hände sich ineinander verknoteten.

»Ohne das Sägewerk sehe ich eigentlich kaum Hoffnung«, meinte eine nüchtern aussehende Frau.

Mehrere in der Runde pflichteten ihr achselzuckend bei.

»Lassen Sie uns doch einmal Bestandsaufnahme machen«,

schlug Julia vor. »Hettie, würden Sie uns bitte die Tafel dort bringen?« Als die Tafel aufgestellt war, fuhr Julia fort. »Was haben wir denn an Möglichkeiten?« fragte sie ihre Gäste.

»Landwirtschaft kommt schon mal nicht in Frage«, stellte eine der Frauen fest. »Die Berge lassen uns ja kaum genug Platz für einen kleinen Küchengarten!«

»Aber wir haben doch allesamt einen Garten«, antwortete Julia, und sie schrieb »Gärten« auf die Tafel, um einen Anfang zu machen.

»In der Umgebung wachsen wilde Beeren«, fiel einer Frau ein, und Julia notierte auch das.

»Wir haben jede Menge Berge hier«, meldete sich eine schüchterne junge Frau zu Wort.

»Berge«, wiederholte Julia und schrieb das Wort in großen Buchstaben an die Tafel. »Berge sind beliebt. Was würde einen wohl in die Berge ziehen – außer Bauholz?«

»Urlaub«, antwortete eine ältere Frau aus der Ecke, wo sie saß.

Julia ließ ihre Hand mit der Kreide sinken. Eine Idee stand ihr plötzlich vor Augen. Ob es eine vollkommen verrückte Idee war oder eine brauchbare? Egal; sie mußte sie einfach den anderen mitteilen.

»Was meinen Sie? Halten Sie es für möglich, daß sich eine ... eine Art Sommerfrische, ein Urlaubsort aus unserer kleinen Stadt machen ließe?« fragte sie aufgeregt.

»Na ja, ein Luxushotel haben wir nicht gerade am Ort«, meinte die Frau des Bankiers.

Julia schüttelte den Kopf. Die Frau hatte recht. Das einzige Hotel von Calder Springs befand sich in einem beklagenswerten Zustand. Es wurde in erster Linie als Unterkunft für ledige, oft heimatlose Angestellte des Sägewerks benutzt. Der Besitzer schien nicht die Absicht zu haben, das Gebäude in einen besseren Zustand bringen zu lassen.

»Dann ... dann könnten wir vielleicht unsere eigenen Häuser zur Verfügung stellen«, schlug Julia vor.

Blicke wanderten im Raum umher und schweiften über Julias weiche Teppiche, die teuren Samtvorhänge, die kostbaren Gemälde, Porzellantassen und Silberkannen. Niemand sagte etwas, aber dennoch wußte jede der Anwesenden, was die übrigen dachten. Julia Harrigan besaß das einzige Haus am Ort, das sich als Gästepension eignete.

»Vielleicht können wir jeweils nur eine begrenzte Zahl von Gästen aufnehmen«, fuhr Julia fort, »aber unser Ort liegt schließlich direkt an der Bahnlinie. Wenn wir die Werbetrommel rühren würden, dann könnten wir ... dann könnten wir Ausflugsziele für die Touristen suchen, Wanderwege empfehlen und eine Menge von Dingen in Heimarbeit herstellen!«

»Heimarbeit? Wie stellen Sie sich das denn vor?« fragte eine der Frauen.

Wieder hob Julia ihr Stück Kreide.

»Wie viele von Ihnen können stricken?« erkundigte sie sich. Elf Hände hoben sich.

»Und häkeln?« fragte Julia. Neun Frauen meldeten sich.

»Nähen?« Hier meldeten sich alle, wenn auch zum Teil etwas zögernd.

»Sehen Sie? Es ist nicht unmöglich. Und wir können kochen und backen und unser Gemüse anbauen und Marmelade aus den wilden Beeren kochen. Wir könnten einen richtigen Urlaubsort aus unserer Stadt machen, wenn wir's nur richtig anfangen.«

Julias Augen leuchteten angesichts der Möglichkeiten. Auch die übrigen ließen sich von ihrem Eifer anstecken.

»Meinen Sie wirklich, daß ...«

»Haben wir denn genug ...«

»Wie sollen wir denn die Werbeanzeigen ...«

Überall wurden Fragen laut. Julia wußte keine Patentrezepte, aber das Interesse der Nachbarinnen war erst einmal geweckt. Ob der Plan wirklich funktionieren würde? Ob er durchführbar war?

»Wir müssen unbedingt weiter darüber nachdenken«, sagte sie. »Die Kinder werden bald aus der Schule kommen, und Sie müssen alle wieder nach Hause gehen – aber wie wär's, wenn wir uns alle auch weiterhin damit beschäftigen und uns dann nächsten Dienstag wieder hier treffen? Und sagen Sie auch Ihren Nachbarinnen Bescheid«, fügte Julia hinzu. »Wenn ... wenn es tatsächlich gehen sollte, machen wir aus unserem Frauenkreis einen richtigen Planungsausschuß. Es wird viel Arbeit für uns alle geben. Aber gemeinsam können wir es schaffen!«

Die Gruppe von Frauen, die Julias Haus nun verließ, war eine andere als die, die vor einer Stunde gekommen war. Apathische Augen waren aufgelebt. Sorgenvolle Stirnpartien hatten sich geglättet. Dunkle Schatten waren aus den Gesichtern gewichen, und wo vorher Verzweiflung gewesen war, flackerte jetzt ein Hoffnungsschimmer. Es war ein schwacher, zerbrechlicher Hoffnungsschimmer, doch er war deutlich spürbar und auf jedem einzelnen Gesicht abzulesen.

»Tante Hettie, ob Mamas Plan wohl funktioniert? Was meinst du?« fragte Jennifer ein paar Tage später.

»Warum denn nicht?« antwortete die ältere Frau. »Deine Mama ist eine tüchtige Frau. Wenn sie sich etwas in den Kopf gesetzt hat, dann bringt sie's auch zustande.«

»Aber die Leute in der Stadt halten das Ganze für eine fixe Idee. Sie sagen, es sei nur ein verrückter Traum«, sagte Felicitas traurig.

»Und wer behauptet das?« fragte Hettie mit blitzenden Augen.

Felicitas zuckte die Schultern.

»Ich weiß es nicht. Ich hab's ja auch nur gehört ...«

»Dann hörst du am besten von jetzt an nicht mehr hin, wenn die Leute so einen Unsinn reden. Sie sollen deiner Mama wenigstens erlauben, ihre Fähigkeiten unter Beweis zu stellen.«

»Hoffentlich gelingt ihr das«, sagte Jennifer ernst. »Mir gefällt es nämlich hier in Calder Springs.«

Seufzend zog Hettie das Backblech mit dem frischen Maisbrot aus dem Ofen hervor. Auch ihr gefiel das Leben in Calder Springs, und wenn die Stadt ausstarb, wie man allgemein befürchtete, dann würden auch sie und ihr Mann plötzlich ohne Anstellung sein.

»Eure Mama hat wirklich alle Hebel in Bewegung gesetzt! Sie hat eine ganze Reihe von Briefen losgeschickt, um zu erfahren, ob ein Urlaubsort hier überhaupt auf Interesse stoßen würde. Eine bessere Lage als unsere kann man sich gar nicht wünschen: herrliche Berge, hübsche Seen, Flüsse zum Angeln. Eure Mama hat das alles in ihren Briefen beschrieben.«

»Aber morgen ist schon Papas letzter Arbeitstag«, wandte Felicitas ein.

»Nein, noch nicht. Ein paar Dutzend Männer werden noch gebraucht, um das Sägewerk abzubauen. Bis das erledigt ist und die Maschinen in Kisten verpackt und abtransportiert sind, hat euer Papa noch Arbeit. Er schätzt, daß das Ganze noch zwei bis drei Wochen dauern wird.«

»Aber bis dahin sind sämtliche Bewohner von Calder Springs auf und davon!« klagte Felicitas.

»Nicht alle«, erwiderte Hettie.

»Die meisten jedenfalls. Ein paar von unseren Freundinnen sind ja jetzt schon fortgezogen.«

»Manche Leute haben einfach nicht genug Gottvertrauen«, sagte Hettie.

Jennifer senkte den Kopf. Sie war nicht sicher, ob sie selbst genug Gottvertrauen hatte, aber das mochte sie Hettie nicht eingestehen.

»Hier habt ihr eure Milch und euer Maisbrot«, sagte Hettie. »Bleibt damit in der Küche, damit ihr eure Mama nicht stört. Sie ist mit Briefeschreiben beschäftigt.«

»Wem schreibt sie denn jetzt gerade?« fragte Felicitas.

»Sie sucht immer noch jemanden, der bereit ist, das Hotel zu kaufen und es gründlich renovieren zu lassen.«

»Was? Den alten Kasten?« sagte Felicitas. »Den will doch keiner haben!«

»Wenn Calder Springs tatsächlich ein Urlaubsort wird, dann könnte dieser ›alte Kasten‹ plötzlich eine Menge Geld wert sein.«

Felicitas zuckte die Schultern und nahm sich ihr Milchglas. Sehr überzeugt war sie nicht.

Julia und ihr Frauenkreis – der neue »Planungsausschuß« – stürzten sich kopfüber in die Arbeit. Leider waren einige der Frauen beim näheren Überlegen zu dem Schluß gekommen, daß Julias Idee zwar lobenswert und interessant, aber völlig undurchführbar war. Diese Frauen hatten Kinder, welche Essen und Kleidung brauchten, und zwar auf der Stelle, und sie konnten es sich deshalb nicht leisten, erst einmal abzuwarten, ob Julias »fixe Idee« sich als durchführbar erweisen sollte. Julias Kreis bestand inzwischen nur noch aus acht Frauen, acht eisern entschlossenen Frauen, die den Vorsatz gefaßt hatten, ihre Stadt, ihre Häuser und ihre Träume zu retten.

Ein offenes Ohr

Julia war im Garten beschäftigt. Sie richtete sich auf und strich sich eine lose Haarsträhne aus der Stirn. »Ich darf mich nicht so hängenlassen«, ermahnte sie sich selbst und straffte ihre Schultern. Julia war schon immer eine begeisterte Hobbygärtnerin gewesen. Stets waren ihre Beete mit Blumen gefüllt. Von Anfang an hatte sie ihre Familie mit selbstgezogenem Gemüse ernährt. Aber das Beet, an dem sie jetzt arbeitete, war bei weitem größer als alle früheren Beete zusammengenommen. Zum Glück hatte Tom den Boden für sie umgegraben. Schon jetzt verursachte ihr das Hocken Rückenschmerzen. Auch die Knie taten ihr weh.

Sie stand auf und streifte den rechten Handschuh ab. »Das Einpflanzen habe ich fast zur Hälfte geschafft«, sagte sie sich und hoffte, wenigstens etwas Leistungsstolz dabei zu verspüren. Statt dessen stellte sich jedoch nur Abgeschlagenheit ein. »Über die Hälfte habe ich noch vor mir«, seufzte sie und fühlte sich wehrlos gegenüber einem solchen Anflug von Pessimismus.

Sie hob eine Hand, um sich den Gartenhut abzunehmen. Mit einem gekonnten Schwung warf sie ihn auf die Holzbank unter dem Fliederbusch.

»Ich brauche dringend eine Pause«, seufzte sie. »Mal sehen, ob Hettie eine Tasse Tee für mich hat.«

Auf dem Weg zur Küche machte Julia nur kurz halt, um sich die Gartenschuhe auszuziehen. Hettie konnte es nicht leiden, wenn ihre makellos saubere Küche durch Schmutzspuren verunstaltet wurde.

»Meine Güte, Sie sehen aber erschöpft aus!« sagte Hettie besorgt, als Julia zur Tür hereinkam.

Julia lächelte.

»Ich tauge wohl nicht mehr zur Gartenarbeit«, gestand sie mit einem Lachen, »wenn ich noch nicht einmal die Aussaat bewältigen kann!«

»Einen Garten haben Sie doch schon immer gehabt – nur nicht gleich eine ganze Farm«, verteidigte Hettie ihre Dienstherrin.

»Wie dem auch sei – jedenfalls ist mir nach einer Tasse Tee zumute«, antwortete Julia und ging an das Waschbecken, um sich die Hände zu säubern.

»Eine Schande ist's, daß Tom Ihnen nicht noch mehr helfen kann«, fuhr Hettie fort.

»Der Ärmste! Ich hätte ihn nicht mit dem Umgraben beauftragen sollen! Wie geht es seinem Rücken?«

»Ach, es ist ihm ja furchtbar unangenehm!« gestand Hettie. »Es tut ihm so leid, daß es ihn am Rücken erwischt hat und daß Sie jetzt die ganze Aussaat allein machen müssen!«

»Sagen Sie ihm, er soll sich nur deswegen keine Gedanken machen«, sagte Julia bestimmt. »Außerdem habe ich durchaus vor, mir ein paar Hilfskräfte zu besorgen. Sobald die Mädchen aus der Schule zurück sind, werde ich ihnen beibringen, wie man aussät. Die beiden haben einen jüngeren Rücken als ich und können sich leichter bücken.«

Hettie nickte, während sie sich hastig in der Küche zu schaffen machte, um den Tee zu kochen.

»Wissen Sie, Hettie«, sagte Julia leise und sorgenvoll, »die viele Arbeit nehme ich gern in Kauf, wenn ... wenn wir nur Erfolg haben!«

Hettie stellte die Kanne mit dem heißen Tee auf den Tisch und setzte sich auf einen Stuhl, ihrer Dienstherrin gegenüber.

»Machen Sie sich immer noch Kopfzerbrechen?« fragte sie.

»Ach, ich bemühe mich, ruhig zu bleiben, aber, ehrlich gesagt, ich weiß nicht, ob jemals ein Urlaubsgast in unsere kleine Stadt kommen wird. Wenn nichts daraus wird, dann habe ich diese armen Frauen dazu angestiftet, an Luftschlösser zu glauben. Es wäre besser, wenn ...«

»Aber, aber! Schloß jetzt mit den Selbstvorwürfen! Sie haben doch nichts unversucht gelassen. Niemand wird es Ihnen verübeln, wenn Ihr Plan nicht gelingt.«

»Ich habe ja so sehr dafür gebetet«, fuhr Julia fort, »aber ich weiß immer noch nicht, ob ich das Richtige tue.«

»Wenn es sich als falsch herausstellen sollte, dann können Sie's immer noch den anderen nachmachen: alles hinschmeißen und fortgehen.« In Hetties Stimme lag eine deutliche Verachtung für alle, die einfach kampflos aufgegeben hatten.

»Ach Hettie, Sie wissen ja gar nicht, wie oft ich schon mit Freuden von hier fortgezogen wäre. Auch jetzt würde ich nur zu gerne fortgehen, wenn ... wenn es John nicht das Herz brechen würde.«

Hettie sah auf, um Julias Gesicht über die Teekanne hinweg zu betrachten.

»Wissen Sie, woran ich zuerst denken mußte, als er mir sagte, das Sägewerk müsse schließen?« fragte Julia. »An das Haus. Daß wir es verlassen müßten. Erst in diesem Augenblick wurde mir klar, wieviel ihm an diesem Haus liegt. Wenn das Haus nicht wäre, dann würde ich auf der Stelle fortziehen. Es gibt schließlich auch andere Häuser.«

Die Falten auf Hetties Stirn vertieften sich.

»Natürlich hänge ich auch sehr an diesem Haus«, beeilte sich Julia zu erklären. »Aber für mich ist es nicht so sehr das Haus, das einen glücklich macht, sondern die Menschen, mit denen man es zusammen bewohnt.«

Hettie nickte und reichte Julia ihren Tee.

»Wissen Sie, ich habe seit meiner Kindheit in einem großen

Haus gewohnt. In einem noch größeren und eleganteren als diesem hier. Eigentlich war es viel zu groß für uns. Nachdem Mama starb, wohnten nur noch Papa und ich mit der Dienerschaft darin – und Papa war nur selten zu Hause. Wissen Sie was, Hettie? Damals bin ich für mein Leben gern durch die Straßen gegangen, wo die Häuser klein und dicht aneinander gebaut waren, wo die Kinder in den Vorgärten spielten und die Mütter sich über die Zäune hinweg mit der Nachbarin unterhielten. Oft habe ich zugehört, wie die Kinder lachten, sich etwas erzählten und sich auch manchmal zankten, und ich ... ich habe diese Leute beneidet und schämte mich meines Reichtums.«

Julia verrührte den Zucker in ihrem Tee, und Tränen schimmerten in ihren Augenwinkeln.

»Nicht, daß ich keine Freude an den hübschen Dingen in unserem großen Haus gehabt hätte«, fuhr sie fort. »Aber sie waren mir halt lange nicht so wichtig wie eine Familie, eine richtige Familie. Aber Papa ... Papa legte großen Wert auf eine teure Einrichtung, und er hat mich gelehrt, den Luxus zu schätzen. Wenn ich aber die Wahl hätte zwischen diesen teuren, materiellen Dingen und einer Familie, dann sind mir diese Dinge plötzlich nicht mehr so wichtig.«

Hettie reichte ihrer Dienstherrin ein leinenes Taschentuch, und Julia wischte sich ein paar Tränen aus den Augen.

»John ist ohne großes Haus und ohne Luxus aufgewachsen. Seine Eltern hatten damals ein Landstück auf der Prärie urbar gemacht. Die ersten Jahre seines Lebens hat er in einer grasgedeckten Hütte verbracht. Erst als er zwölf war, wurde dort ein Holzfußboden gelegt. Seine Mutter mußte noch das Wasser vom Fluß holen und Büffelfladen als Brennstoff sammeln. Die Wäsche wusch sie in einem großen Faß – mit einem Waschbrett aus Blech. Später zogen sie dann in ein Holzhaus, ein Haus mit richtigen Glasfenstern, aber moderne Arbeitsgeräte und Hilfsmittel, die einer Hausfrau das Leben erleichtern, waren ihnen völlig unbekannt.«

»So ist es vielen Frauen im Westen ergangen«, sagte Hettie und dachte an ihre eigene Mutter zurück.

Julia nahm noch einen Schluck Tee aus der wertvollen Porzellantasse.

»Mir ging es ja genauso – damals in unseren ersten Jahren«, gestand Julia. »Und eigentlich war es gar nicht so schlimm. Ich hatte jede Menge Arbeit – aber auch die nötige Zeit dazu. Das Wasser- und Holzholen hat John mir allerdings abgenommen. Jeden Morgen stand er zeitig auf und stellte mir, noch bevor er zur Arbeit ging, den Tagesvorrat vor die Tür. Eigentlich ist es sonderbar, aber so umsorgt und geliebt wie in diesen ersten Jahren habe ich mich nie mehr gefühlt.«

Erschrocken und ein wenig verlegen über ihre eigenen Worte, rückte sich Julia ihren Stuhl zurecht.

»Das ... das soll nicht heißen, daß ich mich jetzt weniger geliebt fühle«, erklärte sie hastig. »John umsorgt mich wirklich liebevoll ... aber damals war alles anders. Wir haben alles gemeinsam geplant und miteinander geteilt. Wir hatten ja nur uns beide. John verdiente unseren Lebensunterhalt, und ich ... ich kochte und wusch und hielt das Haus sauber. Damals hatten wir Sie noch nicht für die Küche ... und Tom für den Garten ... und Rosa für den Haushalt und das Servieren. Irgendwie ist es etwas anderes, wenn man dem anderen dient – mit den eigenen Händen.«

Hettie nickte. Sie konnte Julia sehr gut verstehen und schenkte ihr noch ein wenig Tee ein.

»Wissen Sie, Hettie, wenn meine beiden Mädchen auf Luxus verzichten müßten, wenn sie ein arbeitsreiches Leben führen müßten, aber dafür einen Mann zur Seite hätten, den sie wirklich liebten, dann würde es mir nicht leidtun. Denn wenn sie einander lieben und gemeinsam ein Zuhause aus ihrer Wohnung machen, auch wenn sie noch so klein ist, wenn sie stets das Glück des anderen an die erste Stelle setzen, dann sind sie in meinen Augen reich gesegnet.

Und mir ist in meinem Leben mehr Segen widerfahren, als ich mir je zu träumen gewagt hätte«, sagte Julia nachdenklich. »Ich habe beides: ein wunderhübsches Zuhause und eine liebe Familie. Vielleicht habe ich mehr, als mir eigentlich zusteht. Vielleicht bin ich nicht dankbar genug gewesen. Möge Gott mir vergeben, wenn ich das alles für selbstverständlich gehalten habe.«

Hettie war im Begriff, ihre junge Dienstherrin erneut in Schutz zu nehmen, aber Julia redete unbeirrt weiter.

»Aber das soll mir von jetzt an nie wieder passieren. In den letzten paar Wochen ist mir vieles klargeworden. Das eine weiß ich genau: Gott hält mein Leben nach wie vor in seinen Händen. Er kennt den Unterschied zwischen Notwendigkeit und Luxus. Wenn ich nun ohne all den Luxus auskommen muß, so will ich mich nicht beklagen. Aber weil John so viel daran liegt, will ich mein Bestes tun, um die Stellung zu halten – um seinetwillen und um der Mädchen willen.«

Julia stand auf und glättete den grobgewebten Rock, den sie stets zur Gartenarbeit trug.

»Jetzt muß ich aber schleunigst mit dem Säen weitermachen, wenn wir tatsächlich den großen Garten haben wollen, den wir brauchen werden.«

»Aber sollten Sie sich nicht erst ...?«

»Ich säe nur noch zwei Reihen vor dem Mittagessen«, antwortete Julia auf Hetties unvollendete Frage. »Mit dem Rest warte ich, bis die Mädchen wieder zu Hause sind. Eine Lektion im Gärtnern wird ihnen nicht schaden. Ich habe mir das Gärtnern selbst beigebracht. Es kann nur von Vorteil sein, wenn sie schon jetzt die Grundlagen lernen. Vielleicht wird ja eines Tages sogar eine echte Leidenschaft daraus.«

Julia lächelte Hettie zu und ging zur Tür.

»Vielen Dank für den Tee.« Die Hand schon an der Türklinke, zögerte sie einen Moment lang. »Und vielen Dank fürs Zuhören«, sagte sie leise. »Manchmal brauche ich jemanden, der ein offenes Ohr hat. Meine Mutter fehlt mir wohl immer noch sehr.«

Erst nachdem Julia die Tür sanft hinter sich zugezogen hatte, ließ Hettie ihren eigenen Tränen freien Lauf.

Jennifer und Felicitas waren begeistert, als sie hörten, daß sie beim Aussäen helfen durften.

»Ich ziehe die Reihen, und ihr legt die Samenkörner hinein und bedeckt sie mit Erde«, wies Julia die beiden Mädchen an, die sich sichtlich auf dieses Vergnügen freuten.

»Und jetzt zieht ihr euch eins von euren Spielkleidern an und kommt zu mir in den Garten.«

Wenig später fanden sich die beiden Mädchen draußen ein. Julia hatte schon einen Bindfaden zwischen zwei Pflöcken gespannt, um eine neue Reihe zu markieren. Sie liebte Ordnung und hätte sich eines Gartens geschämt, in dem das Gemüse in windschiefen Reihen wuchs.

»Dürfen wir die Schuhe ausziehen, Mama?« rief Felicitas.

»Die Schuhe?« rief Julia zurück.

»Bitte, Mama!« bettelte Felicitas. »Die Carlsons haben auch immer die Schuhe bei der Gartenarbeit ausgezogen. Wir haben's selbst gesehen. Sie haben überhaupt keine Erde in die Schuhe gekriegt!«

»Aber dann werden eure Strümpfe ja ganz schmutzig«, wandte Julia ein.

»Die Strümpfe zieht man auch aus«, erklärte Jennifer ihrer Mutter.

Julia zog die Stirn in Falten.

»Ist denn das kein unangenehmes Gefühl an den Füßen?«

»Betty findet es ganz herrlich«, antwortete Jennifer.

»Also gut«, ließ Julia sich umstimmen. »Wenn ihr unbedingt wollt, dann zieht euch die Schuhe aus.«

Beide Mädchen entledigten sich eilig ihrer Schuhe und Strümpfe. Allerdings waren weder Felicitas noch Jennifer je barfuß draußen herumgelaufen und fanden das Gefühl der groben Gartenerde bei weitem nicht so begeisternd wie Betty Carlson, die sich fast den ganzen Sommer ohne Schuhe und Strümpfe im Freien aufhielt.

Jennifer verzog das Gesicht, als sie über das Beet ging. Felicitas warf ihr einen drohenden Blick zu.

»Du wirst dich schon daran gewöhnen«, flüsterte sie.

Jennifer nickte. Dies war ein neues Abenteuer für die beiden, und wenn sie alles verdarb, würde Felicitas ihr das übelnehmen.

»Und jetzt«, erklärte Julia, »kommt ihr zwei hierher, damit ich euch zeigen kann, wie man die Samenkörner aussät: Eine von euch sät, und die andere nimmt die Harke und füllt die Reihe wieder mit Erde auf. Danach tauscht ihr die Arbeit.«

Nach einer kurzen Auseinandersetzung beschlossen die Mädchen, daß Felicitas zuerst aussäen durfte. Beide Mädchen beugten sich über die vorgegrabene Reihe, und Julia zeigte ihnen, wie man die Samenkörner einzeln und in regelmäßigen Abständen in die kleinen Gräben legt, damit sie ausreichend Platz zum Wachsen hatten. Dann erklärte Julia den beiden, wie man anschließend die Saat behutsam mit Erde bedeckt.

»Dies ist eine sehr wichtige Arbeit«, betonte sie. »Wir müssen sie aufmerksam und gut verrichten, wenn wir einen ertragreichen Garten haben wollen.«

Die Aussaat begann. Felicitas nahm sich eine Handvoll Körner, rutschte auf ihren Knien die Reihe entlang und legte in einem ordentlichen Abstand mit aller Sorgfalt ein paar Körner in die Erde. Jennifer folgte ihr mit der Harke und füllte den Graben behutsam mit Erde, die sie dann anschließend sachte festklopfte.

Es dauerte nicht lange, bis Julia auffiel, daß Jennifer humpelte, doch sie verkniff sich eine Bemerkung. Die Arbeit ging weiter. Dann saß Jennifer plötzlich am Beetrand im Gras und zog sich die Strümpfe und Schuhe wieder an. Noch immer sagte Julia nichts, doch sie hörte Felicitas verächtlich flüstern: »Zimperliese!«

»Warte nur ab«, antwortete Jennifer. »Bis jetzt bist du auf deinem Rock umhergekrochen. Warte mal, bis du hier auf der Erde laufen mußt!«

Die drei arbeiteten weiter. Julia hatte damit gerechnet, daß die Mädchen das Gärtnern bald satt haben oder zumindest um eine Pause bitten würden, aber zu ihrer Überraschung schienen die beiden ihre Arbeit zu genießen. Allerdings zog sich bald auch Felicitas, nachdem sie ein paar Schritte auf der Gartenerde gegangen war, ihre Strümpfe und Schuhe wieder an.

»Hat Betty gesagt, wie lange es dauert, bis man sich daran gewöhnt hat?« erkundigte sich Felicitas bei Jennifer.

»Nein, hat sie nicht«, gab Jennifer zur Antwort.

Nachdem Julia die letzte Reihe gezogen hatte, stützte sie sich auf ihre Hacke und schaute zu, wie Jennifer die Erbsen säte und Felicitas sie anschließend mit der dunklen, warmen Erde bedeckte.

»Ihr habt eure Sache prima gemacht«, lobte sie ihre Töchter. »Zu dritt geht einem die Arbeit viel leichter von der Hand, nicht wahr?«

Jennifer streckte sich und rieb sich den Rücken.

»Sind wir fertig?« fragte sie.

»Für heute ja«, antwortete Julia. »Den Rest säen wir aus, wenn das Wetter etwas beständiger ist. Wir wollen schließlich nicht, daß der Frost unsere jungen Pflänzchen verdirbt.«

Felicitas häufte die Erde über die letzten Samenkörner.

»Wann fangen sie denn zu wachsen an?« erkundigte sie sich gespannt. »In ein paar Tagen?«

»Nein, ganz bestimmt nicht!« lachte Julia. »Aber vielleicht sehen wir nächste Woche schon die ersten grünen Spitzen.«

Bei dem Gedanken an eine so lange Wartezeit verzog Felicitas das Gesicht.

Gemeinsam brachten sie die Gartengeräte fort und gingen ins Haus, um sich die schmutzige Gartenerde abzuwaschen. Durch das Küchenfenster konnten sie sehen, daß Hettie bereits das Abendessen zubereitet hatte. Bald würde auch John nach Hause kommen, und Julia legte Wert darauf, daß seine beiden »Damen« ihn mit dem gewohnten tadellosen Äußeren begrüßten.

Trübe Aussichten

Jennifer und Felicitas gingen immer häufiger in den Garten. Julia staunte über das Interesse ihrer Töchter. Die ersten grünen Blattspitzen wurden mit Jubelgeschrei begrüßt. Die harte Arbeit hatte sich gelohnt!

»Die Mädchen werden langsam, aber sicher erwachsen«, dachte Julia. »Sie lassen ihrer Begeisterung noch auf kindliche Weise freien Lauf, aber sie sind auch schon in der Lage, anspruchsvollere Aufgaben zu bewältigen.«

Julia beschloß daraufhin, den Mädchen in Zukunft mehr Verantwortung im Haushalt zu übertragen.

»Ihr wißt doch, daß ich einige Briefe geschrieben und unser Haus als Gästepension für die Sommermonate angeboten habe«, sagte Julia eines Morgens beim Frühstück zu den Mädchen.

Die beiden nickten nur stumm. Schließlich hatte ihre Mutter sie schon unzählige Male ermahnt, nicht mit vollem Mund zu sprechen.

»Wir alle werden zusätzliche Arbeit haben, wenn die Gäste kommen«, fuhr Julia fort.

»Wer kommt denn?« fragte Felicitas, die eine Sekunde lang vergessen hatte, daß ihr Mund noch nicht ganz leer war.

»Vorläufig noch niemand. Das heißt ... ich weiß noch von keinem. Dazu ist es noch zu früh. Unsere Anzeigen sind ja gerade erst erschienen. Aber wenn die ersten Gäste eintreffen, dann werden wir uns alle an der Arbeit beteiligen müssen. Wir werden zusätzlich putzen, waschen und in der Küche helfen müssen.«

Julia sah erst Skepsis, dann Interesse und schließlich Begeisterung in den Augen der Zwillinge.

»Was müssen wir denn alles tun?« fragte Felicitas neugierig.

»Ich habe mir folgendes überlegt: Ich stelle eine Liste der einzelnen Arbeiten auf, und ihr beide dürft euch dann diejenigen aussuchen, die euch am besten gefallen.«

»Wohl jede Menge Arbeit?« fragte Felicitas und zog die Stirn kraus. Jennifer versetzte ihr einen Rippenstoß.

»Nein, so viel ist es nicht. Aber es ist doch einiges zu tun. Es wird auch davon abhängen, wie viele Leute kommen«, erklärte Julia.

»Dann nehme ich die Miete ein!« bot Felicitas mit leuchtenden Augen an, und Julia und Jennifer stimmten in ihr Gelächter ein.

»Weißt du, um Miete handelt es sich eigentlich gar nicht«, erläuterte Julia. »Unsere Gäste werden jeweils nur für kurze Zeit bleiben, weshalb man wohl eher von ... von Gebühren sprechen muß. Von Pensionsgebühren sozusagen.«

»Ich warte lieber auf die Liste«, meinte Jennifer.

»Kriegen wir denn bloß Erwachsene zu Besuch?« fragte Felicitas und sah Julia mit großen Augen an.

»Vielleicht nicht nur. Ich habe geschrieben, daß wir drei Zimmer frei haben und daher auch Familien bei uns aufnehmen können«, antwortete Julia.

Felicitas und Jennifer wechselten einen besorgten Blick.

»Müssen wir dann unsere Sachen mit anderen teilen?« fragte Felicitas.

»Eure persönlichen Dinge sicher nicht, aber die Schaukelbank auf der Veranda und das Gartenhaus vielleicht. Tom wird noch einen Sandkasten und eine Wippe bauen. Wir möchten, daß die Kinder sich bei uns wohlfühlen. Wenn die Kinder bei guter Laune sind, werden die Eltern ihren Urlaub um so mehr genießen«, sagte Julia. »Vielleicht werden sie dann später wieder Urlaub hier machen – und obendrein anderen davon weitersagen.«

John war schon seit ein paar Tagen damit beschäftigt, den Abbau der Maschinen im Sägewerk zu beaufsichtigen und schaute zu, wie sämtliches Gerät in Eisenbahnwaggons verladen wurde, um an einen anderen Ort transportiert zu werden. Als der letzte Zug hinter dem Berg verschwunden war und sich die Wolken der alten Dampflock aufgelöst hatten, wurde ihm mit einem Mal das volle Ausmaß der Wirklichkeit bewußt: Die Arbeit im Sägewerk war endgültig vorbei.

Nun blieb ihm nichts weiter übrig, als seinen letzten Arbeitslohn abzuholen und nach Hause zu gehen. Er hatte Entscheidungen zu treffen – schwerwiegende Entscheidungen. Bis jetzt hatte er sie vor sich hergeschoben, um Zeit zu gewinnen, aber nun gab es kein Ausweichen mehr. Er mußte der Realität ins Auge sehen und eine Möglichkeit suchen, um den Lebensunterhalt seiner Familie zu sichern.

John war stolz auf Julia. Er hatte nicht gedacht, daß seine Frau so resolut sein konnte. Sie hatte fast alle Frauen der Stadt zusammengetrommelt. Ihr schönes Haus auf dem kleinen Hügel würde sie sich nicht kampflos entreißen lassen. Julia hing sehr an dem Haus, dessen war John sich gewiß. Sie war an Luxus gewöhnt. Aber John hatte das unbestimmte Gefühl, daß Julia, so sehr sie sich auch anstrengen mochte, eine Niederlage würde hinnehmen müssen. Calder Springs würde niemals genug Touristen anziehen. Es gab ja schon Banff, den herrlichen Nationalpark, der sich zusehends zu einer großen Attraktion entwickelte. Und weiter nördlich in den Rocky Mountains lag Jasper, das sich ebenfalls einer wachsenden Beliebtheit erfreute. Banff und Jasper waren weithin bekannt, aber die Zahl jener, die das nötige Geld für einen Urlaub in den Bergen besaßen, war leider begrenzt. »Für den kleinen Ort Calder Springs werden sich gewiß kaum Liebhaber finden«, überlegte John.

Vielleicht wäre alles anders, wenn sie über die Jahre hinweg Werbung betrieben hätten, um sich einen kleinen Kundenkreis aufzubauen, aber jetzt besaß niemand am Ort genug Geld, um eine längere Wartezeit zu überbrücken. Die Stadt würde aussterben. Die letzten Einwohner würden sich gezwungen sehen, aus ihren Häusern auszuziehen, wie einige es schon getan hatten.

John seufzte tief und ließ die Schultern hängen. Es machte ihm sehr zu schaffen, daß Julia ihr geliebtes Haus nun verlieren sollte und daß die Mädchen, die bislang nur Wohlstand gekannt hatten, womöglich bald auf vieles verzichten mußten.

Er selbst war mit Armut vertraut. Es machte ihm nichts aus, ein einfaches Leben zu führen. Aber seine Familie? Mit Ausnahme der allerersten Ehejahre waren John und Julia den Luxus gewohnt. Und auch die Mädchen hatten niemals Not und Entbehrung gekannt.

Gelegentlich bedauerte es John, daß das Geld, mit dem er das große Haus gebaut hatte, aus Onkel Georges Nachlaß stammte, statt dem Verdienst seiner eigenen Hände entsprungen zu sein. Dennoch hatte er Julia das Haus niemals mißgönnt. Sie hatte es wirklich voll und ganz verdient. Er war Gott für das Wunder dankbar, das dieses Haus ermöglicht hatte – denn ein Wunder war das von Onkel George geerbte Geld in seinen Augen immer gewesen.

John dachte an seinen insgeheim gehegten Traum von einem eigenen Betrieb. Davon hatte er noch keiner Menschenseele etwas gesagt, nicht einmal Julia, denn er hatte diesen Traum immer für eigensüchtig gehalten. Onkel Georges Geld hatte eine gewisse Verlockung dargestellt, doch nur für kurze Zeit.

Er hätte es niemals für die Verwirklichung seiner eigenen Ziele benutzt. Für ihn stand Julias Haus stets an allererster Stelle.

Dennoch dachte er immer wieder über diesen Traum von einem kleinen Betrieb nach. Eine Schreinerwerkstatt müßte es sein, wo er das unbehauene Holz aus dem Wald formen und polieren konnte, bis es wie dunkles Gold unter seinen Händen glänzte. Er liebte Holz: wie es sich anfühlte, wie es duftete, wie seine Maserung zu Mustern angeordnet war.

Wenn sie das Haus nur verkauft hätten, selbst für einen Teil seines eigentlichen Wertes, dann wäre ein Neuanfang möglich gewesen. Statt dessen würden sie das Haus nun verlieren. Alles würden sie verlieren. Johns Kinnmuskeln zuckten mehrmals, und sein Blick bekam etwas Hartes. »Es wird für uns alle eine furchtbare Strapaze werden, wenn wir alles aufgeben müssen«, dachte er. Doch dann besann er sich und versuchte, seine finstere Stimmung abzuschütteln.

»Wie sagt Julia immer?«, rief er sich selbst in Erinnerung zurück. »Gott hat schließlich nicht die Koffer gepackt und ist mit dem Sägewerk abgereist. Er ist noch immer hier und sorgt für uns.«

John ging in das Büro, um seine Lohntüte abzuholen. Die Zeit war schon vorgerückt, und wenn er sich nicht beeilte, würde er zu spät zum Abendessen kommen.

Julia besuchte die beiden Mädchen, die sich gerade zum Abendbrot umzogen, in ihrem Zimmer.

»Sagt mal, wie wär's, wenn ihr heute abend eure schönen blaukarierten Kleider anzieht?« fragte sie.

Zwei Augenpaare leuchteten auf.

»Gehen wir etwa aus?« fragte Felicitas.

»Nein.«

»Bekommen wir denn Besuch?« fragte Jennifer.

»Nein, wir sind heute abend ganz unter uns.« Und dann

beantwortete Julia die Frage, die sie ihren beiden Töchtern an der Nasenspitze ablesen konnte: »Die blaukarierten Kleider mag euer Papa ganz besonders gern.«

Jennifer musterte ihre Mutter genauer. Auch Julia trug ein Kleid, das John besonders gut gefiel.

»Meinst du, daß Papa heute abend traurig sein wird?« fragte sie.

Julia bemühte sich um eine möglichst gleichmäßige Stimme und eine beherrschte Miene.

»Ja, vielleicht ein wenig. Das Sägewerk existiert jetzt nicht mehr. Das ist nicht leicht für euren Vater. Er hat einen schweren Tag hinter sich.«

Jennifers Gesicht wurde ernst. Felicitas schaute dagegen eher unbekümmert drein.

»Soll ich ihm meinen neuen Witz erzählen?« fragte sie.

»Ich weiß nicht, ob ihm nach Witzen zumute sein wird«, sagte Julia sanft. »Am besten verhaltet ihr euch einfach nur so ausgeglichen und gehorsam, wie ihr könnt. Keine großen Szenen.«

Beide Mädchen nickten.

Julia verließ das Zimmer und schloß die Tür leise hinter sich.

»Ich finde, ich sollte ihm trotzdem den Witz erzählen«, beharrte Felicitas.

»Welchen Witz denn?« erkundigte Jennifer sich.

»Also, paß auf: Ein Mann hatte Zwillinge, und die waren gleich groß, hatten dieselbe Haarfarbe und dieselbe Augenfarbe. Was meinst du, wie konnte er sie auseinanderhalten?«

Jennifer zog die Stirn kraus. Sie zog sich ihr blaukariertes Kleid über den Kopf und stellte dann die Frage, auf die Felicitas gewartet hatte: »Na, wie denn?«

Felicitas schlüpfte auch in ihr blaukariertes Kleid. In ihren Augen funkelte schon die Vorfreude auf die lustige Pointe.

»Ist doch klar, der Junge hatte ‘ne Hose an und das Mädchen nicht!« rief sie und brach in schallendes Gelächter aus.

Jennifer verzog keine Miene.

»Wie albern!« sagte sie verächtlich. »Albern und dumm!«

Aber Felicitas lachte noch immer, und zwar so heftig, daß es ihr nicht gelingen wollte, die Gürtelschleife an ihrem Kleid zuzubinden.

»Daran war überhaupt nichts komisch«, sagte Jennifer.

Felicitas hörte auf zu lachen.

»Du bist ja nur sauer, weil dir keine guten Witze einfallen«, sagte sie beleidigt.

»Stimmt ja gar nicht!« verteidigte Jennifer sich. »So einen albernen Witz würde ich nie im Leben erzählen.«

»Du erzählst sowieso nie Witze«, sagte Felicitas hitzig. »Du bist viel zu ... zu todernst und langweilig. Du lachst überhaupt nie.«

»Ich lache wohl, wenn es etwas Lustiges gibt.«

»Tust du gar nicht. Bei dir gibt’s ja nie was Lustiges!«

»Stimmt nicht«, gab Jennifer zurück. »Wenn Papa einen lustigen Witz erzählt, dann lache ich.«

»Papa erzählt aber nie Witze.«

»Tut er wohl.«

Felicitas schüttelte den Kopf.

»Er hat ja keinen einzigen erzählt, seit ... seit ...«

»Früher hat er aber welche erzählt, und das tut er bestimmt auch wieder, wenn ...«

Jennifer geriet ins Stocken, und Tränen rannen ihr über das Gesicht. Würde Papa je wieder eine lustige Geschichte erzählen? Würde er jemals wieder lachen und mit ihnen spielen? Würde er sich je wieder gutgelaunt mit Mama über irgendwelche alltäglichen Dinge unterhalten? Wann würden endlich wieder normale Zustände bei ihnen einkehren?

»Siehst du? Du weißt ja nicht mal, wie man lacht, du Heulsuse!« spottete Felicitas.

Jennifer versetzte ihr eine Ohrfeige.

So kam es, daß Julia nicht an der Tür stand, um John bei seiner Heimkehr zu begrüßen. Statt dessen war sie in das Zimmer ihrer Töchter gegangen, um den Streit zwischen den beiden zu schlichten. Die Mädchen weinten heftig, und auch Julia selbst war nicht weit davon entfernt, in Tränen auszubrechen. Sie hatte John an diesem schweren Tag ein freundliches, ruhiges Willkommen bieten wollen. Hettie hatte sein Lieblingsessen zum Abendessen gekocht, und Julia hatte sich um seinetwillen mit besonderer Sorgfalt gekleidet und frisiert. Jennifer und Felicitas hätten ihn in den Kleidern begrüßen sollen, die ihr Vater so gern an ihnen sah. Mit einem frohen Lächeln sollte John im Familienkreis willkommen geheißen werden. Aber nun war alles schiefgegangen.

»Armer John! Mein armer John!« weinte Julia.

Ohne Fleiß kein Preis

Der Zustand, in dem John seine Familie an diesem Abend vorfand, war für ihn eine größere Ermutigung, als Julia es für möglich gehalten hätte. Denn weinende Töchter und eine bekümmerte Ehefrau zeigen einem Familienvater, daß er nach wie vor daheim gebraucht wird.

John sah in Julias tränenfeuchte Augen, um wortlos nach dem Grund der Auseinandersetzung zu fragen. Julia zuckte resignierend die Schultern, und ihre Augen wurden noch feuchter. Mit einem Kopfnicken deutete John an, daß er ihr aus dem Zimmer folgen würde und zog dann die Tür leise ins Schloß.

»Was ist denn los?« fragte er und zog seine Frau an sich. Die beiden sahen einander in die Augen.

Julia versuchte erfolglos, durch ihre Tränen hindurchzublinzeln.

»Ach, eigentlich ging es nur um einen albernen Witz und weiter nichts.« Kaum hatte sie es gesagt, als ihr auch schon klar wurde, daß in Wirklichkeit viel mehr dahintersteckte.

»Ach John!« schluchzte sie und lehnte sich an seine breiten Schultern. »Ich hatte mich so auf einen schönen Abend gefreut, an dem wir gemeinsam ...« – nein, »feiern« konnte man es nicht nennen. Die Ereignisse des Tages waren kaum ein Anlaß zum Feiern – »... an dem wir gemeinsam dankbar dafür sein können, daß wir einander haben«, sagte sie kleinlaut. »Ich wollte, daß du heute dein Lieblingsessen bekommst und eine glückliche Familie vorfindest, die Mädchen in ihren hübschesten Kleidern, aber dann ... dann ...« Nun war Julia machtlos gegen ihre Tränen. Sie vergrub ihr Gesicht in seiner Schulter und weinte hemmungslos.

John hielt sie umarmt und strich ihr besänftigend über den Rücken. Er begriff noch immer nicht ganz, worum es eigentlich ging.

Als Julia ruhiger geworden war, fragte John: »Soll ich mit den Mädchen schimpfen?«

Julia erschrak und öffnete die Augen weit.

»Nein, bloß nicht!« antwortete sie schnell. »Das würde unser Abendessen vollends verderben!«

John zog sie wieder an sich.

»Seltsam«, murmelte Julia in seine Jacke hinein, »ich hatte sie für so ... so erwachsen gehalten. Sie haben so fleißig mit mir im Garten gearbeitet. Ich hatte schon geglaubt, die beiden seien nun wahre junge Damen. Ich hatte mich auf ihre Gesellschaft, ihre Unterstützung gefreut, und dann ... wie aus heiterem Himmel ... so etwas!« Julia schluchzte auf.

»Hast du denn vergessen, wie alt sie sind?« fragte John und klopfte ihr sachte auf die Schulter. »Sie sind doch erst dreizehn. In dem Alter weiß kein Mädchen, ob es schon erwachsen ist oder nicht. Weißt du nicht mehr, wie es bei dir war?«

Julia schüttelte den Kopf. Nein, daran erinnerte sie sich nicht. Sie war gezwungen worden, einen großen Sprung von ihrer Kindheit ins Erwachsensein zu machen, als ihre Mutter gestorben war.

»Du willst mir damit doch wohl nicht androhen, daß ich mich noch eine ganze Weile mit diesem ewigen Hin und Her abfinden muß, oder?« sagte Julia, während sie sich mit einem Spitzentaschentuch die Augen wischte. Es lag schon wieder ein Funke Humor in ihrer Stimme.

John nickte nur.

»Meine Güte!« rief Julia aus. »Wir können uns ja keinen Augenblick lang sicher sein, ob wir nun Kinder oder Erwachsene vor uns haben!«

»Soll ich mit den beiden über diesen Vorfall reden?« fragte John und schlang seinen Arm fester um sie.

»Nein, laß mal, das erledige ich lieber selbst«, sagte Julia leise, aber entschlossen und richtete sich auf. »Geh du dir in der Zeit die Hände waschen. Hettie möchte uns bestimmt das Essen servieren, bevor es kalt wird.«

John gab Julia einen Kuß auf die Stirn. Dann entließ er sie aus seiner Umarmung, damit sie zu den Mädchen gehen konnte.

Julia fand zwei reumütige junge Mädchen vor, die still auf ihren Betten saßen. Ihre Tränen waren versiegt, wenn auch die Spuren noch zu sehen waren.

»Bitte wascht euch das Gesicht und macht euch zum Essen fertig«, sagte Julia mit ruhiger Stimme. »Nachdem ihr euch gegenseitig entschuldigt habt, dürft ihr zu eurem Vater und mir ins Eßzimmer kommen, wo ich ein tadelloses Benehmen von euch erwarte. Habt ihr verstanden?«

Beide Mädchen nickten.

Julia verließ das Zimmer und meldete Hettie, daß sie das Essen jetzt servieren konnte.

Das Abendessen verlief trotz der vorausgegangenen Meinungsverschiedenheiten recht fröhlich. Felicitas erzählte zwar ihren Witz nicht, doch dafür gab John einige der seinen zum besten. Die Familie hatte wirklich eine Aufmunterung nötig. Sogar Jennifer konnte sich ein Lächeln nicht verkneifen.

Nach dem Abendessen und der gemeinsamen Andacht führten die Mädchen ihren Vater in den großen Garten, wo sie ihm stolz das Gemüsebeet zeigten.

»Sieh mal, Papa, diese Reihe hier habe ich gesät!« sagte Felicitas begeistert. »Es sind Erbsen.«

»Und ich habe die Reihe daneben gesät«, fügte Jennifer mit etwas mehr Zurückhaltung hinzu.

»Meine Erbsen sehen aber größer aus«, prahlte Felicitas. »Meinst du nicht auch, Papa?«

John hatte keineswegs die Absicht, sich in einen Streit verwickeln zu lassen. Er betrachtete beide Erbsenreihen mit kritischem Blick.

»Sie sehen allesamt prächtig aus«, befand er. »Ich freue mich schon darauf, sie auf meinem Teller zu haben.«

Sie gingen ins Haus zurück. Die Mädchen wurden zu Bett geschickt, und Julia nahm ihre Handarbeit auf. John setzte sich an den kleinen Schreibtisch in der Bibliothek und zog sein Geschäftsbuch hervor. Er würde noch eine letzte Lohnzahlung bekommen und hatte noch eine Reihe von Rechnungen zu begleichen. Würde das Geld reichen? Würde er genug übrigbehalten, um künftige Rechnungen damit zu bezahlen?

John ging die Zahlen mehrmals durch, doch das Ergebnis blieb immer dasselbe. Wenn erst einmal die ausstehenden Rechnungen beglichen sein würden, waren die Rücklagen so gut wie aufgebraucht. John schob das Buch beiseite und ging aus dem Zimmer. Mit einer abrupten Handbewegung löschte er das Licht.

Julia saß noch im Salon und hatte ihre Handarbeit auf den Knien. Lautlos glitten ihre Finger den weißen Faden entlang, mit dem sie an einem feinen Zierdeckchen arbeitete.

Obwohl John zur Zeit andere Sorgen hatte, bemühte er sich, Interesse an Julias Vorhaben zu zeigen.

»Was häkelst du denn da?« erkundigte er sich.

Julia hob das Deckchen hoch und zeigte es ihm.

»Es ist für unseren Kunstgewerbeladen«, antwortete sie mit einem Anflug von Begeisterung in der Stimme. »Wir Frauen fertigen alle irgendwelche Handarbeiten an. Mit vereinten Kräften haben wir den Laden bestimmt bald vollständig ausgestattet.«

»Aha«, dachte John, »sie hat also ihren Traum noch immer nicht begraben.«

»Wir haben schon eine nette Auswahl beisammen«, fuhr Julia fort. »Warte nur, bis du die hübschen Spitzenkragen zu sehen bekommst, die Frau Shannon gemacht hat! Und Frau Clancy näht karierte Schürzen – eine schöner als die andere! Frau Adams arbeitet an einer bunten Flickendecke. Zwei Babydecken hat sie schon fertig: eine ganz in Rosa, eine andere in Blau und die dritte ...«

»Ich habe einen langen Tag hinter mir«, unterbrach John seine Frau. »Am besten gehe ich gleich zu Bett.« Er konnte es kaum mit anhören, wie sehr die Frauen sich für einen Traum einsetzten, der doch niemals in Erfüllung gehen konnte. John wußte nicht, ob er mit ihnen offen darüber sprechen sollte, oder ob es besser war, sie einfach ihren Hoffnungen zu überlassen. »Andererseits bewahrte sie die Arbeit vor der Verzweiflung«, dachte er.

Julia legte die Handarbeit beiseite und ließ ihre Hände auf den feinen Seidenstoff sinken, aus dem ihr Kleid geschneidert war. Ihr Blick suchte den seinen.

»Reicht deine letzte Lohnzahlung aus, um unsere Rechnungen zu begleichen?« fragte sie.

John nickte, und Julia stieß einen Seufzer der Erleichterung aus.

»Im Garten werden die Früchte bald reif zur Ernte sein«, fuhr Julia eilig fort. »Und ich habe noch genug Stoff, um den Mädchen neue Kleider zu nähen. Hettie versteht sich auf Eintöpfe und Suppen, und ...«

»Wir werden schon keine Not leiden«, versuchte John sie zu beruhigen.

»Herr Brock sagte neulich, daß es reichlich Wild in unseren Wäldern gibt«, fügte Julia hinzu.

John hatte schon oft in der Umgebung gejagt und wußte

daher, daß es in den Wäldern um Calder Springs tatsächlich viele Tiere gab.

Er reichte ihr seine Hand, und sie stand auf.

»Wir werden bestimmt keine Not leiden«, sagte er noch einmal.

Julia war skeptisch. Sie sah John geradewegs in die Augen und bat ihn: »Wenn es eine Möglichkeit gibt, wie wir ... wie wir uns einschränken können, dann wirst du es mir doch sagen, oder?«

Der Ernst in ihrem Gesicht rührte John das Herz. Er gab ihr einen Kuß auf die Stirn.

»Ganz bestimmt!« versprach er und schloß die Augen bei dem schmerzlichen Gedanken. Es würde ihm unendlich schwerfallen, seiner Julia zu eröffnen, daß sie sich von nun an tatsächlich sehr stark würde einschränken müssen.

Der Frühling wich dem Sommer. Die acht Frauen in Julias Planungsausschuß arbeiteten unentwegt. Von Woche zu Woche legten sie neue Handarbeiten in die Regale ihres kleinen Ladens. Auch Julia entschied sich, ihre neue Leinentischdecke nicht selbst zu benutzen. Statt dessen versah sie sie mit einem Preisschild und legte sie in das Warenregal.

Bald würden sich die ersten Sommergäste anmelden. Diejenigen Familien, die über freie Zimmer verfügten, hatten diese längst auf Hochglanz gebracht: Auf den bequemen Betten lagen taufrisch duftende Laken, an den Haken im Badezimmer hingen nagelneue Handtücher, und frisch gewaschene Gardinen zierten die blitzblank geputzten Fensterscheiben.

Aber die erwarteten Anfragen nach Urlaubsquartieren blieben aus. Auch das tapferste Lächeln und die besten Vorsätze konnten die Mutlosigkeit nicht verbergen, die sich zusehends unter den Frauen ausbreitete. So sehr sie sich auch Mühe gaben, es sich nicht anmerken zu lassen – es folgte ihnen doch die Sorge um die Zukunft auf Schritt und Tritt und zwang sie, ihre Suppen mit immer mehr Wasser und ihre Eintöpfe mit immer weniger Fleisch zu kochen.

Julia arbeitete um so fieberhafter. Sie schrieb weitere Briefe, häkelte zusätzliche Spitzendeckchen und machte sich immer fleißiger im Garten zu schaffen.

John ging durch die Straßen und versuchte, sich einzureden, daß er ganz bestimmt bald eine Arbeitsstelle finden würde. Dabei wußte er im Grunde seines Herzens nur zu gut, daß Calder Springs keine Arbeit mehr zu bieten hatte.

Jennifers und Felicitas' Stimmungen und Launen glichen einer Achterbahn. Es gab Tage, an denen sie entsetzlich unter der Ungewißheit litten, aber es gab auch Tage, an denen eine Kleinigkeit, wie das Lächeln eines kleinen Jungen, sie wieder in den siebten Himmel versetzte. Julia selbst lebte ständig in der Sorge, ihre Hoffnung könnte – gleich einer ihrer feinen Porzellanvasen – plötzlich zerbrechen. Sie wußte nie, wann jemand – vielleicht sogar sie selbst – unter der Last der Verantwortung zusammenbrechen würde. Die innere Anspannung war beinahe unerträglich.

Schließlich zogen zwei weitere Familien von Calder Springs fort. Die Straßen in den Wohngegenden waren inzwischen fast wie ausgestorben. Überall standen Häuser leer. In den Vorgärten konnte man keine Kinder mehr mit ihren Springseilen spielen sehen, keine Wäsche flatterte mehr an den Wäscheleinen und kein Rauch stieg mehr aus den Schornsteinen in den klaren, blauen Himmel.

Julia war der Anblick der leeren, mit Brettern vernagelten Häuser zuwider. Wo einst Nachbarn gewohnt hatten, herrschte jetzt nur noch Leere, Stille und Verlassenheit. Julia mochte gar nicht mehr hinschauen; sie hastete, so schnell es ihre klappernden Absätze erlaubten, an den leerstehenden Häusern vorbei.

Die Hauptstraße des kleinen Städtchens machte einen noch

trostloseren Eindruck. Der Metzger hatte seine Messer in Holzkisten verpackt und seine fleckenübersäte, abgetragene Schürze in den Mülleimer geworfen. »Kann leider nicht bleiben«, hatte er gebrummt. »Schließlich muß ich eine Frau und Kinder ernähren.«

Die Leihbücherei schloß, anschließend die Bäckerei, dann der Schneiderladen und dann auch die Schmiede. Selbst der Doktor schüttelte traurig den Kopf, packte seine Koffer und zog mit seiner Frau und seinen zwei Söhnen fort.

»Gehen Sie zu Charlie«, hatte er seinen enttäuschten Patienten geraten. »Der kann Ihnen wenigstens noch Arznei verkaufen.«

Aber Charlie Rennings, der Apotheker, war skeptisch. Er traute es sich nicht zu, als ärztlicher Berater der Bevölkerung zu dienen. Außerdem war er selbst nicht sicher, wie lange seine kleine Apotheke noch existieren würde.

Der Lebensmittelhändler blieb. Seine Regale waren zwar nicht mit der gewohnten Warenvielfalt gefüllt, doch Grundnahrungsmittel wie Mehl, Zucker, Salz und Kaffee gab es auch weiterhin bei ihm zu kaufen. Er hoffte, daß die Frauen in ihrem Bestreben, aus Calder Springs einen Urlaubsort zu machen, Erfolg haben würden. Zugleich fragte er sich, wie die Leute sich bis dahin nur über Wasser halten wollten.

Die Bahnstation und das Postamt waren noch da. »Gewiß wird man uns diese Einrichtungen lassen«, dachten die Leute. Sie mochten einander nicht eingestehen, daß sie sich in ihren ärgsten Alpträumen schon völlig von der Außenwelt abgeschnitten sahen.

Dann jedoch, an einem Tag gegen Ende Juli, geschah es plötzlich. Julia hastete an den verbarrikadierten Wohnhäusern vorbei, um ihre spärlichen Einkäufe in der Stadt zu besorgen. Auf dem Heimweg ging sie kurz ins Postamt, und da war er: ein weißer Briefumschlag mit einem Poststempel aus

Toronto. Schnell lief Julia wieder aus dem Gebäude hinaus und setzte sich auf eine Bank neben den Bahngleisen.

Mit zitternden Fingern riß sie den Umschlag auf und nahm den Briefbogen heraus. Sie konnte die Buchstaben darauf kaum entziffern, denn Tränen schossen ihr in die Augen und verschleierten ihr die Sicht.

Endlich erlangte sie ihre Fassung wieder und überflog den kurzen Brief. Es war die Anmeldung einer Familie: »... meine Frau und ich sowie drei Kinder«, hieß es dort. Die Tinte war stellenweise von Tränen verwischt, als Julia kurz darauf den Brief ihrem Mann zeigte.

Neue Hoffnung

Die Harrigans waren nicht die einzigen am Ort, die sich über den Brief und die darin enthaltenen guten Nachrichten freuten. Auch die übrigen Familien waren froh, daß aus ihrer Heimatstadt nun bald ein Urlaubsort werden sollte. Überall nahm die Betriebsamkeit zu. Viele Frauen saßen bis in die Nacht hinein an ihren Handarbeiten für den kleinen Laden. Die Männer nahmen Pinsel und Hammer zur Hand, um Bretterzäune zu verschönern und Bürgersteige zu reparieren. Jungen wurden losgeschickt, um das Gras auf den herrenlosen Grundstücken zu mähen, und fleißige Mädchen fegten vor den Häusern.

»Schließlich möchte niemand in einer verlassenen Stadt Urlaub machen«, sagte Julia bei der nächsten Sitzung ihres Planungskreises. »Wir müssen alles Erdenkliche tun, um der Stadt ein lebendiges Aussehen zu verleihen.«

Ihr Vorschlag wurde mit allgemeinem Kopfnicken zur Kenntnis genommen, wenn es auch keine Frau in der Gruppe gab, die sich irgendwelche Illusionen machte, denn die Tatsache, daß die meisten Einwohner von Calder Springs bereits fortgezogen waren, ließ sich nur schwer vertuschen.

Einstimmig beschloß der Kreis, daß Julia die ersten Urlaubsgäste bei sich unterbringen sollte.

»Schließlich wollen wir einen möglichst guten Eindruck bei ihnen hinterlassen, damit sie für uns Reklame machen«, erklärte Frau Greenwald allen, die es hören wollten.

Niemand erhob Einspruch.

»Abel auch wir übrigen müssen uns jederzeit bereithalten.«

Ein zweiter Brief, der kurz nach dem ersten eingetroffen

war, rief ebenfalls große Freude hervor. Auch die Greenwalds hatten nun eine Anmeldung von Sommergästen bekommen.

»Schade, daß die Hauptstraße so verlassen aussieht. Wenn nur diese verbarrikadierten Häuser nicht wären!« seufzte die junge Matilda Pendleton. Die leere Stadt setzte ihr derartig zu, daß sie schon ihrem Mann hatte vorschlagen wollen, ebenfalls die Haustür zuzunageln und an einen anderen Ort zu ziehen. Das allerdings wollte sie den übrigen Damen des Planungskreises nicht eingestehen.

»Wir hätten uns die Erlaubnis einholen sollen, die Geschäfte für unseren Kunstgewerbehandel zu benutzen«, sagte Frau Clancy. »Die Häuser wären in einem besseren Zustand geblieben, und wenn wir auch nur die Schaufenster dekoriert hätten, dann sähe es jetzt in der Stadt ein bißchen lebendiger und hübscher aus.«

»Ist es dazu denn wirklich schon zu spät?« fragte Mary Shannon. »Die Läden sind doch nur mit Brettern vernagelt. Mein Mann würde sie bestimmt gerne wieder entfernen. Er sagt auch immer, daß er den trostlosen Anblick unserer Stadt kaum noch ertragen kann.«

Julia war versucht, Mary Shannon leidenschaftlich zuzustimmen, doch dann siegte ihr Sinn für Recht und Ordnung.

»Das ist eine glänzende Idee, die Läden für unsere Zwecke zu benutzen«, sagte sie, aber bevor die Frauen losstürmen konnten, um ihre Ehemänner mit Hammer und Zange in die Stadt zu schicken, setzte sie eilig hinzu: »Doch zuerst brauchen wir die Einwilligung der Eigentümer. Frau Clancy, Ihr Mann hat doch guten Kontakt zu den Behörden. Meinen Sie, er könnte mir die Namen und Adressen der Besitzer besorgen, damit ich sie brieflich um Erlaubnis fragen kann?«

»Ich werde ihn auf jeden Fall fragen«, sagte Frau Clancy.

»Und ich werde die Briefe so bald wie möglich abschicken«, versprach Julia.

Endlich kam der lang ersehnte Tag. Julia schickte Tom zum Bahnhof, um die Gäste abzuholen. Herr Clancy besaß einen prächtigen Zweispänner, der für diesen Anlaß gründlich gesäubert und poliert worden war. Man hatte erwogen, die beiden Rappen von Mac Pendleton davorzuspannen. Diese Pferde waren die schönsten, die Julia je gesehen hatten. Allerdings waren sie auch die feurigsten. Tom schüttelte den Kopf, als Julia ihm den Vorschlag machte.

»Nicht, wenn ich kutschieren soll«, weigerte er sich entschieden.

Julia hätte beinahe vorgeschlagen, Mac selbst mit dem Gespann loszuschicken, als sie sich darauf besann, daß auch ihm die Pferde einmal durchgegangen waren. Die Gäule hatten ihm damals eine Kutschfahrt beschert, an die sich die ganze Stadt noch heute erinnerte. Alle waren zu Tode erschrocken gewesen.

»Ach was! Wir nehmen einfach unsere eigenen Braunen«, sagte Julia, und Tom nickte erleichtert.

Alle warteten gespannt auf das schrille Pfeifen des Nachmittagszuges. Julia war ein Nervenbündel. John suchte vorsichtshalber das Weite. Er nahm sich die Heckenschere und ging los, um die Hecken in der Nachbarschaft zu stutzen, damit die Stadt etwas »bewohnter« aussah.

Felicitas und Jennifer hielten sich im Haus auf. Auch sie waren von der allgemeinen Spannung und Aufregung erfaßt.

»Habt ihr die Fenster im Gästezimmer aufgemacht?« fragte Julia. »Unsere Urlauber sollen doch die frische Bergluft atmen.«

»Ja, Mama.«

»Und habt ihr die Handtücher fein säuberlich aufgehängt?«

»Ja, Mama.«

»Die Betten glattgezogen?«

»Ja, Mama.«

»Die Möbel noch einmal abgestaubt?«

»Ja, Mama.«

»Und sind die Blumen noch frisch?«

Felicitas seufzte.

»Ach Mama, du fragst uns jetzt schon zum hundertsten Mal!« beschwerte sie sich.

Vor Schrecken über die Ungezogenheit ihrer Schwester machte Jennifer ihren Mund weit auf und vergaß dann, ihn wieder zu schließen. Andererseits mußte sie zugeben, daß Felicitas gar nicht so unrecht hatte.

Julia verzichtete darauf, ihre Tochter zurechtzuweisen. Sie wußte selbst, daß in dem Vorwurf ein Körnchen Wahrheit steckte.

Die Mädchen machten sich auf den Weg zur Schaukelbank auf der Veranda.

»Jetzt geht sie bestimmt in die Küche und fällt Hettie auf die Nerven«, flüsterte Felicitas ihrer Schwester zu. »›Haben Sie das Silber poliert? Sind die Teetabletts fertig? Haben Sie ... ‹«

»Sei nicht so gemein!« schimpfte Jennifer. »Sie ist einfach nur nervös. Jetzt geht's nämlich um die Wurst. Wenn das Ganze ein Reinfall wird ...« Jennifer führte den Satz lieber nicht zu Ende.

Felicitas zuckte die Achseln. Sie wußte, daß von diesem Versuch viel abhing. Allerdings fragte sie sich auch manchmal, wozu die ganze Aufregung gut sein sollte.

»Vielleicht wäre es gar nicht so übel, in eine andere Stadt umzuziehen«, sagte Felicitas beiläufig.

Jennifer zog die Stirn kraus.

»Josie gefällt's jedenfalls in ihrer neuen Umgebung«, verteidigte Felicitas sich.

Jennifer kannte den Inhalt von Josies Brief nur zu gut. In Wirklichkeit war sie sogar ein wenig neidisch auf Josie.

»Mama und Papa möchten aber nicht umziehen«, entgegnete Jennifer.

»Aber warum denn bloß nicht?« wollte Felicitas wissen.

»Sie wohnen wohl furchtbar gern hier«, vermutete Jennifer achselzuckend.

»Ich ja auch«, sagte Felicitas, um dann mit einem Seufzen hinzuzufügen: »Jedenfalls bis vor kurzem.«

»Und das Haus mögen sie sehr und die Berge und die Nachbarn auch. »Jennifer suchte nach möglichst vielen Argumenten, um die Zweifel ihrer Schwester zu zerstreuen – und ihre eigenen ebenso.

Felicitas sah sich um. Das Haus war schön und die Berge auch. Aber Nachbarn? Sie runzelte die Stirn.

»Wir haben ja kaum noch Nachbarn«, gab sie zu bedenken. »Unsere Freundinnen sind schon alle fortgezogen.«

»Millicent ist noch hier«, erinnerte Jennifer sie.

»Pah!« schnaubte Felicitas verächtlich. »Millicent ist ... sterbenslangweilig. Sie ... sie redet mit vollem Mund und sie kratzt sich ungeniert, wenn andere dabei sind, und außerdem ...«

»Sei still!« ermahnte Jennifer sie. »Wenn Mama das hört, bekommst du Hausarrest!«

»Ist mir ganz egal!« behauptete Felicitas. »Mir fehlen meine Freundinnen. Mir fehlen die Geschäfte und die Eisdiele und die ...«

Jennifer legte ihr ermahnend eine Hand auf den Arm und versuchte noch einmal, sie zum Schweigen zu bringen.

Felicitas riß sich los, und Tränen stiegen ihr in die Augen.

»Gemein ist das, einfach gemein!« rief sie.

»Glaubst du vielleicht, daß Mama und Papa froh darüber sind?« fragte Jennifer herausfordernd. »Denkst du vielleicht, sie hätten gewollt, daß das Sägewerk schließt? Meinst du, sie freuten sich darüber, daß sie jetzt sparen müssen? Daß sie bei uns daheim Fremde aufnehmen müssen? Sie haben schließlich auch Freunde verloren!«

Felicitas' lautstarkes Schnaufen verstummte. Sie zuckte mit den Schultern und putzte sich die Nase. Dann setzte sie sich auf der Schaukelbank zurecht und schmollte weiter. Jennifer sagte nichts mehr. Sie stieß sich mit dem Fuß am Boden ab, um die Schaukelbank in Bewegung zu bringen. Eine ganze Zeit lang saßen die beiden Schwestern nebeneinander und sagten nichts. Dann meldete Felicitas sich wieder zu Wort. Diesmal war ihre Stimme leise und ihr Tonfall vertraulich.«

»Du, Jenny, das Leben in einer Geisterstadt wird eine wahre Qual werden.«

»Deshalb strengt Mama sich doch so sehr an«, antwortete Jennifer ihr, »weil sie nämlich nicht will, daß Calder Springs eine Geisterstadt wird. Sie will, daß hier wieder Leben einkehrt. Touristen und interessante Leute und ...«

»Jenny«, unterbrach Felicitas sie, »glaubst du, daß das Ganze funktionieren wird?«

Jennifer überlegte eine Weile und sagte dann aufrichtig: »Es kommt einfach auf einen Versuch an.«

»Aber was tun wir, wenn wir die Leute nicht mögen, die hier bei uns wohnen?«

»Wir müssen unser Bestes tun, damit sie sich bei uns ...«

»... heimisch fühlen?« fragte Felicitas.

»Nein, mehr noch als heimisch. Wie im siebten Himmel sollen sie sich fühlen, hat Mama zu den anderen Frauen gesagt. Wir müssen unser Bestes tun, damit sie sich wie Könige und Königinnen vorkommen, hat Mama gesagt. Dann werden sie nachher allen Bekannten von ihrem Urlaub erzählen, und dann kommt wieder Leben in unsere Stadt.«

Wieder schwiegen die beiden.

»Was ist, wenn sie unfreundlich und strohdumm sind?« fragte Felicitas.

»Was ist, wenn sie nett und interessant sind?« konterte Jennifer.

»Hältst du so was für möglich?«

Jennifer zuckte die Schultern.

»Warum denn nicht?«

Dann führte sie ein Argument ins Feld, von dem sie sicher war, daß ihre Schwester es unendlich fesselnd finden würde: »Vielleicht haben sie sogar gutaussehende Söhne.«

Felicitas konnte das Aufblitzen in ihren blauen Augen nicht verhindern. Ihre Mundwinkel verzogen sich zu einem leichten Schmollen, um anschließend in ein bezauberndes Lächeln überzugehen. Dem folgte ein munteres Kichern. Jennifer hatte es nicht anders erwartet, und trotz ihrer sonst so zurückhaltenden Wesensart stimmte sie nun in Felicitas' Heiterkeit mit ein.

»Vielleicht bringen ja schon unsere allerersten Gäste einen netten Sohn mit!« kicherte Felicitas.

»Abwarten und Tee trinken«, schmunzelte Jennifer, und dann lehnten sich die beiden aneinander und brachen erneut in Gelächter aus.

John kämpfte mit sich. Er wollte unter allen Umständen vermeiden, daß Julia ihr Haus verlor. Er wünschte ihr von ganzem Herzen, daß ihre Arbeit nicht umsonst war und daß ihr Vorhaben gelingen würde. Er hoffte, daß es wieder bergauf ging mit der Stadt, mußte sich aber auch eingestehen, daß die Aussichten darauf alles andere als rosig waren.

Das Geld war knapp. Er fragte sich, was sie gemacht hätten, wenn Julias großer Küchengarten nicht gewesen wäre oder Tom und Hettie sich nicht bereit erklärt hätten, lediglich für Unterkunft und Verpflegung zu arbeiten, wenn Rosa nicht mit ihrer Verwandtschaft fortgezogen wäre und er selbst nicht das kostenlose Brennholz aus dem ehemaligen Sägewerk bekommen hätte ...

Aber so schwarzseherisch durfte er nicht sein. Die ersten Urlaubsgäste würden nun bald eintreffen, und Julia rechnete noch mit vielen weiteren. Schon jetzt machte sie sich Sorgen, ob sie den Ansturm würde bewältigen können, wenn erst einmal alle Gäste eingetroffen waren. Sie hatte schon an die ehemaligen Ladenbesitzer geschrieben und sie um Erlaubnis gebeten, ihre Gebäude benutzen zu dürfen, die als Gegenleistung dafür instandgehalten werden sollten. Wenn die Läden erst einmal mit Gebäck, mit Marmelade und Gelee aus wilden Beeren, mit handgefertigten Spitzendeckchen, Tischdecken und Schürzen gefüllt waren, dann ... ja dann würde die Hauptstraße bald wieder voller Spaziergänger und Einkäufer sein. Zumindest hoffte er das.

In der Zwischenzeit würde er dafür sorgen, daß sie so gepflegt wie möglich wirkte. »Schnipp, schnipp, schnipp«, klapperte die Heckenschere. Von einem verlassenen Grundstück zum nächsten arbeitete er sich vor. Die Martins, die Browns, die Carltons und Schnells. Alles bis vor kurzem noch Nachbarn. Nun waren sie fort. Er wußte nicht einmal, wo sie jetzt alle wohnten. Hoffentlich hatten sie eine Arbeit gefunden. Er wußte, wie schmerzlich es war, die eigene Familie nicht ausreichend versorgen zu können.

»Schnipp, schnipp.« Was würde geschehen, wenn Julias Vorhaben scheiterte? Wie lange sollte er zusehen, wie sie einem Traum nachjagte, wann sollte, wann *mußte* er endlich einschreiten? Würde seine Frau daran zerbrechen? »Schnipp.« Ein Haus wie ihr jetziges würde er ihr nie wieder bauen können. Ob er ihr vorschlagen sollte, daß sie und die Mädchen für eine Weile bei ihrem Vater an der Ostküste wohnten, bis er wieder Boden unter den Füßen hatte? Allein der Gedanke ließ ihn zusammensinken.

»Wenn ich doch bloß wüßte, was ich tun soll!« seufzte er wieder einmal. »Wenn ich doch nur einen Rat wüßte!«

Doch dann wurde er durch einen gellenden Pfiff aus seinen trüben Gedanken gerissen. Mit Zischen und Stampfen näherte sich die Eisenbahn dem Bahnhof von Calder Springs – während das Echo des schrillen Pfeiftons noch in den Bergen widerhallte.

Die ersten Gäste

Julia begrüßte die Neuankömmlinge an der Haustür. Ein paar Schritte hinter ihr stand eine nervös lächelnde Hettie, deren gestärkte weiße Schürze in der hellen Nachmittagssonne leuchtete.

»Guten Tag, Herr und Frau Hammond. Herzlich willkommen!« sagte Julia, und es klang sehr viel zuversichtlicher, als ihr in Wirklichkeit zumute war. Sie hielt den Gästen die Tür auf und ließ sie in die geräumige Diele treten.

Frau Hammond lächelte beinahe unmerklich und nickte. Herr Hammond nahm Julia nicht einmal zur Kenntnis. Zu sehr war er damit beschäftigt, die geschwungene Treppe, die Orientteppiche und die Gemälde an den Wänden zu studieren.

Frau Hammond tat es bald ihrem Mann gleich und ließ ihren Blick durch die Umgebung schweifen. Julia trat unbehaglich von einem Bein auf das andere. So kritisch war ihr Haus noch nie unter die Lupe genommen worden.

Als nächstes spähte Frau Hammond ungeniert in den großen Salon. Ihre Kinder folgten dem Beispiel. Julia hatte das Gefühl, daß dies eher aus purer Neugierde als aus höflichem Interesse geschah. Eine solche Dreistigkeit mißfiel Julia sehr. Immerhin war sie nach wie vor die Hausherrin hier. Doch anstatt den Gästen ihre Unverfrorenheit mit gleicher Münze heimzuzahlen, wandte Julia sich Hettie zu:

»Hettie, würden Sie den Hammonds bitte ihre Zimmer zeigen?« bat sie. Und zu ihren Gästen sagte sie: »Sie haben eine lange Bahnreise hinter sich und möchten sich bestimmt vor dem Tee noch ein wenig frisch machen. Der Tee wird in einer

Viertelstunde im Hauptsalon serviert. Thomas wird Ihnen das Gepäck nach oben bringen.«

Tom war es nicht gewohnt,Thomas genannt zu werden. Seine Miene verriet, daß ihm das nicht sonderlich zusagte. Er nickte jedoch nur wortlos, nahm zwei der zahlreichen Koffer und folgte Hettie und den Gästen ins obere Stockwerk.

Julia sprach ein kurzes Stoßgebet. Ihr Vorhaben schien sich als wesentlich schwieriger zu erweisen, als sie gedacht hatte. Ihrer Kleidung und ihrem Benehmen nach waren die Hammonds an Eleganz und Überfluß gewöhnt. »Und ich wette, an endloses Bedientwerden ebenfalls«, dachte Julia. »Sie benehmen sich gerade so, als seien sie hier zu Hause, als würde ihnen alles gehören.«

Sie schüttelte den Kopf.

»Na, wenn schon!« schimpfte sie innerlich. »Dann werden wir sie eben bedienen und dafür sorgen, daß sie sich hier wie zu Hause fühlen. Das heißt: nein ... nicht wie zu Hause. Ich werde niemals zulassen, daß sie mein Zuhause als ihr Eigentum betrachten. Sie sind schließlich nur zu Gast hier!«

Mit neugewonnener Entschlossenheit ging Julia in die Küche, um den Tee zu kochen, während Hettie den Hammonds die Zimmer zeigte.

Eine Viertelstunde später hatten sich die Gäste noch immer nicht im Salon eingefunden. Julia lief ungeduldig von einer Ecke im Zimmer zur anderen. Der Tee wurde allmählich kalt. Sie schickte Hettie in die Küche, um Wasser für eine neue Kanne zu kochen. »Gießen Sie den Tee aber erst auf, wenn sie hier sind«, bat sie Hettie.

Nach mehr als einer halben Stunde erschien endlich Herr Hammond. Seinen Reiseanzug hatte er gegen eine Aufmachung eingetauscht, wie Julia sie in ihrem ganzen Leben noch nicht gesehen hatte. Die Kleidung machte einen lässigen, sehr strapazierfähigen und vor allem äußerst teuren Eindruck. »Hat er etwa vor, eine Safari zu machen?« murmelte sie leise vor sich hin.

»Meine Frau kommt auch gleich«, knurrte er. »Übrigens hätte ich gern eine Tasse Tee, während ich warte. Heißen Tee«, betonte er. »Wir verabscheuen lauwarme Getränke.«

Julia richtete Hettie aus, daß sie eine frische Kanne Tee kochen sollte, und daß dieser Tee möglichst heiß sein sollte. Dann ging sie in den Salon zurück.

Herr Hammond rutschte ungeduldig auf seinem Sessel hin und her, während er auf den Tee wartete.

»Dafür hatten Sie doch nun wahrhaftig genug Zeit«, beschwerte er sich und holte eine reich verzierte goldene Taschenuhr aus seiner Jackentasche, um dann intensiv das Zifferblatt zu studieren. »Wir haben Ihnen mehr Zeit gelassen, als Sie sich ausgebeten hatten.«

Julia verkniff sich die Antwort, die ihr auf der Zunge lag.

»Ja, natürlich«, sagte sie sanft. »Wir wollten Ihnen nur den Tee so frisch – und so heiß – wie möglich servieren. Darum haben wir ihn erst jetzt aufgegossen.«

Hettie rettete die Lage, indem sie mit der Teekanne in der Hand erschien. Julia schenkte ihrem Gast eine Tasse ein und stellte sie vor ihm auf den Tisch.

Doch der feine Herr Hammond ließ sie stehen, bis der Tee lauwarm geworden war und nahm erst dann den ersten Schluck.

Als Frau Hammond kurze Zeit später erschien, wiederholte sich das ganze Schauspiel.

Schließlich gesellten sich auch die Kinder zu ihren Eltern. Die beiden Mädchen waren etwa genauso alt wie die Zwillinge, und der Junge mochte fünf Jahre alt sein. Julia beobachtete die drei. Sie machten allesamt einen hochnäsigen, verwöhnten und ungezogenen Eindruck.

»Mama«, fing die Älteste an, »du hast doch gesagt, daß ich mein Zimmer nicht mit Miranda teilen muß!«

»Darüber haben wir schon gesprochen«, verteidigte sich die Frau. »Woher sollte ich wissen, daß das Haus hier so winzig ist?«

Julias Empörung wuchs. Gerade wollte sie die Frau darauf hinweisen, daß die Anzeige schwarz auf weiß drei freie Zimmer ausgewiesen hatte, als sie mit Schrecken feststellte, daß der kleine Junge das Tablett mit den belegten Broten an sich gerissen hatte und nun damit quer durch das Zimmer lief.

Julia hielt die Luft an. Sie sah schon den ganzen Teller auf ihrem kostbaren blauen Teppich landen, als Hettie sich gerade noch rechtzeitig einschaltete und die Katastrophe verhinderte. Bevor der Junge wußte, wie ihm geschah, hatte sie ihm die Platte aus der Hand genommen. Noch bevor er seinen Mund öffnen konnte, um lautstark zu protestieren, fragte Hettie ihn freundlich lächelnd: »Möchtest du gerne einen Windbeutel essen?«

Sein Mißfallen schlug augenblicklich in Begeisterung um.

»Ich serviere dir einen auf der Schaukelbank«, fuhr Hettie fort. »Komm, ich zeige dir, wo sie steht.«

Mit einem Stoßseufzer der Erleichterung sah Julia dem Jungen und Hettie nach.

Jetzt meldeten sich die beiden Hammond-Mädchen zu Wort.

»Fredrika hat den ganzen Schrank und alle Schubladen für sich allein genommen!«

Das konnte Julia sich lebhaft vorstellen. Tom hatte ja mehr Koffer nach oben getragen, als sie zählen konnte.

»Ihr müßt lernen, miteinander zu teilen«, ermahnte die Mutter sie. Julia vermutete, daß den beiden Mädchen dieser Gedanke etwas völlig Neues war.

»Aber ...« widersprach Fredrika.

»Kein Aber. Wir sind hier schließlich nicht in einem Hotel, wie du weißt. Wir werden uns für ein paar Tage einschränken müssen. Dein Papa hat es sich nun einmal in den Kopf gesetzt, in aller Abgeschiedenheit Urlaub zu machen – fern von aller Zivilisation.«

Der Blick, den die Frau ihrem Mann zuwarf, verriet Julia deutlich, daß die beiden, was ihr Urlaubsziel betraf, völlig unterschiedlicher Meinung waren. Der Mann ignorierte seine nörgelnde Frau und die zankenden Kinder und verrührte eine stattliche Portion Sahne und Zucker in seiner zweiten Tasse Tee.

»Einschränken«, dachte Julia. »Einschränken, und zwar fern von aller Zivilisation.« Obwohl sie innerlich kochte, bewahrte sie die Fassung.

»Darf ich Ihnen noch etwas Tee einschenken, Frau Hammond?« erkundigte sie sich höflich.

»Die letzte Tasse war lauwarm«, bemängelte die Frau. »Ich hoffe sehr, daß das hier nicht die Norm ist.«

Julia ging in die Küche, um noch eine Kanne Tee zu kochen. Sie konnte Nörgelei nicht ausstehen, und diese Leute benahmen sich unmöglich.

»Hoffentlich reißt mir dieser kleine Flegel den Garten nicht in Fetzen«, murmelte sie vor sich hin. Im selben Moment flog die Küchentür auf, und Felicitas kam mit großen Augen hereingestürmt.

»Mama!« rief sie. »Der Junge versucht, die Schaukelbank umzukippen!«

»Er versucht *was*?«

»Er will die Schaukelbank umkippen. Er schaukelt wie ein Irrsinniger, und er sagt, gleich schaukelt er so hoch, daß die ganze Bank umkippt!«

»Ach du liebe Güte!« sagte Julia und lief so schnell sie konnte zur Veranda.

Als sie dort eintraf, war Tom schon zur Stelle. Gut zureden konnte er dem Jungen nicht, und bestrafen konnte er das Kind der Gäste auch nicht, aber wenigstens konnte er das Schlimmste verhindern. Mit seinen großen, breiten Händen hielt er die Schaukelbank so fest, daß der Junge trotz aller Anstrengung nicht vom Fleck kam.

Julia bedankte sich bei Tom und ging in die Küche zurück. Felicitas und Jennifer folgten ihr.

»Wie lange bleibt er bei uns, Mama?«

»Er hat mit deinen Blumentöpfen Fußball gespielt.«

»Er hat sage und schreibe vier Windbeutel verputzt!«

»Er sagt, er ist unser Häuptling,, und wir sind seine Sklaven.«

»Wie lange bleibt er noch hier, Mama?«

Julia seufzte, und ihre Augen flehten die Mädchen um Geduld an.

Jennifer begriff als erste, was in ihrer Mutter vor sich ging, und versetzte Felicitas einen sanften Rippenstoß. Beide Mädchen verstummten.

Julia zog ihre Töchter an sich.

»Ich habe selbst nicht geahnt, daß es so schwierig sein würde«, gestand sie. »Aber wir müssen uns damit abfinden. Wir müssen Papa helfen. Könnt ihr das verstehen?«

Beide Mädchen nickten.

»Es wird nicht lange dauern, bis sie wieder abreisen. Es scheint ihnen ja ohnehin bei uns nicht zu gefallen. Es würde mich gar nicht wundern, wenn sie schon morgen wieder abreisten.«

Als Julia den Mädchen die Erleichterung in den Augen ansah, fügte sie eilig hinzu: »Aber wir müssen versuchen, sie hier bei uns zu behalten und sie irgendwie zu überzeugen. Unbedingt! Euer Papa und die Frauen in unserem Planungskreis – sie alle verlassen sich ganz auf uns. Verstehst ihr? Wir müssen unser Bestes tun, unser Allerbestes. Wir wollen uns nicht unterkriegen lassen.«

Die letzten Worte hatte Julia so leise, aber auch so voller Entschlossenheit gesagt, daß die Mädchen ahnten, welche Qualen ihre Mutter selbst litt. Sie nickten.

»Dürfen wir jetzt in unser Zimmer gehen?« fragte Jennifer.

Eigentlich hatte Julia erwartet, daß sie sich auf der Veranda bereithielten, falls die Kinder der Hammonds Spielgefährten brauchten. Doch das konnte Julia unter diesen Umständen nicht von ihnen verlangen. Sie nickte, und die Mädchen flüchteten sich in die Sicherheit ihres Zimmers.

»Ach, könnte ich mich doch auch in meinem Zimmer verstecken!« dachte Julia, doch da das ein Ding der Unmöglichkeit war, nahm sie die heiße Teekanne und das Tablett mit den belegten Broten und ging damit in den Salon zurück.

»In der Wildnis scheint das Teekochen erheblich länger zu dauern als anderswo«, beschwerte sich Frau Hammond. Die belegten Brote lehnte sie ab. »Meine Figur, wissen Sie. Ich muß auf meine Linie achten.«

Trotz der anfänglichen Schwierigkeiten normalisierte sich die Lage während der nächsten paar Tage – oder vielleicht sollte man es eher so beschreiben, daß sich die Bewohner des großen weißen Landhauses auf ihre Gäste einstellten.

Herr Hammond war wild entschlossen, seinen Urlaub als Abenteurer zu verbringen. Tagsüber kraxelte er in der Berglandschaft herum und hielt sich dabei wohl, wie Julia vermutete, für den ersten Menschen, der diese Pfade je betreten hatte. Anschließend erzählte er seiner Familie ausgiebig von seinen »Entdeckungen«, womit er Unwillen bei seiner Frau und gelangweiltes Gähnen bei seinen Kindern hervorrief.

Tim, der fünfjährige Junge, wurde auf das Gelände des ehemaligen Sägewerks geschickt, wo er stundenlang in den riesigen Haufen alten Sägemehls spielte und die kleinen, leerstehenden Schuppen erkundete, die man dort zurückgelassen hatte. Er kreischte vor Freude, rannte begeistert durch das Gelände, kletterte jede Leiter hoch, die er finden konnte und ließ sich eigentlich nur zu den Mahlzeiten sehen, und zwar in einem restlos verschmutzten und ramponierten Zustand. Aber wenigstens strapazierte er auf diese Weise die Nerven der anderen nicht übermäßig, wofür alle Beteiligten, einschließlich seiner Eltern, äußerst dankbar waren.

Felicitas und Jennifer versuchten, sich mit Miranda und Fredrika anzufreunden, doch die beiden Stadtmädchen rümpften nur die Nase und stritten und quengelten in einem fort. Alle Versuche, sie davon abzubringen, waren vergeblich, so daß die beiden Harrigan-Zwillinge schließlich die Hoffnung aufgaben und die Besucher ihren Launen überließen.

Frau Hammond richtete sich derweil häuslich auf der Schaukelbank ein. Für den harten Holzsitz verlangte sie ein Kissen, »wegen meiner furchtbaren Rückenschmerzen, wissen Sie.« Auch die Füße legte sie hoch, wofür sie natürlich weitere Kissenpolster brauchte. In diesem gemütlichen, weichen Nest las sie nun einen Groschenroman nach dem anderen und verschlang dabei eine Unmenge bester Brüsseler Pralinen. Julia gelangte zu dem Schluß, daß mindestens einer der zahlreichen Koffer randvoll mit diesen aus Europa importierten Köstlichkeiten angefüllt gewesen sein mußte. »Die schlanke Linie? Von wegen!« dachte sie.

Nicht nur Julia und Hettie, sondern auch Tom und John hatten alle Hände voll zu tun. Ständig gab es Arbeit im Garten. Außerdem mußten sie Brennholz hacken, mehrere Rasen mähen und ein paar Hecken stutzen – und zwar nicht nur auf dem Grundstück der Harrigans, sondern überall dort, wo Häuser leerstanden.

Hinzu kam, daß Frau Hammond nicht müde wurde, Verbesserungsvorschläge bezüglich ihrer Unterbringung zu machen:

»Gewiß gibt es einen Dachboden in diesem Haus. Wenn Ihre Töchter dort einzögen, könnten meine Mädchen ein Zimmer für sich haben. Sie sind es nicht gewöhnt, in einer solchen Enge zu leben, müssen Sie wissen.«

»Diese Veranda wäre doch viel hübscher, wenn sie überdacht und eingezäunt wäre.«

»Die Beete sähen netter aus, wenn dort mehr Blumen wachsen würden – und weniger Gemüse!«

Julia bemühte sich, nicht weiter darauf einzugehen. Jeden Abend, wenn sie die Küche verließ, hakte sie in Gedanken wieder einen Tag ab. Unterdessen ließ sie sich mit Hettie zusammen allerhand Mittel und Wege einfallen, um die Forderungen der Gäste zu erfüllen.

So hielten sie nun stets kochendes Wasser bereit. Zwei Teekannen wurden in Gebrauch genommen, damit zur Teezeit immer heißer Tee zu haben war.

Hettie gab dem kleinen Tim morgens ein reichhaltiges Mittagessen mit auf den Weg, um zu vermeiden, daß die ganze Familie mittags mit der Mahlzeit auf ihn warten mußte.

Frau Hammond ließ sich auf der Schaukelbank durch nichts bei der Lektüre ihrer Romane stören. Die übrigen Frauen aus Julias Kreis hatten zusätzliche Polsterkissen als Leihgabe zur Verfügung gestellt.

Herr Hammond hatte sich von den arbeitslosen Männern, die sich vor dem Bahnhofsgelände herumtrieben, jede Menge Abenteuergeschichten über Begegnungen mit Bären und Berglöwen erzählen lassen und war zu der festen Überzeugung gelangt, daß er in einer wirklich wilden und gefährlichen Gegend gelandet war. Daheim in der Stadt würde er so manches Abenteuer zu berichten haben, worauf er sich jetzt schon freute.

Und die beiden streitsüchtigen Mädchen wurden einfach ignoriert, so gut es ging.

Endlich waren die zwei Wochen vorbei, und es ging ans Kofferpacken. Herr Hammond unternahm eine letzte Wanderung in der Hoffnung, auf einen der seltenen Grizzlybären zu treffen. Frau Hammond erhob sich von ihren Kissen, steckte sich eine letzte Praline in den Mund und verließ die Veranda. Miranda und Fredrika stritten sich darum, wer von beiden auf der Rückfahrt den Fensterplatz bekommen sollte, und Tim stob noch ein letztes Mal kreischend und johlend durch das Sägemehl, bevor er für die Rückreise zwangsgesäubert wurde. Und dann waren sie fort.

Alle im Hause Harrigan atmeten erleichtert auf. Es war vorbei! Sie hatten es überstanden.

»Ohne Sie hätte ich es nie geschafft«, sagte Julia zu Hettie. »Ich war schon drauf und dran, alles aufzugeben.«

Julia zog einen Umschlag mit Geld aus ihrer Schürzentasche hervor. Was die Hammonds bezahlt hatten, war für die viele Arbeit, die sie verursacht hatten, nicht gerade reichlich bemessen, aber Geld war immerhin Geld – und es war wenigstens ein Anfang.

»Bleibt nur zu hoffen, daß die Greenwalds mehr Glück haben mit ihren Gästen als wir«, bemerkte Hettie.

»Ach, natürlich! Ich hatte es ganz vergessen. Sie kommen morgen an, nicht wahr?«

Hettie nickte. Der Planungskreis hatte beschlossen, daß sich die Familien mit der Unterbringung der Gäste abwechseln sollten. Frau Greenwald war als nächste an der Reihe und sollte ab morgen ein junges Ehepaar bei sich aufnehmen.

Julia warf einen Blick auf ihr verunstaltetes Heim. Sie brannte darauf, alles an seinen gewohnten Platz zurückzuräumen. Das ganze Haus hatte eine gründliche Reinigung nötig.

Hettie erriet ihre Gedanken.

»Wir nehmen es sofort in Angriff«, versicherte sie ihrer Dienstherrin.

»Ja«, nickte Julia, »aber zuerst gönnen wir uns in aller Ruhe eine Tasse Tee.«

»Aber bitte *heißen* Tee! Wir verabscheuen nämlich lauwarmes Zeug«, näselte Hettie mit einem Augenzwinkern.

»Kochendheiß wird er sein!« sagte Julia und lachte.

»Wohlsituiert«

Außer Julia waren es nur noch drei Frauen aus dem Planungskreis, die sowohl den nötigen Platz als auch den Wunsch hatten, Urlaubsgäste bei sich aufzunehmen. Die anderen Frauen hofften, ihren Lebensunterhalt durch den Erlös aus dem Kunstgewerbeladen bestreiten zu können. Julia fragte sich allmählich, ob die vier Frauen überhaupt je die Gelegenheit dazu haben würden, einen Gast bei sich aufzunehmen.

Frau Greenwalds junges Ehepaar war von der kleinen Stadt recht enttäuscht und reiste noch vor Ablauf der gebuchten Zeit wieder ab. Frau Clancys erste Gäste hatten ihre Pläne geändert und kamen gar nicht erst nach Calder Springs. Das bedeutete, daß Frau Clancy die nächsten Besucher auf der Liste bekommen sollte. Endlich meldete sich ein älteres Ehepaar für einen Urlaub an.

Vier der ehemaligen Ladenbesitzer hatten es Julia erlaubt, die Gebäude für ihre Zwecke zu nutzen. Mit Hilfe ihrer Ehemänner richteten die Frauen die Ladenräume für ihre Waren her. Dabei hatten sie einige Mühe, die großen Regale mit ihrem begrenzten Warenvorrat zu füllen.

»Nächstes Jahr werden wir bestimmt viel besser zurechtkommen«, meinte Julia. »Wir haben ja noch den ganzen Winter für unsere Handarbeiten.«

Obwohl die Frauen ein wenig zuversichtlicher aussahen, wußte Julia genau, daß sich eine jede von ihnen fragte, womit sie nur das Material für die künftigen Decken und Schürzen bezahlen sollte.

»Fürs erste müssen wir uns aber mit diesen Läden zufriedengeben«, fuhr Julia fort. »Die Hauptstraße sieht ja schon wesentlich freundlicher aus, seitdem wir die Bretter von den Schaufenstern genommen haben.«

Der Sommer war schon fast vorbei, als noch einmal zwei Briefe eintrafen. Eine dreiköpfige Familie bat um »eine ruhige Unterkunft für zwei Wochen«, und ein »wohlsituiertes« älteres Ehepaar wünschte zwei Einzelzimmer für einen unbestimmten Zeitraum. Noch einmal rief Julia die Frauen aus dem Planungskreis zusammen.

»Wir haben nicht viel Zeit«, sagte sie, als sich alle Mitglieder in ihrem Wohnzimmer eingefunden hatten. »Beide Gruppen werden nächste Woche hier eintreffen.«

Familie Adams war an der Reihe mit der Unterbringung, und die Runde entschied, daß sie die Gäste mit dem zweiwöchigen Aufenthalt bekommen sollten. Julia wurde das »wohlsituierte« Paar zugeteilt.

»Kann ich Ihnen bei den Vorbereitungen noch irgendwie behilflich sein?« erkundigte sich Julia bei Ruth Adams.

»Danke, aber bei uns steht alles bereit. Schließlich warte ich schon den ganzen Sommer.«

»Brauchen Sie vielleicht etwas?« fragte Julia. »Gemüse? Bettwäsche?«

»Ich könnte neue Kartoffeln gebrauchen ... und Mohrrüben auch«, gestand die Frau.

»Ich schicke die Mädchen damit zu Ihnen«, versprach Julia.

Als nächstes erkundigte Julia sich, wie es inzwischen mit dem Kunstgewerbeladen aussah.

Matilda Pendleton schüttelte nur den Kopf.

»Viel haben wir diesen Sommer nicht verkauft. Ein Ehepaar hat drei oder vier Sachen für ihre Verwandten daheim mitgenommen, und ein paar Bahnarbeiter haben kurz bei uns hereingeschaut. Einer hat einen Spitzenkragen für seine Frau gekauft. Das war alles.«

»Nicht gerade ermutigend«, dachte Julia, ließ sich aber ihre Enttäuschung nicht anmerken.

»Na ja, wenigstens ist ein Anfang gemacht. Unser Vorrat an Marmelade und Gelee wächst von Tag zu Tag. Wenn es sich erst einmal herumgesprochen hat, was wir alles zu verkaufen haben, dann wird sich gewiß auch mehr Kundschaft von der Bahn einstellen.«

Doch die Frauen sahen immer noch nicht sehr viel zuversichtlicher aus.

Julia merkte ihnen die Mutlosigkeit an und beendete deshalb den offiziellen Teil der Zusammenkunft.

»Hettie, ich glaube, eine Tasse Tee würde uns jetzt allen guttun«, sagte sie. Und nachdem sich die Frauen um den Tisch herum versammelt hatten, plauderten sie noch ein wenig bei dampfendem Tee und leckeren Plätzchen, bis sich die gedrückte Stimmung ein wenig gelöst hatte.

»Wird es wohl so werden wie letztes Mal?« fragte Felicitas, als die Familie sich zur Abendandacht eingefunden hatte.

»Nie und nimmer!« antwortete John. »So eine Familie gibt's nur einmal auf der ganzen Welt! Er verdrehte die Augen und verzog das Gesicht.

Felicitas lachte, und auch Jennifer schmunzelte.

Julia hoffte sehr, daß John recht behalten würde, wenn sie auch im stillen befürchtete, daß es durchaus zwei solcher Familien geben könnte. Sie wünschte sich sehnlichst, nicht beide innerhalb eines einzigen Sommers ertragen zu müssen.

»Wir bekommen eine ganz neue Familie ins Haus«, meinte John. »Vielleicht sind sie anders als wir, aber genau das ist ja das Interessante an der Sache. Wir wissen nie im voraus, was für Gäste wir als nächste bei uns aufnehmen.«

»Hoffentlich haben sie keinen Sohn!« rief Jennifer, der sofort wieder der freche, kleine Tim eingefallen war.

»Wenn sie einen haben, müssen wir die Blumentöpfe festbinden«, schlug Felicitas vor.

»Und die Schaukelbank anketten«, fügte Jennifer hinzu. »Und ...«

»Sie haben aber keinen Sohn«, sagte Julia. »Unsere nächsten Gäste kommen nur zu zweit.«

»Wie alt sind sie denn?« erkundigte sich Felicitas.

»Das weiß ich nicht. In dem Brief stand nur etwas von einem ›wohlsituierten Paar‹.«

»Was bedeutet denn das?« fragte Jennifer.

»›Wohlsituiert‹ nennt man jemanden, der recht wohlhabend ist. So ein Mensch hat wahrscheinlich gute Manieren und stammt aus gutem Hause«, erklärte Julia. »Es würde mich nicht wundern, wenn sie sogar ausgesprochen reich sind.«

Felicitas verdrehte die Augen.

»Hilfe!« sagte sie. »Bei solchen Leuten dürfen Kinder bestimmt keinen Mucks von sich geben!«

John und Julia lachten.

»Na ja, vielleicht müßt ihr euch tatsächlich etwas leiser als sonst verhalten«, gab Julia zu, »aber das wird euch bestimmt nicht allzu schwer fallen.«

»Das Dumme ist nur, daß ich das dauernd vergesse«, sagte Felicitas. »Wenn ich das Essen serviere oder die Handtücher im Bad auswechsle, vergesse ich, daß ich bei der Arbeit nicht reden soll.«

»Es ist nun mal nicht einfach, sich auf eine neue Rolle einzustellen, stimmt's?« fragte Julia und lächelte.

John verspürte ein deutliches Unbehagen. Es bekümmerte ihn, daß seine Frau und Töchter nun zu Dienern in ihrem eigenen Haus geworden waren. Die Mädchen waren fast noch Kinder, aber sie servierten inzwischen die Mahlzeiten, wuschen das Geschirr ab, säuberten das Bad und machten die Betten. Zwar hatte Julia ihm versichert, daß ihnen ein wenig

Arbeit nicht schaden würde, doch John wäre es lieber gewesen, wenn sie diese Art von Pflichtbewußtsein unter anderen Umständen gelernt hätten.

»Genug der langen Vorrede«, bestimmte Julia. »Wir haben alle noch sehr viel zu erledigen, bevor die Gäste morgen kommen. Nun wollen wir aber unsere Familienandacht nicht vergessen. Seid bitte still und hört zu, wenn Papa aus der Bibel vorliest.«

John las das Kapitel vor, das er für diesen Abend ausgesucht hatte. Dann beteten alle reihum und baten Gott um seine Führung. Felicitas ging sogar noch einen Schritt weiter.

»Lieber Herr«, betete sie, »bitte schicke uns doch nettere Gäste als letztes Mal. Ich danke dir schon jetzt dafür, daß diese Leute keine wilden Jungen und patzigen Mädchen mitbringen. Hilf uns, daß wir unser Bestes für sie tun, und bitte laß sie auch gut bezahlen, damit wir alle davon leben können. Amen.«

Der Zweispänner war nur mit wenig Gepäck beladen, als Tom am nächsten Tag mit den Gästen eintraf. Jeder der beiden hatte nur einen kleinen Koffer. Mit zufriedener Miene trug Tom die beiden Koffer ins obere Stockwerk.

»Kommen Sie doch herein!« begrüßte Julia die Gäste. »Sie sind bestimmt müde nach der langen Bahnreise. Hettie wird Ihnen die Zimmer und das Bad zeigen, damit Sie sich ein wenig frisch machen können. In einer Viertelstunde wird im Hauptsalon Tee serviert.«

Der Mann nickte, lächelte Julia freundlich zu und nahm seine Frau beim Arm, um Hettie zu folgen. Die Frau stieg die Treppe recht zögernd und langsam hinauf, was Julia ein wenig merkwürdig vorkam. Doch als sie dann ohne große Schwierigkeiten das obere Stockwerk erreicht hatte, schob Julia ihre Bedenken beiseite und ging in die Küche zurück.

Genau fünfzehn Minuten später betraten die beiden Gäste den Salon. Sie stellten keine großen Ansprüche. Herr Williams führte seine Frau an den Tisch und rückte ihr den Stuhl zurecht. Dann setzte er sich neben sie.

»Milch und Zucker?« bot Julia an.

»Nur etwas Zucker für mich«, antwortete die Frau, »aber mein Mann nimmt gerne beides.«

Julia schenkte den Tee ein und reichte den Gästen die Platte mit den hübsch belegten Broten.

»Wie wunderhübsch Sie es hier haben! Nicht so ... so streng und ungemütlich wie anderswo«, sagte die Frau, während sie sich ein belegtes Brot nahm.

»Vielen Dank«, antwortete Julia. Sie hatte es gern, wenn jemand ihren Geschmack und die Einrichtung des Hauses mochte.

»Und die Gemälde erst!« fuhr die Frau fort. »Besonders das Bild dort im Flur mit dem Bach und den Kindern! Man kann ja beinahe schmecken, wie herrlich frisch das Wasser ist, das der Junge dem Mädchen reicht!«

Julia freute sich über das Kompliment. Das Gemälde war ihr Lieblingsbild.

»Wer ist denn der Künstler?« erkundigte sich die Frau.

»Es war ein Bekannter meines Vaters«, erläuterte Julia. »Das Gemälde haben wir zur Hochzeit bekommen.«

»Dann werden Sie es wohl kaum verkaufen wollen?« fragte die Frau und hob die Augenbrauen.

»Nein«, sagte Julia mit einem Kopfschütteln, »ich möchte es nicht verkaufen.«

Julia reichte den Gästen das Tablett mit den Obsttörtchen. Herr Williams nahm eins, doch Frau Williams lehnte höflich ab.

»Aber ich hätte furchtbar gern noch eine Tasse von Ihrem köstlichen Tee«, bat sie. »So einen guten Tee habe ich schon seit langem nicht mehr getrunken.«

Julia lächelte.

»Vielleicht liegt das an unserem kühlen, klaren Quellwasser«, sagte sie.

»Gewiß«, nickte die Frau. »Ja, gewiß haben Sie recht.« Dann wandte sie sich an ihren Mann.

»Ob wir unser Wasser wohl auch aus der Quelle bekommen können?« fragte sie ihn.

»Solange wir hier sind, werden wir unser Wasser aus dieser Quelle bekommen«, versprach er.

»Für unseren Tee, meine ich.«

»Natürlich, meine Liebe. Für unseren Tee.«

»Aber sollten wir den Leuten ihr Wasser nicht bezahlen?« fragte sie.

»Das werden wir auch tun, meine Liebe«, versuchte er sie zu beschwichtigen.

»Aber du hast ihr noch kein Geld gegeben!«

»Wir bezahlen, wenn wir abreisen«, erklärte er ihr.

»Reisen wir denn schon ab? Meine Güte! Sind wir nicht eben erst angekommen?« sagte sie und stand auf.

Julia verstand den sonderbaren Wortwechsel nicht. Sie überlegte, ob sie die beiden allein lassen sollte, um dem Mann die Gelegenheit zu geben, seine verstörte Frau zu beruhigen.

Der Mann hatte sich ebenfalls erhoben.

»Nein, meine Liebe, wir reisen noch nicht ab.« Er schob sie sanft, aber bestimmt auf ihren Stuhl zurück. »Allerdings schulden wir der Dame das Geld für den wunderbaren Tee, den sie aus frischem Quellwasser gekocht hat. Hier, bitte! Ich bezahle den Tee auf der Stelle. Schau nur, Liebes! Ich gebe ihr das Geld.« Er holte einen Geldschein aus seiner Tasche und reichte ihn Julia. Sie entnahm seinem Blick, daß ihm sehr viel daran lag, daß sie das Geld ohne Protest annahm.

Mit zitternder Hand nahm Julia das Geld entgegen.

»Vielen Dank. Vielen Dank, Herr Williams«, brachte sie hervor.

Frau Williams setzte sich auf ihrem Stuhl zurecht.

»So ist's schon besser«, hörte Julia sie sagen.

Herr Williams schob seine Tasse beiseite.

»Meine Frau braucht jetzt ein wenig Ruhe«, erklärte er. »Wenn Sie uns entschuldigen, würde ich sie gerne auf ihr Zimmer begleiten.«

Julia nickte.

»Das Abendessen wird um sieben im Eßzimmer serviert«, sagte sie.

Frau Williams schien nichts dagegen zu haben, daß ihr Mann sie beim Arm nahm, ihr beim Aufstehen behilflich war und sie zur Treppe führte.

»Warte einen Moment!« hörte Julia sie sagen, als sie die Diele erreicht hatten. »Ich möchte mir das Bild noch einmal ansehen.«

Erst eine ganze Weile später hörte Julia die beiden die Treppe hinaufgehen.

Julia machte sich Gedanken über das Abendessen. Ob das Ehepaar gern Gesellschaft beim Essen hatte? Sollten die beiden gemeinsam mit der Familie essen? Oder ob sie es vorzogen, unter sich zu bleiben?

Mit den Hammonds hatte sie es so gehalten, daß die Zwillinge in der Küche gegessen hatten und John und Julia sich an den Eßzimmertisch gesetzt hatten, nachdem die Gäste fertig waren. Aber die Hammonds waren immerhin zu fünft gewesen und hatten den Tisch so gut wie ausgefüllt. Bei dem Ehepaar Williams war das anders. Ob die ganze Familie mit ihnen zusammen essen sollte? Julia überlegte hin und her. Schließlich kam sie zu dem Ergebnis, daß die Gäste zumindest ihre erste Mahlzeit in Calder Springs für sich alleine einnehmen sollten.

Pünktlich um sieben Uhr fanden sich Herr und Frau Williams zum Abendessen ein. Jennifer war zum Servieren eingeteilt worden. Julia führte die Aufsicht in der Küche, während Felicitas an der großen Küchenspüle mit dem Abwasch begann.

»Die ißt ja wie ein Vögelchen!« sagte Jennifer, als sie zwischendurch einmal in die Küche kam.

»Ja, das ist mir auch aufgefallen«, antwortete Julia.

»Schmeckt ihr unser Essen denn nicht?« fragte Felicitas.

»Sie sagt zwar dauernd: ›O wie köstlich!‹ und: ›Das schmeckt aber lecker!‹, aber aufessen tut sie's nicht. Sie nimmt einen Bissen und läßt den Rest auf dem Teller.« Jennifer verstand die Welt nicht mehr.

»Vielleicht hat sie keinen großen Appetit«, vermutete Julia. »Sie wirkt ja recht zerbrechlich. Vielleicht war sie auch lange Zeit krank.«

»Ihr Mann dagegen ist kein Kostverächter«, berichtete Jennifer. »Er hat von allem zwei Portionen gegessen.«

»Macht doch nichts!« antwortete Julia. »Er ist ja auch wirklich spindeldürr. Es wird ihm guttun, ein paar Pfund zuzulegen.«

Jennifer ging ins Eßzimmer zurück, um den Tisch abzuräumen. Kurz darauf stand sie stirnrunzelnd wieder in der Küchentüre.

»Stimmt etwas nicht?« erkundigte sich Julia.

»Weißt du, was sie mich gefragt hat? Wie lange ich schon hier arbeite. Als ich ihr gesagt habe, daß ich hier wohne, hat sie mich ›armes Kind‹ genannt und mir auf den Arm geklopft. Sie hat mir gewünscht, daß ich bald entlassen werde. Was hat sie nur damit gemeint, Mama?«

»Das weiß ich auch nicht«, sagte Julia.

»Sag mal, Mama, glaubst du, daß ihr Mann weiß, was das zu bedeuten hat?« fragte Felicitas.

»Ich ... ich weiß es nicht. Ich hatte das Gefühl, als wollte er sie ... als wollte er sie zur Eile drängen. Er schlug ihr einen Spaziergang durch den Garten vor. Dann hat er mich um Erlaubnis gebeten. ›Aber selbstverständlich!‹ habe ich gesagt, und dann hat sie mir wieder auf den Arm geklopft und gesagt: ›Welch ein nettes, freundliches Mädchen! Ich werde mit der Oberin sprechen.‹ Anschließend hat er sie zur Tür geführt.«

»Merkwürdig«, fand Felicitas.

Julia war ganz ihrer Meinung, scheute sich jedoch, dies ihren Töchtern gegenüber zuzugeben.

»Sei so gut und räume den Tisch ab, wenn die beiden mit dem Essen fertig sind« bat sie Jennifer. »Anschließend kannst du ihn dann für uns decken. Und Felicitas, du gehst bitte in den Garten und rufst deinen Vater. In ein paar Minuten essen wir.«

Hoher Besuch

Als Julia am nächsten Morgen nach unten kam, saß Frau Williams schon in der Diele und betrachtete voller Inbrunst das Gemälde mit dem stillen Bach und den Kindern.

»Welch ein beschauliches, friedliches Bild!« murmelte sie, und ein entzücktes Lächeln spielte um ihren Mund.

»Ja«, sagte Julia, »das stimmt.« Ihr Blick blieb an der Wanduhr hängen. »Sie sind aber heute zeitig auf den Beinen, Frau Williams. Konnten Sie nicht schlafen?«

»Schlafen?« fragte die Frau. »Ach, wissen Sie, ich schlafe nicht. James schläft. Er schläft für mich mit. Ich selbst schlafe gar nicht mehr.«

»Ach so«, sagte Julia und wußte nicht recht, was sie mit dieser Antwort anfangen sollte. »Hätten Sie gern eine Tasse Tee oder Kaffee, während Sie auf Ihr Frühstück warten?«

Die alte Dame wirkte plötzlich wie ein Kind, dem man eine verbotene Leckerei reicht.

»Oh, dürfte ich das wirklich?« flüsterte sie und warf einen ängstlichen Blick um sich, als könnte im nächsten Moment jemand auftauchen, der ihr diese Freude verdarb.

»Aber gewiß doch!« sagte Julia. »Es wird nur ein paar Minuten dauern. Soll ich Ihnen das Tablett in den Salon oder ins Eßzimmer bringen?«

»Ach, schade. Nicht mit Ihnen zusammen?« fragte die zierliche Frau enttäuscht.

Julia zögerte kurz, ließ sich ihr Erstaunen jedoch nicht anmerken und sagte sanft:

»Sie können natürlich auch gern in die Küche kommen.«

»Wissen Sie, ich bin für mein Leben gern in der Küche«,

kicherte die alte Dame. »Dort ist es immer so gemütlich, wenn das Herdfeuer brennt!«

Julia bot ihr den Arm an.

»Wir verraten aber kein Sterbenswörtchen davon, nicht wahr?« sagte die alte Dame, als handelte es sich um eine geheime Verschwörung. Sie nahm Julias Arm und ging mit ihr in die Küche.

»Die arme Frau ist wirklich sehr gebrechlich«, dachte Julia. »Und obendrein verwirrt. Bestimmt ist sie sehr krank gewesen. Ich werde mit den Mädchen reden. Wir müssen ihr besonders viel Geduld und Freundlichkeit entgegenbringen.«

Julia führte ihren Gast in die Küche und bot Frau Williams einen Stuhl an. Nun saß sie, wie sonst Hettie oder die Mädchen, an dem großen Küchentisch, über den eine frischgewaschene, karierte Tischdecke gebreitet war. Julia beeilte sich, mit ihrer Morgenarbeit anzufangen. Sie hatte gerade ein paar Holzscheite in den Ofen gelegt, als die hintere Küchentür geöffnet wurde und Hettie eintrat. Im ersten Moment wirkte sie verwundert, doch dann schickte sie sich lächelnd an, den Teig für die Milchbrötchen zu formen.

»Frau Williams wollte uns gern in der Küche Gesellschaft leisten«, erklärte Julia und fragte die ältere Dame: »Was hätten Sie denn lieber: Tee oder Kaffee?«

»Oh, Kaffee darf ich leider nicht trinken«, antwortete sie. »Wissen Sie, er ist nicht gut für mein ... für mein Dings. – Ach, ich habe vergessen, wie's heißt. Aber heute morgen hätte ich furchtbar gern Kaffee. Sie werden es doch nicht melden, nicht wahr?«

Hettie sah von der Teigschüssel auf und warf Julia einen fragenden Blick zu.

»Eine gute Tasse Tee wäre nicht zu verachten«, sagte Julia schnell. »Ich denke, wir sollten uns alle eine Tasse gönnen, sobald das Wasser kocht – finden Sie nicht auch, Hettie?«

»Ja, Tee wäre genau das Richtige für mich.«

Julia hatte nicht die geringste Ahnung, was es mit dem Kaffeeverbot auf sich hatte, aber sie wollte auf keinen Fall ein Risiko eingehen, falls es tatsächlich irgendwelche medizinischen Bedenken gab.

»Kochen wir uns also eine Kanne Tee!« schlug Julia fröhlich vor und fügte nach kurzem Zögern hinzu: »Mit bestem Bergquellwasser!«

Frau Williams sah völlig verwundert aus, so, als hätte sie noch nie im Leben etwas von Quellwasser gehört.

»Ich ... ich hätte meinen Tee aber lieber mit heißem Wasser aufgegossen, bitte«, sagte sie zaghaft und fügte hinzu: »Wenn's Ihnen nichts ausmacht.«

»Aber natürlich nicht«, beruhigte Julia sie. »Selbstverständlich nehmen wir heißes Wasser für den Tee.«

»Und einen winzigen Schuß Sahne dazu.«

Julia nickte. Am Tag zuvor hatte die alte Dame Zucker haben wollen.

Als der Tee fertig war, schenkte Julia ihrem Gast eine Tasse davon ein und fing dann mit den Frühstücksvorbereitungen an.

»Wer ist denn heute morgen mit dem Tischdecken an der Reihe?« erkundigte sie sich bei Hettie.

»Felicitas«, antwortete diese. »Jennifer hat gestern abend den Tisch gedeckt.«

Julia nickte. Das hätte sie eigentlich auch selbst gewußt, wenn sie sich nur darauf besonnen hätte. In Gedanken war sie wohl noch zu stark mit der alten Dame an ihrem Küchentisch beschäftigt.

Inzwischen war auch Felicitas in der Küche erschienen, unterdrückte ein Gähnen und band sich eine frisch gestärkte Schürze um.

»Einen wunderschönen guten Morgen wünsche ich!« begrüßte die alte Dame sie. »Bist du denn jetzt immer noch hier?«

Felicitas blieb wie angewurzelt stehen. Ihr Blick wanderte von der alten Dame zu ihrer Mutter.

»Ja«, sagte sie dann, wieder zu der Dame gewandt, »ich bin immer noch hier.«

»Möchtest du auch eine Tasse Tee haben?« fragte die alte Dame und deutete auf den Stuhl neben sich.

»Nein ... nein, danke«, antwortete Felicitas. »Ich muß jetzt den Tisch decken.«

»Ist es denn schon wieder Essenszeit? Liebe Güte, hoffentlich gibt es nicht wieder diesen gräßlichen Eintopf!«

Seit ihrer Ankunft bei den Harrigans hatte ihr niemand Eintopf vorgesetzt.

Julia sah einen Funken von Schabernack in Felicitas' Augen aufblitzen.

»Felicitas«, sagte sie, bevor dieser eine vorlaute Bemerkung einfallen konnte«, nimm bitte die blauen Servietten.«

»Ich muß unbedingt mit den Mädchen reden«, dachte Julia und nahm sich vor, damit nicht mehr lange zu warten. »Frau Williams ist krank. Wir müssen alle sehr vorsichtig mit ihr umgehen.«

»Frau Williams, darf ich Ihnen noch etwas Tee nachschenken?«

Doch kaum hatte sie die Frage gestellt, als die Küchentür auch schon aufgerissen wurde und Herr Williams hereinstürzte. Er war völlig außer Atem.

»Haben Sie ...?« Er unterbrach sich, als er die alte Dame am Küchentisch erblickte. Er faßte sich ans Herz und sank auf einen Stuhl.

»Ein Glück!« brachte er hervor. »Ich hatte schon Todesängste ausgestanden, als ich sie nicht in ihrem Zimmer vorfand. Ich ... ich habe eigentlich noch nie verschlafen. Es muß an der langen Bahnreise gelegen haben ...«

»Sie ist ja hier in Sicherheit«, sagte Julia. »Wir trinken gerade Tee. Möchten Sie auch eine Tasse?«

Herr Williams schüttelte den Kopf, besann sich aber dann anders. Noch immer sah er bleich und verstört aus. Julia goß ihm den Tee ein und stellte die Tasse vor ihn auf den Tisch.

Frau Williams lächelte zufrieden. Sie freute sich sichtlich darüber, daß ihr Mann sich zu ihr gesellt hatte. Sanft klopfte sie ihm auf die Hand. Bald schien er sich wieder gefaßt zu haben, wenn seine Hand auch noch leicht zitterte, als er die Tasse zum Mund führte.

Jetzt kam auch Jennifer in die Küche. Sie trug das gleiche grünkarierte Kleid wie Felicitas. Frau Williams betrachtete sie aus den Augenwinkeln und nickte ihr geheimnistuerisch zu.

»Bist du schon fertig?« fragte sie das Mädchen.

»Fertig? Womit?« fragte Jennifer.

»Ich glaube, sie verwechselt dich mit Felicitas«, erklärte Julia ihr leise. »Felicitas war gerade hier und ist dann ins Eßzimmer gegangen, um den Tisch dort zu decken.«

Frau Williams winkte Jennifer näher zu sich heran. Dann legte sie ihr eine Hand auf den Arm.

»Keine Sorge!« flüsterte sie. »Ich habe dir doch versprochen, dir zu helfen – und versprochen ist schließlich versprochen. Jetzt brauchst du nur noch eine Verkleidung.«

Jennifer sah sich fragend nach Herrn Williams um. Der wirkte sowohl erschrocken als auch verlegen. Jennifer nahm die schmale Hand der alten Frau und drückte sie.

»Danke«, sagte sie nur. »Das ist sehr nett von Ihnen!«

Wieder wurde die Tür geöffnet, und Felicitas betrat die Küche.

»Jenny«, sagte sie »,wo steckt denn nur die blaue Zuckerdose und das Milchkännchen?«

»In der untersten Schublade!«

Frau Williams schaute überrascht zwischen den beiden Zwillingen hin und her. Plötzlich erhellte sich ihr Gesicht.

»Na, so was von pfiffig!« rief sie. »Darauf wäre ich nie gekommen! Eine gelungene Verkleidung! Man wird dir niemals auf die Schliche kommen – du hast ja eine Doppelgängerin! Da wissen sie nie, wer nun die wahre Ausreißerin ist. Wie gewitzt von dir, ihnen einfach ein Schnippchen zu schlagen!« Sie klatschte wie ein fröhliches Kind in die Hände und lachte aus vollem Halse.

»Nun komm aber«, sagte Herr Williams zu seiner Frau. »Du hast genug Tee getrunken. Laß uns vor dem Frühstück noch einen kleinen Spaziergang machen.«

Er half ihr beim Aufstehen, und sie folgte ihm gehorsam.

»Unglaublich pfiffig!« kicherte sie beim Hinausgehen. »Auf diese Idee wäre ich nie gekommen! Wie macht sie das nur?«

Als Julia und Hettie am späten Nachmittag in der Küche das Abendessen vorbereiteten, klopfte Herr Williams an die Tür.

»Frau Harrigan, kann ich Sie bitte einen Moment sprechen?« fragte er zögernd.

Julia nickte und wischte sich die Hände an ihrer Schürze trocken. Dann nahm sie sich die Schürze ab und legte sie über eine Stuhllehne.

»Wie wär's, wenn wir dazu auf die Veranda gingen?« schlug sie vor und ging voraus.

Julia freute sich auf eine kleine Pause im Schatten, doch sie ahnte schon, daß ein wirkliches Ausruhen zu diesem Zeitpunkt wohl kaum möglich war. Herr Williams schien etwas Wichtiges auf dem Herzen zu haben.

»Ich ... ich weiß nicht, ob Sie bemerkt haben, daß meine

Frau hin und wieder etwas ... etwas verwirrt ist«, begann er stockend.

Julia nickte.

»Sie ist aber äußerst sympathisch«, sagte sie, um seine Nervosität zu lindern.

»Ja wirklich, das ist sie. Sie ist eine herzensgute Frau. Das war sie schon immer.« Er richtete den Blick in die Ferne, und seine Augen füllten sich mit Tränen.

»Wissen Sie, es geht ihr nicht gut. Sie ist sehr krank gewesen«, erklärte er.

»Das hatte ich schon vermutet«, sagte Julia sanft.

»Ich ... ich habe sie hierher gebracht, weil ich hoffte, daß ihr die Ruhe guttun würde.«

»Wir werden unser Bestes tun, damit sie sich bei uns erholt«, sagte Julia.

»Sie und Ihre Familie sind außerordentlich zuvorkommend«, fuhr Herr Williams fort. »Sie ... Sie können sich kaum vorstellen, wie groß mein Entsetzen war. Ich ... ich weiß kaum, wie ich ... wie ich ihre Sicherheit gewährleisten soll.«

»Das ist gewiß eine schwere Aufgabe«, sagte Julia und nickte zustimmend.

»Ich wollte Ihnen das nur sagen, damit Sie Bescheid wissen«, fuhr er fort.

»Aber natürlich«, sagte Julia. »Wenn wir Ihnen irgendwie helfen können, dann wenden Sie sich nur getrost ...«

»Uns fehlt es an nichts«, versicherte er ihr schnell. Dann verstummte er. »Aber eine Bitte hätte ich doch ...«

Julia wartete darauf, daß er weitersprach.

»Wäre es wohl möglich, daß Ihr Mann ein ... ein Schloß an der Tür anbringt?«

Julia versuchte, sich ihr Erstaunen nicht anmerken zu lassen.

»Heute morgen habe ich mich zu Tode geängstigt. Diesmal

war es nur die Küche, aber was machen wir, wenn sie einen Spaziergang machen will und sich im Wald verläuft? Ich weiß nicht, was ich in einem solchen Fall getan hätte.«

Julia hatte Verständnis für seine Sorgen.

»Gern«, sagte sie. »John wird das Schloß anbringen, sobald sie ihren Mittagsschlaf beendet hat.«

»Danke. Vielen Dank!« sagte Herr Williams. »Jetzt muß ich aber schnell wieder zu ihr. Sie schläft nicht besonders gut.«

Eilig verabschiedete sich Herr Williams, und Julia stieß sich mit dem Fuß vom Boden ab in der Hoffnung, sich durch das Schaukeln der Bank ein wenig Erleichterung zu verschaffen.

»Ach, die Ärmste!« sagte sie leise. »Welch ein Kummer! Wie lange mag das nur schon so gehen?«

Nach einiger Zeit jedoch war es offensichtlich, daß Frau Williams, so merkwürdig sie sich auch gelegentlich benahm, von Familie Harrigan herzlich aufgenommen worden war. Die Harrigans hatten beschlossen, der alten Dame zu helfen, wo sie nur konnten.

»Ob die beiden es wirklich mögen, so oft allein zu sein?« fragte Jennifer bei der Abendandacht.

»Ich weiß es nicht. Herr Williams möchte, daß seine Frau möglichst viel Ruhe hat.«

»Aber wenn wir still sitzen und nur ganz leise sprechen, dann könnten wir den beiden vielleicht beim Essen Gesellschaft leisten. Ob sie sich darüber freuen würden?«

»Ich werde mit Herrn Williams sprechen«, sagte Julia. »Er soll selbst entscheiden.«

»Und wenn sie bis dahin in der Diele sitzen möchte, um sich das Gemälde anzuschauen – oder auch in der Küche, um Tee zu trinken«, sagte John »dann lassen wir sie einfach gewähren.«

»Nett ist sie ja wirklich«, meinte Felicitas.

»Ja, das ist sie. Überhaupt nicht gebieterisch«, fügte Jennifer hinzu.

»Immerzu bedankt sie sich«, fiel Felicitas ein.

»Ich mag sie«, bekundete Jennifer.

»Schade, daß wir ihr nur so wenig helfen können«, bedauerte Julia. »Sie ist eine so liebenswürdige Dame!«

»Vielleicht bleiben die beiden ja länger bei uns, wenn es ihnen hier gefällt und ruhig genug ist. Meinst du nicht auch, Mama?«

»Schon möglich«, sagte Julia.

»Wir wollen alles tun, damit Frau Williams sich hier wohlfühlt«, beschloß Jennifer.

Als die Familienandacht an diesem Abend zu Ende ging, wurde auch das Ehepaar Williams in das gemeinsame Fürbittengebet eingeschlossen.

Drei Tage später, als Julia gerade mit dem Fensterputzen beschäftigt war, klopfte es gebieterisch an der Haustür. Julia bekam einen leichten Schreck und öffnete. Zwei Männer in dunkler Uniform zeigten ihre Dienstausweise vor.

»Frau Harrigan?« fragte der größere der beiden.

»Ja«, nickte Julia.

»Dürfen wir Sie bitte einen Moment sprechen?«

Julia trat beiseite und bedeutete den Männern, ins Haus zu kommen. Sie führte sie zum Salon.

Nun ergriff der kleinere das Wort.

»Frau Harrigan, wenn ich mich nicht irre, betreiben Sie ein Gästehaus.«

»Eine Art Sommerpension«, berichtigte Julia ihn.

»Sagen Sie, verlangen Sie eigentlich amtliche Referenzen, bevor Sie jemanden hier einquartieren – ein polizeiliches Führungszeugnis zum Beispiel?«

»Nein«, sagte Julia. Sie verstand nicht ganz.

»Dann handelt es sich bei Ihren Gästen also um Fremde?« fragte der kleine Mann scharf. Ohne auf eine Antwort zu warten, fuhr er fort: »Unseren Informationen zufolge wohnen bei Ihnen zur Zeit ein gewisser Herr Williams und seine ... äh, seine Gefährtin.«

»So ist es.«

»Was wissen Sie über die beiden?«

»Nur, daß sie einen abgeschiedenen, ruhigen Ort suchten, wo Frau Williams sich von ihrer Krankheit erholen konnte.«

Die beiden Männer wechselten einen Blick.

»Sind sie jetzt hier?«

»Ja, natürlich. Sie ... sie halten Mittagsruhe.«

»Dann wissen Sie also, daß die Frau krank war?« fragte nun wieder der größere der beiden Männer.

»Ja; Herr Williams hat uns gegenüber erwähnt, daß ihre Gesundheit recht schwach ist«, gestand Julia.

»Und was hat er Ihnen sonst noch gesagt?«

»Nichts.«

»Dann wissen Sie nicht, daß die Frau in eine geschlossene Anstalt eingewiesen war?«

Julia blieb die Luft weg. Sie traute ihren Ohren nicht.

»Und daß sie die Anstalt ohne Erlaubnis verlassen hat? Daß Herr Williams mit ihr geflüchtet ist, bevor man den Ausbruch verhindern konnte?

»Wie bitte? Aber das ... das ist doch nicht möglich! Sie sind doch so ein nettes Ehepaar ...«

»Herr Williams«, fuhr der Beamte fort, »ist in der Tat unter diesem Namen bekannt, aber Frau Williams ist in Wirklichkeit eine gewisse Margaret Jones.«

»Aber warum ... warum wollten ...«

»Soweit wir wissen, kannten sich die beiden seit ihrer Kindheit, aber durch den Krieg und verschiedene andere Umstände sind sie getrennt worden. Als der Mann dann zurückkehrte, war sie in der Zwischenzeit sehr krank gewesen, hatte Fieber und Anfälle und ... mußte dann viele Jahre in einer Anstalt zubringen. Er hat sie regelmäßig besucht und wohl immer gehofft, daß sie genesen würde. Leider war das ein Irrtum. Immer wieder hat er Anträge auf ihre Entlassung gestellt, aber diese konnten nicht bewilligt werden. Schließlich hat er sie aus der Anstalt entführt und ist mit ihr geflüchtet.«

Julia konnte ihre Fassungslosigkeit nicht verbergen.

»Herr Williams? Unser Herr Williams? Aber es muß sich um eine Verwechslung handeln. Er ist so ein ... so ein ...«

»Ein gewitzter Mensch? Ja, das ist er in der Tat. Regelrecht gerissen. Den Ausbruch hat er bis in alle Einzelheiten geplant. Das Personal in der Anstalt hat ihm völlig vertraut – und dann kam der Ausbruch! Jetzt muß man ein Vermögen dafür aufwenden, um die beiden aufzufinden und zurückzubringen.«

»Aber Sie werden ... Sie werden die beiden doch wohl nicht zurückbringen? Er sorgt vorbildlich für sie. Er ist ein Vorbild an Umsichtigkeit. Er ...«

»Und ob er das ist! Fürsorglich und nett ist er. Das kann man wohl sagen! Er meint es gut. Man hat uns mitgeteilt, daß er sogar vorhat, Frau Jones heimlich zu heiraten. Er hat sich in den Kopf gesetzt, daß er ihr auf diese Weise ›Sicherheit‹ bieten kann, damit sie wieder gesund wird. Doch das ist aussichtslos. Wir haben es ja bei anderen versucht. Erst haben wir sie entlassen. Dann geht ein paar Tage lang alles gut, vielleicht sogar ein paar Wochen lang, aber am Ende müssen wir sie wieder einsperren.«

»Einsperren?« stieß Julia hervor. Das Wort gefiel ihr gar nicht. Es klang in ihren Ohren regelrecht grausam. »Was wollen Sie damit sagen? Sie ist doch so ein ... ein netter, liebenswürdiger Mensch. Vielleicht ein wenig durcheinander, aber völlig harmlos. Sie ...«

»Kein Patient einer geschlossenen Anstalt ist harmlos«, widersprach der Mann. »Heute macht die Frau scheinbar einen vernünftigen Eindruck, aber wer weiß, was sie morgen in ihrer geistigen Verwirrung anstellt? Vielleicht legt sie ein Feuer, oder sie geht mit dem Messer auf jemanden los.«

Julias Augen weiteten sich vor Entsetzen.

»Aber doch nicht Frau Williams!« stieß sie hervor.

»Jones«, berichtigte sie der kleinere der beiden Männer.

»Also, ich ... ich kann es kaum fassen. Ich meine ...«

»Wir sind gekommen, um sie abzuholen«, sagte schließlich der Größere. Sein Tonfall und der Ausdruck seiner Augen zeigten Julia, daß er nicht vorhatte, sich noch auf längere Diskussionen einzulassen.

Ein kleiner Reiseproviant

Julia versuchte einen letzten kleinlauten Anlauf:

»Glauben Sie denn nicht, daß es ausreicht, wenn jemand hin und wieder nach ihnen schaut?«

»Tut mir leid, gnädige Frau, aber auf ein solches Risiko können wir uns nicht einlassen.«

»Tja, dann geht es wohl nicht«, murmelte Julia und wußte nichts weiter zu sagen.

»Und wenn Sie jetzt bitte Ihre Mieter verständigen würden; wir müssen nämlich weiter.«

»Hausgäste«, berichtigte ihn Julia. Als sie dann die Treppe hinaufstieg und über den Flur ging, flüsterte sie immer vor sich hin: »Ach, wie schade! Nein, wie schade!« Mit der karierten Schürze wischte sie sich die Tränen ab.

Vor Herrn Williams' Zimmertür blieb sie stehen. Sie hielt es für das Beste, zuerst mit ihm zu sprechen. Danach konnte er seiner Frau, das heißt Frau Jones, alles erläutern. Er würde schon wissen, wie er ihr den Sachverhalt klarmachen konnte.

Julia versuchte, ihre Tränen zu unterdrücken, und hob ihre zitternde Hand, um an die Tür zu klopfen. Niemand antwortete. Noch einmal klopfte sie. Alles blieb still.

»Herr Williams? Herr Williams?« rief Julia, zuerst leise, und dann lauter. Noch immer keine Antwort.

Plötzlich hörte Julia ein Geräusch. Der kleine Mann stand hinter ihr und beobachtete sie voller Argwohn.

»Sie ... sie scheinen wohl gerade nicht da zu sein«, stotterte Julia. »Ich habe sie nicht fortgehen gesehen, aber vielleicht ...«

Der Mann drängte sich an Julia vorbei. Mit einem Satz öffnete er ohne anzuklopfen die Tür und betrat das Zimmer.

Julia spähte über seine Schulter. Das Zimmer war leer, das Bett ordentlich gemacht und die beiden Koffer fehlten.

»Er ... er ist nicht mehr hier. Aber wie ...?«

»Diese hinterhältige kleine ...« Der Mann verkniff sich den Rest seiner Bemerkung, wohl weil er sich rechtzeitig darauf besann, daß er sich in der Anwesenheit einer Dame befand. Dann drehte er sich zu Julia um. »Und Sie behaupten, von allem nichts gewußt zu haben?« fragte er. Julia hatte das Gefühl, sich in einem Verhör zu befinden.

»Nein, wirklich nicht«, antwortete sie. »Sie haben mir nicht gesagt ... Ich meine, er hat die Zimmer bis zum ...«

»Ich werde Ihnen wohl oder übel glauben müssen«, fiel der Beamte ihr ins Wort, womit er eher die Zweifel bekundete, die er noch hegte.

»Sie können mir ruhig glauben«, sagte Julia mit Bestimmtheit. »Gott hat uns seine Gebote gegeben. Wir dürfen nicht lügen, auch nicht zugunsten eines anderen Menschen, der uns ans Herz gewachsen ist. Ich sage die Wahrheit, Herr ..., Herr ...« Der Mann dachte nicht daran, sich vorzustellen.

»Wo könnten sich die beiden zur Zeit aufhalten?« fragte er scharf.

»Das weiß ich nicht«, antwortete Julia.

»Gibt es in der Umgebung irgendein Ausflugsziel, das sie besonders lieben?«

»Nicht, daß ich wüßte.«

»Welche Verkehrsverbindung hat dieser Ort?«

»Nur die Eisenbahn.«

»Wann ist der letzte Zug abgefahren?«

»Es wird wohl der gleiche gewesen sein, mit dem Sie gekommen sind«, antwortete Julia.

Der Mann wirkte überrascht. Dann brummte er irgend etwas, was wie »hinter dem Mond« klang. Julia konnte es allerdings nicht genau verstehen. Vermutlich war es ohnehin nicht für ihre Ohren bestimmt gewesen.

»Vor der Nase weg entwischt!« knurrte er.

Julia wandte sich ab, um ihre Erleichterung zu verbergen. Dann fiel ihr Blick auf die Kommode. Sie ging auf die andere Seite des Zimmers und hob einen weißen Umschlag auf. Es war ein Brief, auf den jemand mit feiner, dünner Schrift ihren Namen geschrieben hatte. Sie nahm einen blütenweißen Bogen heraus und las:

»Sehr geehrte Frau Harrigan!
Sie haben Margaret und mich mit vorzüglicher Freundlichkeit behandelt, und ich bedauere es sehr, daß wir nun unseren Urlaub vorzeitig abbrechen müssen.
Den Betrag, den wir Ihnen schulden, finden Sie in der obersten Schublade dieser Kommode. Beigefügt ist ein angemessener Betrag für das Gemälde in Ihrem Flur.«

Julias Augen weiteten sich, doch sie sagte nichts zu dem Mann, der hinter ihr stand. Sie las weiter:

»Margaret fand es so erquickend. Ich konnte es ihr einfach nicht abschlagen und hoffe sehr, daß Sie dafür Verständnis haben.
Des weiteren finden Sie den Betrag, den wir Ihnen für unsere Verpflegung schulden. Da wir niemandem im Haus zur Last fallen wollten, haben wir uns erlaubt, uns aus Ihrem vorzüglichen Vorrat einen kleinen Reiseproviant zusammenzustellen.
Haben Sie nochmals verbindlichsten Dank für Ihre Bemühungen.

Ihr James W. Williams«

Als Julia aufsah, stellte sie fest, daß der Mann über ihre Schulter hinweg mitgelesen hatte.

»Die beiden haben also mehrfachen Diebstahl begangen ...«

»Das haben sie nicht!« schnitt Julia ihm das Wort ab. »Sie haben alles bezahlt.«

Der Mann wandte sich um und verließ ohne ein weiteres Wort das Zimmer. Als sie ihn das nächste Mal hörte, sprach er aufgeregt mit seinem Kollegen, der anscheinend die ganze Zeit an der Tür gestanden hatte.

»Wir müssen los«, sagte er schließlich. »Wir haben keine Zeit mehr, sonst verlieren wir die Spur völlig aus den Augen.«

Julia erschauderte. »Vollkommen verrückt, wie er redet«, dachte sie. »Er hat wohl zu viele billige Detektivromane gelesen!«

Eigentlich hätte sie ihre ungebetenen Gäste zur Tür begleiten sollen, aber statt dessen ging sie zu der in dem Brief erwähnten Schublade und öffnete sie langsam.

Dort lag ein sauber gefaltetes Bündel Geldnoten. Julia nahm es in die Hand. Kleine Zettel waren mit Büroklammern an die Geldscheine geheftet. Auf dem ersten Zettel stand: »Verpflegung und Unterbringung für zwei Personen.« Julia zählte das Geld. Der Betrag entsprach genau der Abmachung. Auf dem nächsten Zettel stand: »Für unseren Reiseproviant.« Julia stellte fest, daß die Summe mehr als reichlich bemessen war. »Meine Güte! Sie werden doch wohl nicht die ganze Speisekammer leergeräumt haben!« rief sie aus. Das letzte Bündel war mit der Aufschrift »Für das Gemälde« versehen. Julia zählte auch diesen Betrag und fand, daß Herr Williams in der Tat sehr großzügig gewesen war.

»Ach, die Ärmsten!« weinte sie. »Sie tun mir ja so leid.«

Julia hörte ein Geräusch hinter sich und drehte sich um. Mit fragendem Blick stand Hettie an der Tür.

»Wer waren denn die beiden Männer?« erkundigte sich Hettie. »Ich habe sie gerade fortgehen gehört. Wie die Fuhrmänner haben sie geflucht! Ich hatte schon Angst, daß sie ...«

»Sie kommen von irgendeiner Anstalt«, erklärte Julia.

»Anstalt?«

Julia nickte.

»Was in aller Welt haben sie denn von Ihnen gewollt?« fragte Hettie verwundert.

»Nein, nein. Nicht von mir. Von den beiden«, sagte Julia und zeigte mit der Hand auf das leere Zimmer.

»Von den Williams'?« rief Hettie aus. »Aber warum nur?«

»Sie ... sie sind ausgebrochen.«

»Ausgebrochen?«

Julia begann hilflos zu lachen. Sie wedelte mit den Geldscheinen durch die Luft und wischte sich mit einem Schürzenzipfel über die Augen.

Hettie starrte sie fassungslos an.

»Ach Hettie, eigentlich ist das Ganze furchtbar komisch. Er hat sie allesamt überlistet. Schon zum zweiten Mal! Dieser pfiffige alte Herr. Er ist wirklich mit allen Wassern gewaschen!«

Hettie stand noch immer kopfschüttelnd in der Tür und fragte sich, was nur mit Julia los sei.

Immer wieder lachte Julia laut auf, als sie die ganze Geschichte erzählte: »Sie waren hier, um Herrn Williams abzuholen. Er war häufig zu Besuch in der Anstalt gewesen, wo Frau Williams ... nein, eigentlich heißt sie ja Jones ... also wo Frau Jones als Patientin lebte. Die beiden sind überhaupt nicht verheiratet. Herr Williams hat alles versucht, um ihre Entlassung durchzusetzen, aber als sich ihr Zustand nicht besserte und man sie deshalb nicht entlassen wollte, da hat er sie schlicht und einfach entführt. Ausgerückt sind die beiden – getürmt, einfach abgehauen. Und die zwei Männer dachten, jetzt hätten sie die beiden endlich erwischt. Aber als ich hochging, um Herrn Williams zu rufen ... da waren sie längst über alle Berge.«

Julia lachte wieder, und dabei liefen ihr große Tränen über die Wangen. Hettie wußte nicht, ob es Freudentränen oder Tränen des Kummers waren. Doch das wußte Julia selbst nicht.

»Ach, eigentlich ist es furchtbar traurig«, sagte Julia dann sehr viel ernster. »Traurig und rührend zugleich. Stellen Sie sich vor: Der alte Gentleman liebt sie so sehr, daß er um ihretwillen alles aufs Spiel setzt. Er hat nur einen kurzen Brief hinterlassen – und das Geld.« Dann hellte sich Julias Miene auf. »Eins freut mich jedenfalls«, sagte sie lächelnd. »Die beiden Männer von der Anstalt dachten, ich hätte über alles Bescheid gewußt. Sie waren davon überzeugt, daß ich den alten Leuten bei der Flucht geholfen habe. Das ist natürlich Unsinn. Wenn ich's mir allerdings genauer überlege ... vielleicht hätte ich es sogar getan – wenn ich mehr gewußt hätte über ihre Situation.«

Angesichts der entsetzten Miene, die Hettie aufsetzte, fügte Julia schnell hinzu: »Warum auch nicht? Die beiden tun doch keiner Fliege etwas zuleide. Warum sollte man sie dann nicht in Frieden lassen? Wäre es nicht fabelhaft gewesen, wenn unser Pfarrer die beiden getraut hätte? Stellen Sie sich vor! Anschließend hätten wir dann einen kleinen Empfang für sie gegeben!«

Hetties Begeisterung hielt sich in Grenzen.

»Meinen Sie denn nicht auch, daß ...?«

»Ich meine, daß sie Fremde sind«, sagte Hettie langsam, aber bestimmt. »Ich meine, daß sie auf der Flucht sind. Wir wissen kaum etwas über die näheren Umstände. Aber wenn ... wenn sie tatsächlich in einer Anstalt gelebt hat, dann muß es auch einen Grund dafür gegeben haben.«

Nun lächelte Julia nicht mehr. Hettie hatte recht. Das mußte sie wohl oder übel zugeben.

»Aber die beiden haben einen so unschuldigen und liebenswürdigen Eindruck gemacht«, sagte sie.

Hettie nickte.

»Und bezahlt haben sie auch«, beharrte Julia und zeigte Hettie das Bündel mit den Geldscheinen. »Er war wirklich sehr großzügig. Die Summe für Unterkunft und Verpflegung hat er bis auf den Pfennig beglichen. Und er hat auch Geld für das Gemälde hinterlassen. Sie wissen schon, das Gemälde unten im Flor, das sie sich so oft angeschaut hat«, erklärte Julia. »Er hat sogar die Lebensmittel bezahlt, die sich die beiden als Proviant mitgenommen haben.«

»Aha, dahin sind sie also verschwunden!« sagte Hettie. »Ich wollte gerade mit dem Kochen anfangen, und es fehlten mehrere ...«

»Haben sie viel mitgenommen? Das Geld ist nämlich äußerst reichlich bemessen.«

»So genau habe ich noch nicht nachgeschaut. Ich konnte einige Dinge nicht finden, die ich suchte und wußte keine Erklärung dafür. Als ich dann diese beiden Fremden sah, habe ich mir doch Sorgen gemacht.«

Als Hettie die beiden Männer erwähnte, verfinsterte sich Julias Miene wieder. Nachdenklich steckte sie sich die Geldnoten in die Schürzentasche.

»Vielleicht haben Sie ja recht, Hettie, wenn Sie sagen, daß die alte Dame wieder in die Anstalt gehört. Vielleicht hat es tatsächlich seine Gründe, daß sie dort eingewiesen wurde. Aber wissen Sie, ich werde bestimmt noch oft an die beiden denken und wünsche ihnen von Herzen das Beste!«

Julia glättete sich die Schürze mit der Hand.

»Und jetzt lassen Sie uns in die Speisekammer gehen, Hettie, und eine Bestandsaufnahme machen. Womöglich müssen wir vor dem Abendessen schnell noch einkaufen gehen!«

Herbstwinde

Inzwischen hatte Julia einen Spiegel an die Stelle gehängt, wo einst ihr Lieblingsgemälde gehangen hatte. Sie vermißte die friedliche Ausstrahlung des Kunstwerks, aber sie hätte das Bild niemals von der alten Dame zurückgefordert, die es oft so andächtig betrachtet hatte.

Jedesmal, wenn sie an der Stelle vorbeikam, betete sie kurz für die alte Dame. »Ich hoffe nur, das Bild bringt Ihnen viele frohe Stunden«, flüsterte sie, als sie wieder einmal Angst hatte, von der Erinnerung erdrückt zu werden.

Dann ging sie in die Küche, um Hettie dabei zu helfen, den Tee für den Frauenkreis vorzubereiten. Jennifer und Felicitas waren beide schon dort. Felicitas rollte gerade den Teig für einen Tortenboden aus, während Jennifer die Füllung dazu anrührte.

Der Anblick der beiden ging Julia ans Herz. Sie hatte den Eindruck, daß die Mädchen während der letzten Wochen mit einem Schlag erwachsen geworden waren. Zu Anfang des Sommers waren sie noch Kinder gewesen. Doch jetzt, wo der Sommer zu Ende ging, waren sie zu zwei richtigen jungen Damen herangewachsen. Julia dachte an die Worte zurück, die sie damals zu John gesagt hatte. Ein wenig im Haushalt zu helfen, das würde den beiden guttun, hatte sie behauptet. Nun war Julia längst nicht mehr so überzeugt davon, daß das rasche Heranwachsen ihrer Töchter von Vorteil war.

»Hettie hat uns erlaubt, den Nachtisch zu übernehmen«, erklärte Felicitas gutgelaunt. Julia merkte den beiden an, daß sie mächtig stolz auf dieses Vorrecht waren.

»Ihr macht uns bestimmt was Leckeres«, sagte sie.

»Es gibt Papas Lieblingsnachtisch«, erklärte Jennifer. »Zitronencreme.«

»Und vorher gibt es gebratene Rüben und Karotten«, fuhr Felicitas fort und fügte mit einem vielsagenden Blick hinzu: »Mit Schinken!«

»Da wird er sich aber freuen«, antwortete Julia.

»Er soll wissen, daß es uns an nichts fehlt«, sagte Felicitas. »Hettie meint nämlich, daß ...«

»Feli, du redest zuviel!« fiel ihr Jennifer ins Wort.

Julia fragte sich, ob auch Hettie dieser Ansicht war. Sie hielt den Blick gesenkt und die Lippen zusammengepreßt.

»Eigentlich geht es uns doch gut«, stellte Julia fest und gab sich reichlich Mühe, ihren eigenen Worten zu glauben. »Das Geld von Herrn Williams war eine große Hilfe. Wir werden schon zurechtkommen!«

»Sobald es schneit, geht Tom auf die Jagd«, erzählte Felicitas.

»Auf die Jagd?« Julia hatte gar nicht gewußt, daß Tom ein Jäger war.

»Hettie sagt, daß Elch- und sogar Rehfleisch genauso gut schmeckt wie Rindfleisch, wenn man es nur richtig zubereitet.«

Julia sagte nichts, doch im stillen fragte sie sich, ob die Vorräte schon knapper geworden waren, als sie gedacht hatte.

»Papa und Tom holen einen Teil von dem Gemüse aus dem Garten«, fügte Felicitas hinzu, »damit es nicht im ersten Frost verdirbt.«

Julia nickte. Sie konnten es sich tatsächlich nicht leisten, ihre Gartenerzeugnisse zu verlieren. Sie beschloß, das Thema zu wechseln.

»Heute werden wir erfahren, wann die Schule wieder anfängt. Freut ihr euch schon darauf?«

Jennifer zeigte sich interessiert, doch Felicitas zuckte nur mit den Schultern. Sie genoß es, in der Küche helfen zu dürfen.

Julia begutachtete die Tabletts, die auf dem Küchentisch standen.

»Sie haben ja schon alles fertig«, sagte sie zu Hettie.

»Es fehlen nur noch ein paar Kleinigkeiten. Fangen Sie ruhig mit Ihrem Treffen an. Die Mädchen bringen den Tee, wenn Sie soweit sind.«

Noch einmal warf Julia einen Blick auf ihre heranwachsenden Töchter. Dann ging sie in den Salon zurück, um sich davon zu überzeugen, daß jeder Stuhl an seinem Platz stand. Und dann zeigte ihr ein Blick auf die Wanduhr, daß es auch schon Zeit war, die ersten Gäste zu begrüßen.

»Gibt es irgend etwas Neues?« erkundigte Julia sich, nachdem die Sitzung eröffnet worden war.

»Es gibt nicht viel zu berichten«, antwortete Frau Clancy nach einem allgemeinen Schweigen.

»Die letzte Familie hat ein paar Dinge im Laden gekauft«, sagte Matilda Pendleton. »Hier ist das Geld.« Sie langte in ihre Tasche, um drei Umschläge hervorzuholen.

»Frau Shannon, dies ist für eines von Ihren Spitzendeckchen. Frau Greenwald, die Leute haben eins von Ihren Stofftieren gekauft. Und Frau Harrigan, Ihre Leinendecke hat auch einen Abnehmer gefunden.«

Matilda verteilte die Umschläge. Julia fühlte sich unbehaglich. Einige der Frauen brauchten das Geld weitaus dringender als sie selbst. Die Einkünfte dieses Sommers waren wirklich recht kläglich gewesen. Julia fragte sich, wovon diese Frauen nur lebten.

»Am besten legen wir alle Einnahmen aus dem Kunstgewerbeladen zusammen und verteilen sie gleichmäßig unter uns«, schlug Julia vor.

»Nein«, lehnte Frau Clancy kopfschüttelnd ab. »Das wäre

ungerecht. Manche von uns geben mehr Arbeiten ab, und manche lassen sich ihre Arbeiten mehr an Material kosten, und manche sind einfach geschickter im Handarbeiten.«

Die übrigen gaben ihre Zustimmung.

Julia spürte, wie sie sanft errötete. Es schien keine Möglichkeit zu geben, ihren Nachbarinnen zu helfen.

»Wie steht es denn mit den Gartenerträgen?« fuhr sie fort. »Vielleicht hat die eine oder andere einen Überschuß, den jemand gebrauchen könnte?«

Die Frauen waren alle recht zufrieden mit ihren Erträgen.

»Unsere Männer haben vor, auf die Jagd zu gehen, sobald es schneit«, sagte Julia. »Wir könnten uns das Wild anschließend teilen.«

»Jim ist schon auf der Jagd gewesen«, sagte Mary Shannon.

Wie sich herausstellte, waren bereits eine ganze Reihe der Ehemänner auf Jagd gegangen.

»Dann sind also alle gut mit Vorräten versorgt?« fragte Julia.

»Mit Gemüse und Fleisch schon, aber die anderen Dinge werden langsam knapp«, antwortete Frau Clancy.

»Wir haben kaum noch Mehl und Tee. Auch das Salz wird uns bald ausgehen. Und an Backvorräten habe ich fast gar nichts mehr«, sagte Frau Adams niedergeschlagen.

»Ich schaue nach, was ich noch habe«, versprach Julia. »Vielleicht haben wir etwas übrig.« Die Köpfe ihrer Gäste senkten sich fast unmerklich. Julia wußte, daß diese Frauen es nicht gewohnt waren, Almosen entgegenzunehmen, und sie fügte deshalb schnell hinzu: »Wir könnten eine Art Tauschhandel durchführen, zum Beispiel Lebensmittel gegen einen Spitzenkragen oder Leinentaschentücher. Die Ware lege ich dann in unser Geschäft und verkaufe sie nächstes Jahr.«

Die Frauen waren sichtlich erleichtert. Julias Vorschlag schien eine gerechte Lösung zu sein.

»Vielleicht sollte ich eine Abmachung mit Herrn Perry vom Gemischtwarenladen treffen. Ich werde Geld bei ihm hinterlegen, und Sie können Ihre Einkäufe erledigen und die Tauschwaren dort abgeben.« Julia warf einen kurzen Blick auf die Notizen, die sie sich gemacht hatte. »Ach ja, Frau Clancy, haben Sie eigentlich inzwischen Bescheid bekommen, wann die Schule wieder anfangen soll?«

»Nein, wir haben noch nichts erfahren«, antwortete Frau Clancy. »Ich habe zwar einen Brief geschrieben, ja sogar ein Telegramm geschickt, aber bis jetzt haben wir noch keine Antwort bekommen.«

»Liebe Güte!« sagte Julia. »Allmählich wird es aber höchste Zeit!«

»Das stimmt, aber mehr kann ich nicht tun.«

»Natürlich nicht«, antwortete Julia. »Haben Sie vielen Dank für Ihre Mühe.«

»Ich ... ich fürchte, ich habe ebenfalls schlechte Nachrichten«, meldete sich Frau Wright, die Frau des Pastors. Alle richteten den Blick auf sie. Man merkte ihr an, daß es ihr schwerfiel zu reden und daß sie offensichtlich schon länger auf eine Gelegenheit gewartet hatte, sich zu Wort zu melden. »Wir haben ... wir haben gerade erfahren, daß wir in eine andere Gemeinde versetzt werden sollen«, sagte sie traurig.

Erschrockene, betrübte Gesichter wandten sich zu Frau Wright um.

»Und wer wird Ihre Stelle übernehmen?« fragte Julia.

»Das ist ja das Traurige«, sagte Frau Wright. »Niemand. Die Kirche soll geschlossen werden.«

»Geschlossen? Aber wir brauchen die Kirche doch, besonders jetzt. Wie kann man sie denn in einer solchen Situation schließen wollen?« fragte Julia ungläubig.

»Unser vorgesetzter Bischof behauptet, die Gemeinde sei zu klein und es lohne sich nicht, in einer solchen ...«

»Aber wir haben noch acht oder neun – was sag' ich: ein Dutzend Familien hier am Ort«, unterbrach Julia sie.

»Das stimmt«, nickte die Frau und musterte verlegen ihr kunstvoll besticktes Taschentuch, »aber es kommen nur drei Familien.«

Auch das stimmte. Lediglich Familie Adams, Julias eigene Familie und Tom und Hettie fanden sich sonntags morgens zum Gottesdienst ein.

»Wann werden Sie denn von hier fortziehen? Steht es schon fest, wann die Kirche geschlossen wird?« fragte Julia.

»Zum Jahresende.«

»Ich hoffe doch, daß wir etwas unternehmen können, um die Kirchenleitung bis dahin eines Besseren zu belehren. Wir haben schon so unendlich viel verloren. Die Kirche können wir unmöglich auch noch entbehren. Was würde denn geschehen, wenn die Zahl der Gottesdienstbesucher wieder steigt? Würde man uns die Kirche dann lassen?«

»Das ... das weiß ich nicht. Vielleicht schon.«

»Wir brauchen die Kirche«, betonte Julia noch einmal. »Wir brauchen einen Pfarrer, der uns in Zeiten der Not beisteht, und im Moment sind wir doch in einer Zeit der Not. – Zumindest in einer schwierigen Situation«, verbesserte sie sich. »Wir dürfen einfach nicht zulassen, daß die Kirche geschlossen wird!«

Einige Frauen nickten zustimmend, während andere Julias Blick auswichen.

»Wir werden überlegen, was wir bis zum Jahresende unternehmen können«, versprach Julia der Frau des Pfarrers. »Doch nun lassen Sie uns erst einmal Tee trinken«, sagte sie, und keiner der anwesenden Frauen entging das Zittern in ihrer Stimme.

Nachdem John und Julia an diesem Abend zu Bett gegangen waren, lag Julia noch lange wach. Auch ihr Mann konnte keinen Schlaf finden.

»John«, sprach Julia leise in die Stille hinein, »wir dürfen uns die Kirche nicht wegnehmen lassen. Auf gar keinen Fall! Wir brauchen sie doch. Unsere Kinder brauchen sie. Die ganze Stadt braucht sie. Was sollen wir denn machen, wenn jemand krank wird oder ... oder stirbt?«

John nickte.

»Aber wie können wir sie nur erhalten?«

»Wir müssen dafür sorgen, daß die Gottesdienste besser besucht werden.«

»Julia, die Leute sind scharenweise von hier fortgezogen, und keine Macht der Welt kann sie zurückholen.«

»Von diesen Leuten rede ich doch gar nicht«, sagte Julia. »Ich meine diejenigen, die noch hier sind. Es sind bestimmt noch um die dreißig. Das müßte doch eigentlich reichen, um einen Kirchenbetrieb aufrechtzuerhalten, oder nicht?«

»Schon, wenn sie alle treu kommen würden, Julia, aber das tun sie ja nicht. Die Kirche steht hier schon genauso lang, wie diese Familien hier wohnen, aber sie lassen sich nur bei besonderen Anlässen blicken. Meinst du, wir könnten das ändern?«

»Sie brauchen die Kirche trotzdem«, beharrte Julia. »Mehr denn je brauchen sie die Kirche jetzt. Ich weiß nicht, wie sie ohne eine Kirche auskommen können. Sie brauchen Gott! Besonders jetzt, wo alles so schwierig geworden ist. Wie wollen sie nur ohne Gebet zurechtkommen, John? Was sollen sie machen, wenn sie nicht mehr weiterwissen?«

John schüttelte nur wortlos den Kopf.

»Eins ist mir jedenfalls klargeworden: Ich habe meine Pflicht sträflich vernachlässigt«, sagte Julia. »Da tue ich alles, was in meiner Macht steht, um ihnen ihr Zuhause zu retten, ihr

Hab und Gut und ihre ganze Heimat ... und vergesse dabei, daß ihre Seelen doch viel wichtiger sind. Schließlich hat Jesus selbst gesagt: »Was würde es dem Menschen nützen, wenn er die ganze Welt gewänne und nähme doch Schaden an seiner Seele.«

Ein Schweigen lastete im Raum.

»Was willst du denn nun unternehmen?« fragte John schließlich.

»Ich ... ich weiß es noch nicht genau. Wenn ich es doch nur schon wüßte! Ich muß zuerst darüber beten, sehr viel beten. Vielleicht wird Gott mir dann zeigen, wie alles weitergehen soll.«

Wieder schwiegen die beiden. John dachte über Julias Worte nach. Er mußte zugeben, daß sie recht hatte.

»Ich weiß selbst nicht, warum mir das nicht eher klargeworden ist«, fuhr Julia dann fort. »Irgendwie habe ich wohl gedacht, daß es ausreicht, an Gott zu glauben und in die Kirche zu gehen und ein anständiges Leben zu führen. Es reicht aber nicht, John! Nicht, wenn unsere Nachbarn Gott noch nicht kennen. Schließlich hat er uns den Auftrag gegeben, ihn bekannt zu machen.«

John zog seine Frau an sich.

»Dann laß uns für sie beten, Julia«, sagte er leise. »Laß uns für alle beten, die noch hier sind. Vielleicht gibt es doch noch etwas, was wir für sie tun können. Wir können ihnen zwar nicht helfen, eine Arbeitsstelle zu finden, aber vielleicht können wir ihnen helfen, Gott zu finden.«

Julia nickte und schmiegte sich an ihren Mann. Ein paar heiße Tränen tropften auf seinen Schlafanzug.

»Hoffentlich ... hoffentlich ist es noch nicht zu spät«, flüsterte sie in die Dunkelheit hinein.

Am nächsten Morgen machte Julia sich auf den Weg zu Herrn

Perrys Gemischtwarenladen. Sie schob die knarrende Tür auf und betrat das Geschäft.

»Guten Morgen, Frau Harrigan«, begrüßte sie der freundliche ältere Junggeselle.

»Guten Morgen, Herr Perry.«

»Was machen die fleißigen Damen und Ihr Planungskreis?«

»Ach, Herr Perry«, seufzte Julia. »Wir haben keinen besonders guten Sommer hinter uns. Ich hoffe nur, daß es im nächsten Jahr besser wird.« Julia ließ ihren Blick über die nur spärlich gefüllten Regale schweifen. Vor nicht allzu langer Zeit hatten sie sich noch unter der Last des Angebots gebogen. Plötzlich spürte Julia, wie die Angst in ihr hochstieg.

»Sie ... Sie werden doch nicht etwa auch fortziehen, Herr Perry?« fragte sie und bemühte sich dabei um einen möglichst unauffälligen Tonfall.

Herr Perrys Augen folgten Julias Blick über die halbleeren Regale. Er begriff den Grund ihrer Sorgen.

»Ich? Nie im Leben, Ich doch nicht!« beeilte er sich zu erklären. »Wüßte ja gar nicht, wohin ich sonst ziehen sollte. Dieser Laden hier gehört mir. Er ist bis auf den letzten Pfennig bezahlt. Hab' sogar noch etwas auf die hohe Kante legen können, wenn's auch nicht viel ist. Aber für mich reicht es aus. Ich brauche ja nicht viel zum Leben. Die Ware kann ich bestellen und am Bahnhof abholen. Hier lebt sich's billiger als anderswo. Und außerdem ...«, fügte er ein wenig leiser hinzu, »außerdem gefällt's mir hier.«

Julia freute sich über seine Zuversicht.

»Ich brauche allerdings nicht mehr so viele Waren zu bestellen wie früher. Die Leute kaufen ja nur noch wenig.«

»Vielleicht wird sich das eines Tages wieder ändern«, sagte Julia und holte den Erlös vom Verkauf ihrer Tischdecke hervor. Dann erklärte sie dem Ladenbesitzer, was der Frauenkreis beschlossen hatte.

»Sehr weit werden wir damit zwar nicht kommen, aber mehr kann ich leider nicht aufbringen – jedenfalls zur Zeit nicht.«

»Mit mir können Sie jederzeit rechnen, Frau Harrigan«, sagte Herr Perry. »Und vielen Dank für das Geld!«

Nachdem sich Julia von dem freundlichen Ladenbesitzer verabschiedet hatte, erledigte sie ihre Einkäufe und machte sich dann wieder auf den Heimweg. Sie war froh, diese Angelegenheit geregelt zu haben, wenn es ihr auch alles andere als leichtgefallen war, einen so großen Betrag abzugeben, den auch ihre Familie gut hätte gebrauchen können.

»Die anderen brauchen das Geld aber noch dringender«, sagte sie sich dann, während sie im warmen Herbstsonnenschein nach Hause ging. »Gott wird schon rechtzeitig für uns sorgen, wenn die Not vor der Tür steht.«

Zwei Tage später hörte Julia ein energisches Klopfen an der Haustür. Sie lief die Diele entlang und öffnete. Mit rotem Gesicht und völlig außer Atem stand Frau Clancy vor ihr. Obwohl sie noch heftig um Luft rang, fing sie an zu reden, bevor Julia sie auch nur ins Haus bitten konnte.

»Das Telegramm ist gerade angekommen«, keuchte sie. »Das Telegramm wegen der Schule.«

»Ach ja, natürlich!« sagte Julia. »Kommen Sie doch herein! Was gibt's denn Neues?«

Frau Clancy kam zwar ins Haus, aber es sah nicht so aus, als wollte sie sich zu einer gemütlichen Unterhaltung hinsetzen. Statt dessen wedelte sie mit dem Telegramm und hielt es Julia direkt unter die Nase.

»Hier ist es«, prustete sie.

»Wann geht's denn los?« fragte Julia. »Wann soll die Schule wieder beginnen? Die Mädchen werden sich riesig freuen. Ich kann's ja kaum erwarten, ihnen Bescheid zu sagen!«

»Sehen Sie nur selbst«, sagte Frau Clancy, und nun war Julia in der Lage, die Buchstaben zu entziffern. Sie traute ihren Augen nicht.

»ANTWORT AUF ANFRAGE STOP KEINE LEHRKRAFT VERFÜGBAR STOP NICHT GENUG SCHÜLER STOP«

»Wie bitte?« Fassungslos starrte Julia Frau Clancy an. »Was soll denn das heißen? Ich begreife kein Wort.«

»Die Schule fängt überhaupt nicht an«, sagte Frau Clancy. »Die hohen Herren halten die Ausbildung unserer Kinder wohl für belanglos. In diesem Jahr gibt es keine Schule. Was machen wir denn jetzt bloß, Frau Harrigan? Was in aller Welt können wir tun?«

Der erste Winter

John schlug vor, die Mädchen auf ein Internat zu schicken, aber weder er noch Julia gaben sich irgendwelchen Illusionen hin: Für ein solches Unterfangen fehlte ihnen schlicht und einfach das notwendige Geld, auch wenn sie dies für noch so wichtig hielten.

»Können wir uns nicht einfach die Bücher von der Schule ausleihen?« überlegte Julia. »Die Mädchen sind doch gute Schülerinnen. Es schadet ihnen bestimmt nicht, ein Jahr lang daheim selbständig zu lernen. Nächstes Jahr haben wir unsere Schule bestimmt wieder.«

John nickte. Mehr konnten sie gegenwärtig ohnehin nicht tun.

Julia stellte den täglichen Lehrstoff zusammen. Jeden Morgen verbrachte sie drei Stunden damit, die Lektionen mit den Mädchen durchzuarbeiten.

Anfangs machte das Lernen daheim großen Spaß, doch bald ließ die Begeisterung nach. Julia suchte nach Möglichkeiten, den Unterricht interessanter zu gestalten, aber das war gar nicht so einfach, denn es gab noch viele andere Sorgen, die ihr im Kopf herumgingen.

Der Winter kam früh. Julia war erleichtert darüber, daß John und Tom die Kartoffeln und die letzten Mohrrüben schon aus dem Garten geholt hatten. Schließlich wollten sie das Gemüse wohlbehalten im Gemüsekeller, und nicht unter einer feinen, weißen Schneedecke haben.

An einem der ersten Schneetage holten John und Tom ihre Flinten hervor, hingen sie über die Schulter und zogen los. Sie durchstreiften die bewaldeten Hügel rund um Calder Springs und hofften sehnlichst, Fleisch nach Hause zu bringen. Tag für Tag zogen sie durch die glitzernde, weiße Winterlandschaft, um doch am Abend mutlos und mit leeren Händen zurückzukehren.

Jim Shannon hatte als erster Jagdglück. Er brachte den Harrigans einen großen Rehbraten. Julia freute sich über das Fleisch. Die Familie hatte schon tagelang nichts als Gemüse zur Hauptmahlzeit gegessen.

»Am besten teilen Sie ihn in mehrere Portionen auf, Hettie«, riet Julia. »Wir wissen nicht, wann wir wieder etwas bekommen.«

Hettie befolgte die Anweisung und behielt genug Fleisch für Suppen, Eintöpfe und Pasteten für mehrere Tage zurück.

John hackte Holz, bis er einen größeren Vorrat angelegt hatte und ging dann auf eine längere Jagd. Am vierten Tag kehrte er mit einem einjährigen Hirsch zurück. Für Julia war das eine wahre Gebetserhörung. Nachdem das Fleisch allerdings unter den Stadtbewohnern verteilt worden war, gab sie sich nicht der Illusion hin, daß der Rest allzulange vorhalten würde.

Doch dann erlegte Mac Pendleton einen kleinen Rehbock und anschließend Jim Shannon einen weiteren.

»Immerhin«, dachte Julia und wurde langsam innerlich ruhiger. »Wenn so viele Männer auf die Jagd gehen, wird uns das Suppenfleisch schon nicht knapp werden.«

Was Julia jedoch am meisten Kopfzerbrechen bereitete, war die Frage, wie man die Schließung der Kirche verhindern konnte. »Wir brauchen die Kirche, damit die Leute Gelegenheit haben, das Evangelium zu hören«, sagte sie sich immer wieder. Sie richtete ein Nachmittagstreffen für die Damen ein und schickte persönliche Einladungen für die Gottesdienste ab. Dann plante sie ein besonderes Programm für die Kinder während der Sonntagsschulstunde.

Doch ihre Bemühungen schienen so gut wie vergeblich zu sein. Die Frauen kamen zwar gerne zu den Nachmittagstreffen und einige schickten ihre Kinder sogar in die Sonntagsschule; im großen und ganzen aber zeigten sie nicht mehr Interesse an der Kirche als früher.

»Ach John, ich weiß einfach nicht mehr weiter«, sagte Julia nach einigen Tagen zu ihrem Mann. »Ob es wohl helfen würde, Kindergruppen zum Spielen und Basteln einzurichten? Vielleicht würden dann mehr Kinder kommen.«

»Ich werde mit dem Pastor reden«, versprach John. »Vielleicht hat er ein paar neue Ideen.«

Doch Pastor Wright wußte auch keinen Rat.

»Wir haben nichts unversucht gelassen, um die Leute einzuladen«, seufzte er. »Aber es scheint sich niemand Gedanken über geistliche Dinge machen zu wollen. Die meisten Leute, die die Kirche unterstützt haben, sind weggezogen, als das Sägewerk geschlossen wurde.«

»Trotzdem – wir geben nicht auf!« sagte John entschlossen. »Wir wollen nicht aufhören zu beten. Vielleicht ist es noch nicht zu spät.«

John sprach an diesem Tag mit einigen seiner Freunde und Bekannten und versuchte, ihnen klarzumachen, daß die Schließung der Kirche genauso ernst zu nehmen war wie die Schließung des Sägewerks. Doch er konnte den ausdruckslosen Gesichtern dieser Männer anmerken, daß sie nicht recht verstanden, was er damit gemeint hatte. Sie konnten einfach nicht begreifen, warum ein Mensch seine Zeit mit Religion vergeuden sollte, wenn er seine ganze Kraft und Energie dazu aufwenden mußte, um den Kochtopf zu füllen und etwas zu essen auf den Tisch zu bringen. Geistliche Dinge waren ihnen deshalb längst nicht so wichtig wie die Belange des täglichen Lebens.

Julia trug auch den anderen Frauen des Kreises ihr Anliegen vor, doch auch dort kam keine rechte Begeisterung auf. Alles, was sie erntete, war ein Achselzucken, ein paar höfliche Worte und ansonsten leere Blicke. Auch der Frauenkreis schien die Kirche für völlig nebensächlich zu halten.

So sehr sie sich auch bemühten, es gelang John und Julia nicht, ihre Nachbarn für die Erhaltung der Kirche zu gewinnen.

»Ist es euch so egal? Liegt euch denn ganz und gar nichts daran?« hätte Julia am liebsten ganz offen gefragt, doch der Gesichtsausdruck der Frauen beantwortete ihr diese Frage, bevor sie sie gestellt hatte.

Eine Woche später taten sich einige Familien zusammen, um die Schulkinder von Calder Springs gemeinsam zu unterrichten. Sie teilten sie in drei Gruppen ein: erstes bis drittes Schuljahr, viertes bis sechstes Schuljahr und gesondert davon alle älteren Kinder. Die Gruppen wurden den Eltern zugeteilt, deren Kinder darin vertreten waren. An den Vormittagen während der Woche wechselten sich die Mütter mit der Aufsicht ab.

Die älteste Schülergruppe bestand lediglich aus den Geschwistern Harrigan und Millicent Shannon. Das bedeutete, daß Julia an vier Tagen in der Woche unterrichten mußte. Sie hatte damit den Löwenanteil der Arbeit übernommen. Ein kleines Hinterzimmer wurde zum Klassenraum umfunktioniert und mit Büchern, Landkarten und einem Globus ausgestattet. John stellte einen Tisch und drei Stühle dort auf, hängte eine alte Tafel an die Wand und dachte dann zufrieden: »Sieht doch schon fast wie ein richtiges Schulzimmer aus!

Als der Morgen des ersten Schultages gekommen war, hörte Julia, wie Felicitas zu Jennifer sagte: »Hoffentlich klappt die Sache auch. Ich weiß nicht, was Mama mit Millicent anfangen wird.«

»Sie wird's schon irgendwie schaffen«, antwortete Jennifer.

»Millicent ist keine große Leuchte, weißt du«, erwiderte Felicitas zweifelnd. »Mit dem Lernen hat sie sich schon immer furchtbar schwergetan.«

Julia stellte bald fest, daß ihre Tochter die Lage durchaus richtig beurteilt hatte. Millicent war tatsächlich kein Genie. Den größten Teil ihrer Zeit und Aufmerksamkeit mußte Julia für Millicent aufwenden und währenddessen ihre eigenen Töchter sich selbst überlassen. Zwar machte Millicent einige Fortschritte, doch Julia war ein wenig besorgt, daß Jennifer und Felicitas im Unterricht zu kurz kommen könnten.

Kurz vor Weihnachten schlug Matilda Pendleton vor, das bevorstehende Fest gemeinsam zu feiern.

»Eine gute Idee!« meinte Julia. Sie konnte sich gut vorstellen, wie eintönig das Leben in dem verlassenen Calder Springs für die junge Frau sein mußte.

»Aber wo?« fragte Frau Shannon. »Wir sind zwar nur noch wenige, aber in ein einziges Haus passen wir nun doch nicht hinein.

»Wie wär's mit dem Schulgebäude?« schlug Frau Clancy vor.

»Das ist mit Brettern vernagelt«, seufzte Frau Pendleton. »Die ganze Stadt ist ja mit Brettern zugenagelt!«

»Die Bretter können wir mit Leichtigkeit abreißen. Das wird uns wohl noch zustehen – nach all den Jahren, in denen wir brav unsere Steuern gezahlt haben«, sagte Frau Clancy. Sie schien sich ihrer Sache sicher zu sein.

»Meinen Sie, das wäre erlaubt?« fragte eine andere Frau.

»Warum denn nicht?«

»Der Meinung sind wir auch«, schlossen sich andere an.

»Wir werden doch keinen Schaden anrichten«, fuhr Frau Clancy fort. »Wir nehmen nur genug Bretter ab, um in das

Schulhaus hineingehen zu können; dann essen wir zusammen und nageln die Bretter hinterher wieder fest.«

Das klang eigentlich plausibel. Doch Julia konnte ihre Bedenken nicht völlig unterdrücken. Es handelte sich immerhin um fremdes Eigentum.

»Ob wir nicht besser vorher um Erlaubnis telegrafieren?« fragte sie.

»Dazu ist keine Zeit mehr«, antwortete Frau Greenwald. »Um das zu beschließen, müßten Sie extra eine Sitzung einberufen, und bis dahin ist Weihnachten vorbei.«

»Das Gebäude gehört sowieso der Stadt«, gab Frau Clancy zu bedenken.

Julia ließ sich überstimmen. Immerhin war Frau Clancys Mann bei der Stadtverwaltung tätig. Die Clancys würden schon wissen, wem der Zutritt zu öffentlichen Gebäuden offenstand und wem nicht.

So versammelten sich schließlich die wenigen Einwohner, die in Calder Springs geblieben waren, am Abend des 24. Dezember, um gemeinsam das Weihnachtsfest zu feiern. Nachdem sich alle an den feierlich gedeckten Tischen niedergelassen hatten, sprach Pastor Wright das Tischgebet und las die Weihnachtsgeschichte vor. So ungewohnt das auch für einige war – es erhob niemand Protest. Dann gingen alle zum Büfett und nahmen sich von den leckeren Speisen, die die Familien zu dem Festessen beigesteuert hatten. Man plauderte, unterhielt sich bei Kerzenschein, tauschte Geschenke aus und ging dann irgendwann, als der letzte Kaffee getrunken war, durch die kalte Winternacht nach Hause.

John und Julia legten den kurzen Heimweg zu Fuß zurück. Hinter ihnen lachten und scherzten Felicitas, Jennifer und die jüngeren Kinder.

»Sie vermissen ihre gleichaltrigen Freundinnen doch sehr«, meinte Julia. Dann hörte sie, wie Felicitas mit verstellter

Stimme rief: »Tommy Shannon, das wirst du mir büßen!« Auf diese Drohung folgte schallendes Gelächter.

»Sie scheinen sich trotzdem bestens zu amüsieren«, bemerkte John. »Kindern gelingt es immer, auf ihre Kosten zu kommen. Schade, daß Erwachsene das Leben so ernst nehmen müssen.«

Er hatte es mit einer Spur von Sehnsucht in der Stimme gesagt. Julia hakte sich bei ihm ein, um ihn von seiner Traurigkeit abzulenken.

»John«, sagte sie »eigentlich können wir uns nicht beklagen, finde ich. Schau mal, wir haben genug zu essen. Wir haben einander. Und das erste Jahr, das sicher das schwerste war, haben wir bisher gut überstanden. Es kann doch eigentlich nur noch besser werden, findest du nicht?«

John hielt ihre Hand fest umschlossen, wußte jedoch keine Antwort auf ihre Frage.

Zu Jahresende packte das Pastorenehepaar sämtliches Hab und Gut in Koffer und Kisten und reiste ab. Einige Familien, darunter auch die Harrigans, hatten sich zum Abschied am Bahnhof eingefunden. Als der Zug, dem sie noch lange nachwinkten, hinter der Kurve verschwunden war, überkam Julia ein tiefes Gefühl der Traurigkeit und des Versagens. Es war ihr nicht gelungen, die Kirche zu retten.

»Ich werde die Tür auf keinen Fall zunageln«, hatte Pastor Wright noch kurz vor der Abreise mit Bestimmtheit gesagt. »Auch wenn kein Pfarrer mehr am Ort ist, soll die Kirche den Stadtbewohnern jederzeit offenstehen.«

Dafür war Julia sehr dankbar. Wenigstens ein paar ungestörte Minuten des Gebets und der Stille in der Kirche waren ihr geblieben.

Trotzdem lasteten große Sorgen auf Julias Herzen. Die Leute von Calder Springs brauchten das Evangelium. Wie sollten sie es jemals hören, wenn es keinen Gottesdienst mehr gab?

»Ehrlich gesagt, Hettie«, gestand Julia, »ich stehe manchmal kurz davor, einfach aufzugeben.«

Die ältere Frau klopfte Julia beruhigend auf die Hand und bot ihr eine Tasse Tee an. Einen anderen Trost wußte sie im Moment nicht, aber Julia nahm ihn dankbar an.

Lange zog sich der Winter dahin. Der eiskalte Wind fegte von den Berggipfeln in die Täler hinab und ließ alles in seiner Bahn vor Frost erstarren. Schnee begrub die Welt unter seinem kalten Weiß. An manchen Tagen jedoch schien die Sonne mit einem solchen Glanz, daß das ganze Tal einer funkelnden Kette von Edelsteinen glich, und hin und wieder ließen steigende Temperaturen die Bewohner von Calder Springs auf einen baldigen Frühling hoffen.

Im Februar teilten dann Mac und Matilda Pendleton den übrigen Bewohnern mit, daß sie das Leben in der einsamen Siedlung nicht länger ertragen konnten. Sie packten ihre wenigen Habseligkeiten zusammen, brachten ein Vorhängeschloß an ihrer Haustür an und reisten mit der Eisenbahn ab.

»Ach, wir werden immer weniger!« klagte Frau Greenwald. »Bald wird es nur noch uns und Herrn Perry hier geben.«

Herr Greenwald war der Vorsteher des kleinen Bahnhofs von Calder Springs. Er würde gebraucht werden, solange die Eisenbahn noch in Calder Springs hielt. Immer wieder hatte Julia Alpträume, daß der Bahnhof geschlossen würde. Dann wachte sie schweißgebadet mitten in der Nacht auf und hörte sich flehen: »Nein. Bitte, nur das nicht! Ohne die Bahnlinie sind wir verloren!«

Julia war nicht die einzige, die sich solche Sorgen machte. »Wenn sie uns die Bahn wegnehmen, ist es aus mit uns. Keinen einzigen Tag schaffen wir's ohne sie!« sagten auch die anderen. Julia versuchte, sich selber Mut zu machen.

»Noch haben wir die Eisenbahn!« sagte sie eines Tages zu

Frau Greenwald. »Niemand hat uns angedroht, den Bahnhof stillzulegen – jedenfalls bis jetzt noch nicht.«

»Aber wie soll man hier nur seine Kinder großziehen? Es gibt keinen Arzt, keine Schule, keine Nachbarn ... kein Garnichts!« schimpfte Frau Greenwald.

»Wobei Sie die Kirche noch nicht einmal mitgezählt haben«, dachte Julia; doch die Greenwalds schienen in der Schließung der Kirche keinen großen Verlust zu sehen.

John und Julia wußten, daß sie in dieser Hinsicht dringend etwas unternehmen mußten. Die Menschen in Calder Springs brauchten geistliche Nahrung. Ihre Kinder brauchten biblische Unterweisung. Alle brauchten dies, auch wenn keiner ihrer Nachbarn das einzusehen schien.

»Weißt du was? Wir werden einfach selbst eine Bibelstunde einrichten«, beschloß John eines Tages. »Wir laden alle ein, die Interesse daran haben, und halten einen einfachen Gottesdienst.«

»Und wo?« fragte Julia. Sie brannte darauf, so bald wie möglich anzufangen.

John überlegte eine Weile.

»Nicht in der Kirche. Die Leute haben sich immer davor gescheut, in die Kirche zu gehen. Vielleicht würden sie schon eher kommen, wenn wir die Bibelstunde hier bei uns hielten, so wie du es mit deinem Frauenkreis machst.«

Julia nickte, und ihre Augen begannen zu leuchten.

»Meinst du wirklich, daß es ein Erfolg wird?«

»Vielleicht schon. Es kommt auf einen Versuch an.«

Am nächsten Morgen setzte Julia sich gleich nach dem Frühstück an ihren Schreibtisch, um die Einladungen zur Bibelstunde zu schreiben. Jennifer und Felicitas wurden mit der Überbringung beauftragt.

Doch leider kamen zur ersten Bibelstunde außer Tom und Hettie nur noch Herr und Frau Adams. John las der kleinen

Gruppe einen Abschnitt aus der Bibel vor und sprach darüber. Nach einem gemeinsamen Gebet war die Zusammenkunft dann auch schon beendet.

Julia tat ihr Bestes, um sich ihre Enttäuschung nicht anmerken zu lassen, und als die letzten Wochen des Winters gekommen waren, fanden sich tatsächlich weitere Teilnehmer ein. Frau Greenwald kam als erste. Julia wußte nicht, ob es Langeweile oder Neugierde war, die sie dazu getrieben hatte. Dann kam auch Frau Shannon mit ihren Kindern. »Eigentlich müßten wir auch den Kindern das Wort Gottes weitersagen«, überlegte Julia und machte sich sofort daran, eine Sonntagsschulstunde zu planen. Es dauerte nicht lange, bis sich die neue Einrichtung herumgesprochen hatte, und die anderen Kinder bettelten schließlich ihre Eltern regelrecht an, doch auch zur Sonntagsschule gehen zu dürfen. Die Gruppe wuchs, und Julia bat Jennifer und Felicitas, die Kleinsten zu betreuen. Eifrig und voller Sorgfalt bereiteten die beiden Mädchen ihre Lektionen über Noah und Daniel vor.

Julia war außer sich vor Freude, als die Gruppe immer größer wurde und das Interesse sich vertiefte. Alle beteiligten sich rege an den Bibelstunden. Julia und John beteten ernsthafter. Vielleicht war dies der Grund, warum Gott sie in Calder Springs gehalten hatte: um ihre Nachbarn für den Glauben zu gewinnen.

Aber die Arbeit ging nur langsam und mühsam voran. Täglich beteten die beiden Eheleute um Weisheit, Kraft und Ausdauer. Der Winter war inzwischen vorbei. Die ersten warmen Frühlingswinde brachten den Schnee zum Schmelzen. Die ganze Stadt atmete auf. Die Erwachsenen freuten sich auf ihre Gärten. Bald sah man die ersten Kinder im warmen Sonnenschein spielen. Alle hatten den Winter ohne größere Probleme überstanden, und niemand war ernsthaft krank geworden. Gewiß lag nun ein vielversprechender Sommer vor ihnen.

Julia fing wieder an, Briefe zu schreiben, in denen sie Calder Springs als einen ruhigen, erholsamen Urlaubsort in den Rocky Mountains anpries. Die Frauen aus dem Planungskreis legten ihre Handarbeiten beiseite, um sich wieder mehr um ihren Haushalt zu kümmern. Die Kinder bekamen erst einmal eine Woche Ferien, hauptsächlich deshalb, weil ihre Mütter eine Pause brauchten. Kurz darauf begannen die Vorbereitungen für die zweite Sommersaison, der alle mit neuer Zuversicht entgegensahen.

Guter Rat

»In diesem Jahr haben wir ja schon eine bessere Vorstellung von dem, was auf uns zukommt«, sagte Julia zuversichtlich beim ersten Treffen ihres Frauenkreises.

Im Grunde genommen hatte jedoch niemand im Vorjahr allzu viele Erfahrungen sammeln können. Jede Familie hatte jeweils nur eine einzige Gastfamilie bei sich untergebracht. Julia war die einzige, die zwei Familien versorgt hatte – wenn man die beiden älteren Herrschaften dazuzählte, die auf der Flucht vor den Behörden waren.

»Wir werden uns wie voriges Jahr abwechseln«, fuhr Julia fort. »Die letzten Gäste waren bei John und mir, so daß wir jetzt auf der Liste ganz unten stehen. In unseren Läden haben wir inzwischen ein reichhaltiges Warenangebot. Viel mehr als im letzten Jahr, und ich hoffe sehr, daß das Geschäft dieses Jahr besser läuft, vor allem für diejenigen, die keine Gäste haben.«

Während Julia noch sprach, fiel ihr ein, daß einige der Frauen ihre Handarbeiten im Gemischtwarenladen gegen Mehl und Zucker eingetauscht hatten. Trotzdem würde man mit einigen Einkünften rechnen können.

»Außerdem haben wir noch Gelee und Marmelade aus den Beeren vom letzten Herbst«, fügte Julia hinzu.

»Ich habe aber schon ein paar Gläser aufgebraucht«, sagte Frau Clancy, und auch Frau Greenwald gestand, einen Teil ihrer Vorräte zum Verzehr geöffnet zu haben.

»Aber natürlich!« sagte Julia. »Unsere Familien gehen vor. Wenn wir unsere Konserven selber brauchen, dann läßt sich daran nichts ändern. Hoffentlich bekommen wir dieses Jahr eine gute Beerenernte. Unsere Kinder sind alle ein Jahr älter. Sie sind tüchtiger im Pflücken als letztes Jahr.«

Mary Shannon setzte sich mühsam auf ihrem Stuhl zurecht. In wenigen Monaten erwartete sie wieder ein Kind. Vorläufig würde sie nicht viele Beeren pflücken können. Aber das war Julias geringste Sorge. Viel ernster war es, daß kein Arzt mehr am Ort war. Julia fragte sich, ob Mary vorhatte, kurz vor der Entbindung zu verreisen, um das Baby anderswo sicher zur Welt zu bringen. Ob die Shannons Verwandte hatten, die sie vorübergehend bei sich aufnehmen konnten? Aber was sollte dann mit den fünf übrigen Kindern geschehen? Womöglich würden die Nachbarn sie ein paar Wochen lang versorgen müssen.

Julia schob diese Sorgen vorläufig von sich. Sie war mitten in einer Besprechung, die sie zu leiten hatte, und konnte sich das Grübeln im Moment nicht leisten.

»Wir müssen alle einen großen Küchengarten anlegen. Unsere Gärten haben uns durch den Winter gebracht. Was wir jetzt anbauen, werden wir unseren Gästen servieren und für den nächsten Winter einkellern. Hat irgend jemand von Ihnen nicht genügend Gartenfläche zur Verfügung? Bestimmt könnten wir ...«

»Wir haben letzten Herbst die Kartoffeln von unserem Nachbarn ausgegraben«, unterbrach sie Frau Greenwald. »Die Leute sind fortgezogen, und es wäre doch jammerschade gewesen um die schönen Kartoffeln.«

»Wir haben auch den Nachbarsgarten benutzt«, gestand Frau Adams errötend.

Darüber hatte Julia noch gar nicht nachgedacht. Was sollten sie auch machen mit den Gärten der Familien, die nicht mehr hier wohnten? Es war nur recht und billig, daß man die Beete nicht einfach brachliegen ließ.

»Vielleicht ...«, sagte sie und überlegte sich dabei jedes Wort sorgfältig, »vielleicht wäre es tatsächlich keine schlechte Idee, die Gärten in diesem Jahr wieder zu nutzen.« Sie machte eine Pause, bevor sie fortfuhr: »Auf diese Weise wären sie frei von Unkraut, böten unseren Sommergästen einen gepflegten Anblick und dienten uns als zusätzliche Gartenfläche.«

Während sie noch sprach, fragte sie sich, ob es womöglich gegen das Gesetz war, die Grundstücke ohne Erlaubnis der Besitzer zu benutzen. »Herr, zeige mir, ob das falsch ist. Ich möchte nichts tun, was dir mißfällt«, betete Julia im stillen.

»Alle Gärten können wir sowieso nicht versorgen«, stellte Frau Clancy fest. »Ich würde vorschlagen, daß wir uns die besten in der Nähe aussuchen.«

»Jim wäre bereit, uns den Boden mit dem Traktor aufzubrechen, den die Leute vom Sägewerk hiergelassen haben«, sagte Mary Shannon. »Er hat es gerade neulich angeboten.«

Das wunderte Julia, aber sie versuchte, sich ihre Überraschung nicht anmerken zu lassen. »Eigentlich hat er recht«, dachte sie dann. »Hier geht es schließlich ums Überleben. Vielleicht sollten wir tatsächlich keine Möglichkeit ungenutzt lassen. Wenn unser Plan gelingt und wir die Stadt retten, dann können die ehemaligen Besitzer jederzeit ihre Häuser und Gärten zurückbekommen.«

Julia versuchte, ihre Gedanken in Worte zu fassen:

»Wir sollten um der Korrektheit willen eine Richtschnur festlegen«, sagte sie. »Ich schlage vor, daß wir ein Treffen organisieren, zu dem wir auch unsere Männer einladen, um gemeinsam zu überlegen, was Rechtens ist und was ... ja, was einen Verstoß gegen das Gesetz darstellt.«

»Wie meinen Sie das?« fragte Frau Clancy.

»Angenommen, wir benutzen die Gärten; der Vorteil wäre, daß sie dann viel gepflegter aussähen. Aber wenn wir einen Garten für unsere Zwecke benutzen, dann müssen wir ihn auch frei von Unkraut halten. Und wenn der Eigentümer zurückkehrt, dann gehört ihm das Grundstück mitsamt den Erträgen. Werkzeuge und Gegenstände, die mit Absicht zurückgelassen wurden, weil der Eigentümer sie nicht mehr brauchte, können wir jederzeit benutzen – wie beispielsweise den alten Traktor. Andererseits dürfen wir uns nicht einfach den rechtmäßigen Besitz anderer aneignen oder Gewinn aus ihren Verlusten schlagen.«

Julia hoffte, sich klar genug ausgedrückt zu haben. Sie nahm sich vor, mit Johns Hilfe eine Stadtversammlung einzuberufen, bevor es ernsthafte Probleme mit dem »Borgen« von Dingen gab, die von ihren Eigentümern zurückgelassen worden waren.

Wenige Wochen später erblickte das Baby der Familie Shannon das Licht der Welt. Frau Greenwald half bei der Entbindung, doch es war vor allem Jim Shannon zu verdanken, daß alles in Ruhe vor sich ging und Mutter und Kind wohlauf waren. Der neue Erdenbürger war ein prächtiger kleiner Kerl, und die ganze Stadt stieß einen Stoßseufzer der Erleichterung aus. Manch einer dankte Gott für die glückliche Geburt des Kindes – selbst solche, die das Beten schon fast verlernt hatten. Die Frauen wechselten sich damit ab, der Familie während der ersten Wochen zu helfen. Dann nahm das Leben in Calder Springs wieder seinen gewohnten Gang.

Die ersten Sommergäste trafen im Juli ein. Die nächsten kamen eine Woche später. Beide Familien kauften in den Geschäften auf der Hauptstraße ein.

Doch die nächsten Gäste trafen erst Mitte August ein. Julias erste Hausgäste, ein junges Ehepaar, das die Ruhe und Abgeschiedenheit des Bergdorfes genießen wollte, kamen Ende des Monats.

»Wir suchten einen Ort, wo wir möglichst viel allein sein können«, vertraute ihr die junge Frau an.

»Lange sind die beiden aber noch nicht verheiratet«, dachte Julia und versprach: »Wir werden unser Bestes tun, damit Sie ungestört sind.«

Die Harrigans nahmen von nun an ihre Mahlzeiten in der Küche ein und überließen dem jungen Paar das Eßzimmer. Jennifer und Felicitas wechselten sich mit dem Servieren ab.

»Es ist ja sooo romantisch!« schwärmte Felicitas am ersten Abend. »Nur die beiden am Tisch, dazu die Kerzen und das Silber. Du, Mama, wie wär's, wenn wir ihnen das Grammophon ins Eßzimmer stellten, damit sie hübsche Musik hören könnten?«

Julia lächelte über ihre romantisch veranlagte Vierzehnjährige.

»Vielleicht sollten wir das tun«, sagte sie. »Am besten fragst du die beiden, ob sie das wünschen.«

Aber das junge Paar lehnte das Angebot ab.

»Wir möchten uns nicht allzu lange mit dem Essen aufhalten«, erklärte der junge Ehemann.

Ihre ersten Tage in Calder Springs verbrachten die beiden mit Spaziergängen durch die Stadt und die Wälder. Dann machte sich der Mann allein auf den Weg, während die junge Frau daheim blieb und Stunde um Stunde auf der Schaukelbank zubrachte, ohne sich aber dabei mit Handarbeiten, Lesen oder sonstigen Dingen zu beschäftigen. Auf Julia machte sie einen äußerst gelangweilten, apathischen und vor allem einsamen Eindruck.

»Hätten Sie gern etwas zu lesen?« bot Julia ihr an. »Wir haben viele gute Bücher in unserer Bibliothek. Sie dürfen sich bedienen, wenn Sie möchten.«

Die junge Frau schüttelte nur lächelnd den Kopf.

»Haben Sie die Spaziergänge schon satt?« erkundigte sich Julia.

»Ja, ich habe doch schon alles gesehen, was es zu sehen gibt.«

Julia nickte. Man brauchte in der Tat nicht sehr lange, bis man sämtliche Sehenswürdigkeiten des Ortes und der Umgebung besichtigt hatte.

»Und Ihr Mann ist ein begeisterter Wandervogel?« fragte Julia, sichtlich bemüht, ein Gespräch mit der stillen jungen Frau zu beginnen.

»Anscheinend«, sagte sie achselzuckend.

»Möchten Sie gern mit in die Küche kommen? Heute kochen wir Blaubeerkonfitüre. Die Mädchen sind gerade mit vollen Körben aus dem Wald gekommen. Vielleicht ...«

»Nein, danke«, antwortete die junge Frau.

Julia war ratlos. Sie ließ ihren Gast allein auf der Veranda und ging ins Haus zurück.

An diesem Abend war Jennifer mit dem Servieren an der Reihe.

»Besonders glücklich scheinen Herr und Frau Alberts aber heute nicht zu sein«, bemerkte sie, als sie die leeren Suppenteller in die Küche brachte und den Hauptgang abholte.

»Wie kommst du denn darauf?« fragte Julia und drehte sich zu ihr um.

»Sie haben den ganzen Abend noch kein Wort miteinander geredet«, erklärte Jennifer. »Sie starren nur auf ihren Teller und stochern in ihrem Essen herum, und dabei hat der Mann doch sonst so einen Bärenhunger!«

Am nächsten Tag schickte Julia ihre beiden Töchter zum Beerenpflücken in den Wald. Wieder einmal saß die junge Frau allein auf der Schaukelbank. Julia brachte ihr ein Teetablett auf die Veranda.

»Wie wär's, Anna, würden Sie gerne eine Tasse Tee trinken?« fragte Julia freundlich.

Die junge Frau antwortete nicht.

»Es ist ein schöner Tag heute!« fuhr Julia fort. »Ich mag es sehr, wenn mir der Wind sachte durchs Haar weht und die Blumendüfte bis ins Haus trägt.«

Noch immer saß die Frau still auf der Veranda und gab keine Antwort.

Julia stellte das Tablett ab und schenkte ihr eine Tasse Tee ein.

»Sind Sie schon lange verheiratet?«

»Fast seit einem Jahr«, sagte sie scheu und hielt den Blick gesenkt.

»Ein Jahr reicht kaum aus, um einander gründlich kennenzulernen. Ich weiß noch, wie es war, als John und ich erst ein Jahr lang verheiratet waren. Ich schwebte im siebten Himmel. Oh, wie war ich in John verliebt! Trotzdem wußte ich nicht, wie gut John mich eigentlich kannte – ob er mich wirklich verstand.« Julia seufzte. »Komisch, manchmal wußte ich nicht einmal, ob er mich überhaupt liebt.

Es gibt so vieles, was man über den anderen lernen muß«, fuhr Julia fort und reichte ihrem Gast Milch und Zucker. »Ein Jahr ist viel zu kurz, um den Menschen, den man geheiratet hat, wirklich gründlich kennenzulernen.«

Julia hielt der Frau einen Teller mit Obsttörtchen hin. »Nehmen Sie ruhig eins! Eine Spezialität des Hauses«, zwinkerte sie und fuhr dann fort:

»John ist wirklich ein lieber Mann. Eine wahre Seele von Mensch! Aber anfangs wußten wir nicht recht, wie wir unsere Gefühle zum Ausdruck bringen sollten. Oder vielleicht hatten wir es auch nur vergessen. Damals habe ich etwas Wichtiges gelernt. Ich habe gelernt, daß es Sache der Frau ist, in der Ehe eine Atmosphäre der Offenheit und der Harmonie zu schaffen. Ich denke, wir verstehen uns inzwischen ein wenig besser darauf, unsere Liebe zum Ausdruck zu bringen.

Jungen werden nun einmal dazu erzogen, ihre Gefühle nicht zu zeigen und sich von klein an wie richtige Männer zu verhalten. Ich will nicht behaupten, daß ich das befürworte; aber es ist einfach so.

Frauen haben dieses Problem nicht. Wir Frauen können jederzeit sagen, wie uns zumute ist. Wir können anderen Menschen zeigen, daß wir sie lieben – durch nette Überraschungen oder liebe Worte zum Beispiel. Frauen denken sich unzählige Möglichkeiten aus, um ihrem Mann zu sagen: ›Ich liebe dich‹.«

Julia machte eine Pause, um einen Moment lang nachzudenken. Dann fuhr sie fort: »Manchmal tun mir die Männer richtig leid! Erst drängen wir sie durch die Erziehung in eine bestimmte Richtung, und dann erwarten wir genau das gegenteilige Verhalten von ihnen.«

Julia seufzte tief und rührte in ihrem Tee.

»Wissen Sie, insgeheim habe ich mir immer einen Sohn gewünscht. Ich wollte ... ja, ich wollte wohl die ungeschriebenen Gesetze unserer Gesellschaft auf den Kopf stellen. Wollte einen Jungen großziehen, der Liebe und Sanftheit ausdrücken kann. Damit meine ich nicht, daß er ein Weichling werden sollte. Um sanft werden zu können, muß ein Mann auch stark sein. John hat beides, Sanftheit und Stärke, wenn es ihm auch nicht immer leichtfällt, seine Sanftheit auszudrücken. Er ... er nimmt mich in die Arme und tröstet mich, aber oft gelingt es ihm nicht, in Worte zu fassen, was er gerade empfindet. Wenn ich ihn nicht so gut kennen würde, hätte ich bestimmt kein Verständnis dafür.«

Julia trank einen Schluck Tee und schaute ihrem Gegenüber in die Augen.

»Aber ich habe keinen Sohn. Ich habe zwei Töchter, und ich danke Gott täglich für sie. John und ich hätten gern weitere Kinder gehabt, aber ... Gott weiß wohl am besten, wie viele Kinder gut sind. Ich bin wirklich reich gesegnet mit meinen zwei Mädchen und meinem lieben Mann.«

Julia verstummte, um der jungen Frau Gelegenheit zu geben, über das Gesagte nachzudenken.

Nach einer Weile hob Anna den Kopf und sah Julia in die Augen.

»Sie haben es also gemerkt, nicht wahr? Sie wissen, daß ... daß zwischen uns etwas nicht ...« Sie konnte nicht weitersprechen. Ihre Augen füllten sich mit Tränen, und der Kopf sank auf ihre Brust. Traurig schüttelte sie ihren Kopf und biß sich auf die Lippe.

»Es war nur eine Vermutung«, sagte Julia leise. »Brauchen Sie jemanden, bei dem Sie sich aussprechen können?«

»Es ist alles so ... so anders, als ich's mir vorgestellt hatte!« brach es aus der schluchzenden jungen Frau hervor.

»So geht es uns allen«, antwortete Julia.

Anna sah überrascht auf.

»Wir erwarten Romantik, Blumen und Liebeslieder«, sagte Julia, »aber statt dessen bekommen wir schmutziges Geschirr, dreckige Wäsche und einen Ehemann, der abends so abgekämpft ist, daß er kaum noch reden kann.«

»Aber ich dachte immer ...«

»Er wird dasselbe gedacht haben!« fiel ihr Julia ins Wort. »Wahrscheinlich hat auch er sich alles anders vorgestellt: jeden Tag sein Lieblingsessen, einen innigen Kuß, wenn er nach Hause kommt, und eine hübsch zurechtgemachte Gattin, die ihm die Pantoffeln ans Sofa bringt! Statt dessen erwarten ihn tropfende Wasserhähne, unbezahlte Rechnungen und schreiende Kinder!«

Anna lächelte kaum merklich und suchte nach ihrem Taschentuch.

»Wenn es eine Möglichkeit gäbe, sich auf die Ehe vorzubereiten, so wie sie wirklich ist, anstatt romantischen Träumen nachzuhängen«, fuhr Julia fort, »dann wäre schon viel gewonnen, und manche Ehe sähe besser aus.«

»Wollen Sie etwa sagen, es gäbe keine Romantik in der Ehe?«

»Keineswegs! Natürlich gibt es Romantik. Der Haken an der Sache ist nur, daß wir einzig und allein Romantik haben wollen. Wir wollen glücklich sein, wir wollen völlige Harmonie, und zwar hier und jetzt. in Wirklichkeit müssen wir einander zuerst gründlich kennenlernen; wir müssen voneinander lernen und einander beschützen und zur Seite stehen. Wir müssen gemeinsam bauen – und arbeiten. Verheiratetsein ist Schwerstarbeit. Es ist die schwerste Aufgabe, die wir in unserem Leben zu bewältigen haben. Wenn wir uns aber wirklich an die Arbeit machen und uns dabei selbst vergessen, dann geschieht es plötzlich, daß das wahrhaft Romantische, das überwältigende Gefühl der völligen Harmonie und der gegenseitigen Liebe, fühlbar wird – schöner, als wir es uns je erträumt hatten!«

Julia hatte es mit leuchtenden Augen gesagt, denn genauso war es John und ihr ergangen. Sie liebte ihn jetzt mehr als je zuvor, und sie war sich auch seiner Liebe gewisser als je zuvor, obwohl schon manches gemeinsame Jahr hinter ihnen lag.

»Ich dachte wohl ... ich wollte wohl alles Glück und alle Romantik gleich zu Anfang«, sagte Anna. »Warum kann es denn nicht so sein? Ich ... ich habe ihn doch geliebt ...«

»Und gewiß hat er Sie auch geliebt. Und liebt Sie auch jetzt noch! Aber man braucht Zeit, bis man sich erarbeitet hat, was Liebe wirklich bedeutet: immer füreinander dasein, alles gemeinsam haben und miteinander teilen. Auch die Sorgen, die Gedanken und die Gefühle.«

Julia beugte sich auf der Schaukelbank vor, um eine Blüte von dem Busch neben der Veranda zu pflücken.

»Sehen Sie diese Rosenknospe?« Sie hielt sie Anna entgegen. »Sie ist schon jetzt vollkommen. Eines Tages wird eine wunderhübsche, offene Blüte daraus werden. Aber stellen Sie sich vor, ich wollte all das jetzt auf der Stelle erzwingen – ich würde die Blütenblätter nehmen und sie auseinanderreißen, weil ich nicht warten kann und schon vor der Zeit eine reife Blüte haben will. Was würde passieren?«

Anna schwieg. Doch sie schien zu verstehen, worauf Julia hinauswollte.

»Verderben würde ich sie«, sagte Julia. »Ich würde sie so arg beschädigen, daß sie bald darauf verwelken und sterben würde. Eine reife, volle Blüte braucht ihre Zeit«, fuhr Julia fort. »Wir müssen sie nähren und pflegen, ohne sie zur Eile zu drängen. Wenn wir Geduld – Geduld und Liebe – an den Tag legen, dann werden wir eines Tages dafür belohnt.«

Die junge Frau wischte sich eine Träne aus dem Gesicht.

»Hier, bitte«, sagte Julia und reichte Anna die Rose, »in der Diele finden Sie eine Vase dafür. Stellen Sie die Rose in Ihr Zimmer, und sorgen Sie gut für sie. Beobachten Sie, wie sie sich entfaltet: langsam und natürlich, bis zur vollen Blüte.«

Sie klopfte der jungen Frau behutsam auf die Schulter und fing dann an, das Teegeschirr abzuräumen.

Anna lächelte.

»Haben Sie vielen Dank!« flüsterte sie. »Ich ... ich will versuchen, Geduld zu haben – und Liebe. Ehrenwort!«

»Mehr können wir auch gar nicht tun«, antwortete Julia. »Versuchen Sie's – mit ganzer Kraft.« Auf dem Weg zurück ins Haus betete sie im stillen, daß Gott auch dem jungen Mann die Bereitschaft zu einem Neuanfang schenken würde.

Schlaflose Nächte

John wälzte sich auf seinem Bett und fand keinen Schlaf. Trotz des Vertrauens, das er in Gott und in seine Frau setzte, quälten ihn allerhand Sorgen. Alles war anders gekommen, als sie gehofft hatten. Der Sommer war vorüber, und sie hatten nur ein einziges Mal Hausgäste gehabt. Alle Ersparnisse waren aufgebraucht.

Mit den Gartenerzeugnissen konnten sie zufrieden sein. John dankte Gott dafür. Trotzdem brauchten sie vieles, was der Garten nicht hervorbringen konnte. Womit sie das alles bezahlen sollten, war John ein Rätsel.

Dann dachte er an die Schulbildung der Mädchen. Wieder stand ein neues Schuljahr vor der Tür. Die beiden waren längst über das Alter hinaus, in dem sie zu Hause unterrichtet werden konnten. Sie waren auf dem besten Weg, junge Damen zu werden, und John und Julia wollten ihnen gern eine solide Ausbildung zuteil werden lassen, vielleicht sogar am College, falls Felicitas und Jennifer Interesse daran hatten.

John stopfte sein Kissen von der einen in die andere Ecke, ohne eine bequeme Lage für seinen Kopf finden zu können. Neben ihm lag Julia, die ruhig und gleichmäßig atmete. Wenigstens raubte er ihr mit seiner Rastlosigkeit nicht auch noch den Schlaf.

»Ach Herr«, betete er wieder im stillen, wie er es schon so oft getan hatte, »zeige mir doch, was ich tun soll. Bitte zeige mir, was ich tun soll! Es würde Julia das Herz brechen, von diesem Haus hier fortzuziehen. Ein Haus wie dieses könnte ich ihr nie wieder bieten. Aber so wie jetzt kann es unmöglich weitergehen mit uns. Keine nennenswerten Einkünfte, keine Aussichten darauf, daß sich das ändern wird, und dabei gibt es so vieles, was die Familie dringend nötig hat.

Hilf mir auch, wenn ich mit Julia über unsere Zukunft rede. Gib mir die richtigen Worte. Ach, mein Gott! Ich bin mit meiner Weisheit am Ende!«

John lag in der Dunkelheit da und dachte über ihre gemeinsame Lebenssituation nach. Vielleicht könnte er bei einem anderen Sägewerk Arbeit finden. Sein ehemaliger Chef hatte ihm mehrmals geschrieben, um ihn dazu zu bewegen, Calder Springs zu verlassen und ein Mitarbeiter des neuen Sägewerks zu werden. Vielleicht war dort tatsächlich noch eine Stelle frei, für die er sich bewerben könnte, obwohl man sicher schon einen neuen Vorarbeiter gefunden hatte. Trotzdem – jede Arbeitsstelle war besser als überhaupt keine.

John legte sich auf den Rücken und starrte die Decke an. »Der Mond scheint heute nacht wohl ziemlich hell«, dachte er. Dann drehte er den Kopf zum Fenster. Hinter den Rändern der schweren Samtvorhänge sickerte das silberne Mondlicht ins Zimmer. Er war versucht, aufzustehen und nach draußen zu gehen, um das Tal im Licht des nahezu vollen Mondes zu sehen.

»Bestimmt ein prächtiger Anblick«, dachte er. Dann riß ihn der Schrei eines kleinen Nachttieres aus seinen Gedanken. Der Schrei einer Eule folgte. John malte sich die Szene aus: Die Eule war hungrig und auf der Suche nach etwas Eßbarem für sich und ihre Jungen. Das kleine Nachttier wurde überrumpelt und hatte keine Chance zu entkommen. Dann der rasche Flug der Eule, die mit ihren schweren Flügeln die Nachtluft durchschneidet, sich das Opfer zielsicher krallt und zum Nest zurückflattert.

Heute nacht war der ansonsten sehr tierliebende John ganz auf der Seite der Eule. Er wußte aus eigener Erfahrung, wie mühevoll es ist, eine Familie ernähren zu müssen.

»Manchmal muß man hart im Nehmen sein«, murmelte er.

Julia regte sich. John hätte sie am liebsten in die Arme geschlossen; doch nicht zu ihrem Trost, sondern zu seinem eigenen, wie er innerlich zugeben mußte. Doch er wollte sie nicht wecken. Auch sie hatte eine schwere Last zu tragen und brauchte dringend ihre Nachtruhe. John drehte sich auf die Seite, um sie im Mondlicht anzuschauen, und langsam begann seine Anspannung sich zu lösen.

»Es ist eigentlich ein Wunder, daß wir's überhaupt bis hierher geschafft haben«, dachte er, »und das, ohne Schulden zu machen. Ich weiß nicht, wie sie das nur fertigbringt. Noch jedes Mal hat sie etwas zu essen auf den Tisch gebracht, und auch die Mädchen sind immer noch ausgeglichen und zufrieden.«

Doch dann dachte John an den Anblick der beiden beim Abendessen. Ihre Kleider wurden immer enger und kürzer. Julia hatte die Säume und Nähte bis zum letzten Millimeter herausgelassen. Zum Wachsen war inzwischen kein Platz mehr, aber natürlich wuchsen die Mädchen trotzdem weiter.

»Mach dir mal keine Sorgen, John«, hatte Julia mit einem halbherzigen Lachen versichert. »Bald sind die beiden fertig mit dem Wachsen. Sie sind ja schon fast so groß wie ich, und in ihrem Alter wachsen Mädchen nicht mehr viel.«

John hoffte sehr, daß Julia recht behalten würde. Sie besaß schon lange keinen Stoff mehr, aus dem sie den Mädchen oben im Nähzimmer neue Kleider hätte schneidern können.

Unten in der Diele schlug die Uhr drei. John drehte sich in seinem Bett hin und her. Es war wirklich höchste Zeit zum Einschlafen. Aber der Schlaf wollte einfach nicht kommen. »Ist doch zwecklos!« dachte er schließlich. »Ebensogut kann ich die Zeit auch nützlicher verbringen.«

Leise stieg John aus dem Bett und ging nach unten. Der

Mondschein erhellte den Flur und die Treppe. In der Küche holte er sich ein Glas Wasser und ging dann an seinen Schreibtisch in der Bibliothek.

Er holte einen Bogen Schreibpapier hervor, tauchte seinen Federhalter in das Tintenfaß und begann, einen Brief an seinen ehemaligen Chef zu schreiben. Gleich am nächsten Morgen wollte er mit Julia über seinen Entschluß sprechen.

»Du, sieh dir das mal an!« rief Felicitas, als sich die beiden am nächsten Morgen ankleideten.

Jennifer warf einen Blick in ihre Richtung, zeigte jedoch keine Anzeichen großer Bestürzung.

»Sieh doch nur, wie eng mir das Oberteil geworden ist. Ich komme mir ja wie die Wurst in der Pelle vor! Bringt dich das etwa nicht zum Wahnsinn?«

Jennifer nickte nur. Auch sie verabscheute Kleidung, die schlecht paßte. Im Lamentieren sah sie allerdings keinen Sinn. Ihre Eltern konnten ohnehin nichts daran ändern, daß sie und ihre Schwester aus ihren Sachen herauswuchsen.

»Jenny, glaubst du wirklich, daß Mama es schafft?«

»Wie meinst du das?« fragte Jennifer und hoffte insgeheim, die Frage nicht beantworten zu müssen.

»Glaubst du wirklich, daß Calder Springs eines Tages ein richtiger Urlaubsort wird?«

»Ich weiß es nicht«, sagte Jennifer. »Mama hat sich immerhin viel Mühe gegeben, damit's einer wird.«

»Das stimmt, aber manche Sachen sind ein Ding der Unmöglichkeit – sogar für Mama!«

Jennifer lächelte. Felicitas hatte damit auf einen Scherz über ihre Mutter angespielt, den nur die beiden Schwestern kannten. Niemals hätten sie mit anderen darüber gesprochen. Denn das hätte sich nicht gehört. Aber untereinander hatten sie schon seit Jahren Witze über die schier endlose Reparierwut ihrer Mutter gemacht. »Laß Mama nur machen«, spaßten sie; »bring es Mama, die macht's schon wieder heil«; »wetten, daß Mama es wieder hinkriegt?« oder: »Warst du schon damit bei Mama?« – so, als ob es auf der ganzen Welt nichts gäbe, das Julia nicht wieder instandsetzen könnte, mit welchen Mitteln auch immer.

»Egal. Jedenfalls dürfen wir die Hoffnung nicht aufgeben«, flüsterte Jennifer. »Mama hat's ja auch noch nicht getan.«

Felicitas zuckte mit den Schultern.

»Aber dafür ein paar von den anderen Frauen. Hast du Frau Shannon gestern gesehen?«

Jennifer nickte. Der abgespannte, hoffnungslose Ausdruck in dem Gesicht der Frau war ihr nicht entgangen.

»Vielleicht war sie einfach nur müde. Sie hat ja so viele Kinder, daß sie sie kaum noch zählen kann!«

Felicitas band sich die Schleife an ihrer Taille. Frau Shannon hatte sie längst vergessen. Statt dessen betrachtete sie ihr Spiegelbild.

»Weißt du«, sagte sie zu ihrer Zwillingsschwester, »in letzter Zeit bin ich regelrecht dankbar für große Schürzen.«

Jennifer lachte. Hetties Küchenschürzen leisteten gute Dienste als Versteck für die abgetragene Kleidung, aber hinreißend hübsch sahen die jungen Mädchen darin nicht gerade aus.

»Höchste Zeit fürs Frühstück!« sagte Jennifer mit einem schnellen Blick auf die Uhr. »Mama ruft uns gleich, wenn wir uns nicht beeilen.«

An diesem Tag kam ein Brief mit der Post. Endlich sollten die Harrigans wieder Hausgäste bekommen. Julias Heimweg vom Postamt war ein einziges Dankgebet.

»Wir hatten es ja so dringend nötig, Herr!« betete sie und fügte dann hinzu: »Aber das wußtest du natürlich schon längst. Danke, Herr, vielen Dank!« Sie beeilte sich, mit der Neuigkeit nach Hause zu kommen.

»Hettie!« rief sie, kaum daß sie die Diele betreten hatte. »Hettie, stellen Sie sich bloß vor: wieder eine Familie! Ein Ehepaar mit zwei erwachsenen Töchtern. Nächste Woche! Uns bleiben nur noch zwei Tage zum Vorbereiten!«

Hettie erschien in der Küchentür und wischte sich die Hände an ihrer Schürze ab. Sie sah Julia fragend an, und Julia mußte ihr alles noch einmal erklären. Doch dann rieb sich auch Hettie vor Freude die Hände.

Schnell wurden Felicitas und Jennifer aus dem Garten geholt, damit auch sie die erfreuliche Nachricht erfuhren. Tom und John waren zum Holzholen unterwegs; sie würden erst später davon hören.

»Wann kommen sie denn?« erkundigte sich Felicitas.

»Am Montag«, antwortete Julia mit leuchtenden Augen.

»Und wie lange bleiben sie?« fragte Jennifer.

»Das steht noch nicht fest. Vielleicht zwei Wochen – oder auch länger, wenn es ihnen bei uns gefällt.«

Felicitas und Jennifer wechselten einen Blick. Sie hingen zwar sehr an Calder Springs, doch für Leute, die das Stadtleben gewohnt waren, hatte dieser Ort nicht viel zu bieten.

»Wir müssen alles rechtzeitig fertig haben. Hettie, schauen Sie doch mal in der Speisekammer nach. Wir müssen zu Herrn Perry gehen und das, was uns noch fehlt, kaufen – notfalls auf Kredit.«

Doch dann hatte Julia eine bessere Idee: »Am besten planen wir die Mahlzeiten für jeden Tag einzeln und kaufen jeweils nur Lebensmittel für einen Tag ein. Wenn die Leute dann früher als erwartet wieder abreisen sollten ...« Julia ließ den Satz unvollendet. Es wäre unvernünftig, große Mengen an Vorräten anzuschaffen, die man dann wegen mangelnder Einkünfte gar nicht bezahlen konnte.

Hettie mußte über Julias Eifer schmunzeln. Auch sie freute sich über die neuen Gäste, doch im stillen fragte sie sich, wie lange sich die Harrigans auf diese Weise noch über Wasser halten konnten.

»Wie weit seid ihr mit dem Unkrautjäten gekommen?« fragte Julia die Mädchen.

»Es gibt nicht viel Unkraut«, antwortete Felicitas. »Wir haben das Beet diesen Sommer doch am laufenden Band gejätet.«

»Dann laßt den Rest für später liegen. Ich möchte, daß ihr beiden jetzt die drei Gästezimmer in Ordnung bringt.

Das wäre mir eine große Hilfe. Zuerst macht ihr die Fenster auf und legt die Betten zum Lüften aus. Dann fegt bitte die Böden, wischt Staub und macht das Badezimmer sauber.«

Felicitas hätte ihre Mutter am liebsten darauf hingewiesen, daß die beiden Mädchen diese Arbeit schon so oft getan hatten, daß sie sie allmählich im Schlaf beherrschten, aber diese Bemerkung verkniff sie sich wohlweislich. Sie merkte, daß ihre Mutter mit Feuereifer bei der Sache war und ihrer Begeisterung Luft machen mußte.

Die Mädchen gingen deshalb nach oben, um das zu erledigen, was ihnen aufgetragen worden war. Julia hörte sie auf der Treppe fröhlich miteinander plaudern.

»Vielleicht laufe ich doch noch schnell zu John, um ihm Bescheid zu sagen«, überlegte Julia auf dem Weg in die Küche. Flink zog sie ihre guten Schuhe aus, holte die Gartenschuhe hinter der Tür hervor, nahm ihren alten Gartenhut und lief hastig los.

»John! John!« rief sie, sobald er in Hörweite war. John erschrak über das laute Rufen und befürchtete schon, daß zu Hause etwas Schlimmes geschehen war.

Doch als er den gelösten Gesichtsausdruck seiner Frau sah, verflogen seine Sorgen im Nu.

»Weißt du schon das Neueste?« rief sie und winkte mit dem weißen Umschlag.

John ging seiner Frau entgegen und strich sich dabei die Sägespäne und Rindenstücke vom Hemd.

»Der Brief kam heute morgen!« rief Julia. »Wir bekommen wieder Gäste!«

Sie war so begeistert, daß John es nicht übers Herz brachte, ihr mit seiner Nüchternheit den Mut zu nehmen. Im Grunde seines Herzens wußte er genau, daß noch eine sehr viel größere Zahl von Gästen nötig war, um den Lebensunterhalt der Familie zu sichern. Er zwang sich zu einem Lächeln.

»Wann denn?« fragte er.

»Am Montag!« freute sich Julia. Sie war noch ganz außer Atem vom Lauten.

»Hier, setz dich doch«, sagte John und zeigte auf einen am Boden liegenden Baumstamm. »Verschnauf erst einmal, und dann erzählst du mir alles der Reihe nach.«

Julia setzte sich zwar, aber zum Verschnaufen gönnte sie sich keine Sekunde.

»Nächsten Montag«, fuhr sie atemlos fort. »Ein Ehepaar und zwei Mädchen – erwachsene Töchter. Sie wollen zwei Wochen bleiben – vielleicht auch erheblich länger, wenn es ihnen hier gefällt. Es wird ihnen bestimmt gefallen. Es ist doch so ... so wunderschön hier.« Julias Blick wanderte über die Landschaft, die das große weiße Haus umgab: das einladende Tal mit dem kristallklaren, glitzernden Fluß, der sich durch seine Mitte schlängelte, dahinter der tiefblaue See, in dem sich die Morgensonne spiegelte, und in der Ferne die von zerklüftetem Gestein und Gletschereis gekrönten Berggipfel. Eine solche Landschaft mußte man doch einfach lieben!

John lächelte. Julia hing tatsächlich sehr an ihren Bergen.

»Das ist ja prima!« sagte er und bemühte sich, innerlich

den gleichen Enthusiasmus zu empfinden, den er mit seinen Worten zum Ausdruck gebracht hatte.

»Ach John! Ich hatte ja so sehr gebetet – und jetzt sind meine Gebete erhört worden. Dieses ganze Vorhaben ist manchmal so schwierig gewesen, aber ich ... ich habe auch viel dadurch gelernt. Immer wieder habe ich erfahren, auf welche Weise Gott Gebete erhört. Er läßt uns nie im Stich, John. Immer wenn ich meine, ich wäre am Ende, dann schenkt er mir eine Gebetserhörung. Und noch nie ist seine Hilfe zu spät gekommen, auch wenn ich das schon manches Mal befürchtet hatte.«

Tränen glitzerten in Julias Augen. John drehte sich um und sah zu den Berggipfeln am Horizont. Auch ihm stiegen Tränen in die Augen, wenn auch aus einem anderen Grund. »Ach Herr«, betete er im stillen, »wenn ich doch nur Julias Zuversicht hätte!« Er legte seinen Arm fester um die Schultern seiner Frau.

»Jetzt muß ich aber schnell wieder nach Hause«, sagte Julia unvermittelt und stand auf. »Ich wollte dir nur die Sache mit dem Brief erzählen. Ich habe Hettie an die Arbeit geschickt. Höchste Zeit, daß ich ihr helfe.«

»Hetz dich nur nicht so ab wie auf dem Hinweg«, ermahnte John sie.

»Ehrenwort!« versprach sie. Sie drückte ihrem Mann noch schnell die Hand und ging dann zum Haus zurück.

Fragen und Antworten

Zu den Gottesdiensten hatten sich inzwischen mehr als ein Dutzend Teilnehmer eingefunden. John und Julia waren nachträglich froh, daß sie den Gottesdienst nicht in die Kirche verlegt hatten. Bestimmt wären dann weniger Menschen gekommen. Eine Bibelstunde bei den Harrigans daheim wirkte längst nicht so steif, für einige auch nicht so bedrohlich wie ein Gottesdienst in den feierlichen Kirchenräumen, zumal bei den Harrigans anschließend noch Kaffee und Gebäck serviert wurde.

Julia konnte sich kaum auf die Bibelstunde konzentrieren, die John vorbereitet hatte. Ständig mußte sie an die Hausgäste denken, die am nächsten Tag eintreffen sollten. Schließlich mußte sie ja auch ihre Nachbarinnen davon in Kenntnis setzen. Doch sie war sich nicht sicher, wie sie das tun sollte. Sie durfte ihre Freude nicht allzu offen zeigen. Auch die anderen Familien brauchten Einkünfte für ihren Lebensunterhalt. Ein langer Winter stand ihnen bevor. Julia mochte sich nicht mit ihrem Glück brüsten, während die anderen leer ausgingen.

Aber erwähnen mußte sie es. In Calder Springs würde es keinem Fremden gelingen, aus dem Zug zu steigen, ohne in der ganzen Stadt Aufsehen zu erregen. Es war darum kaum ratsam, den Leuten vorzuenthalten, daß sich Familie Wilson bei den Harrigans angemeldet hatte. Außerdem mußte sich Tom den Zweispänner von Clancys ausleihen, so daß die Sache ohnehin nicht verborgen bleiben konnte.

Julia setzte sich auf ihrem Stuhl zurecht und zwang sich dazu, wieder aufmerksam der Bibelarbeit zu folgen.

»Verzeih mir, Herr,« betete sie innerlich. »Ich bin so ratlos in dieser Sache, obwohl ich eigentlich keinen Grund dazu habe. Ich weiß zwar nicht, wie ich es sagen soll, aber ich vertraue darauf, daß du mir schon die rechten Worte geben wirst, wenn die Zeit dazu gekommen ist.«

»Was könnte Jesus mit diesen Worten gemeint haben?« fragte John die Gruppe gerade. Julia errötete. Es war ihr ein Rätsel, von welchen Worten John gesprochen hatte.

Sie war darum erleichtert, als Frau Adams eine Antwort versuchte.

»Ich zerbreche mir schon die ganze Zeit den Kopf darüber«, gestand sie. »Aber vielleicht will er damit sagen, daß uns das, woran wir so verzweifelt festhalten, trotz allem noch entgleiten kann. Was wir ihm aber ganz aufrichtig und in aller Offenheit überlassen, das bewahrt er für uns auf – und vielleicht gibt er's uns eines Tages sogar wieder zurück.«

»Meint er nicht auch unser Leben damit?« fügte Herr Adams hinzu. »Wenn wir uns weigern, ihm unser Leben zu überlassen, wenn wir uns mit aller Kraft an unserem eigenen Vergnügen festklammern und selbstsüchtig sind, dann werden wir's am Ende doch verlieren. Wir haben keine Hoffnung auf eine Zukunft bei ihm im Himmel. Wenn wir ihm aber unser Leben geben, dann sorgt er für uns, wie es niemand sonst kann und belohnt uns obendrein noch mit dem ewigen Leben.«

»Ich finde, Sie haben beide recht«, sagte Frau Shannon. »Der Vers bezieht sich zwar in erster Linie auf unser Leben, aber der gleiche Grundsatz gilt auch für andere Dinge. Letztlich können wir nichts behalten oder an uns binden. Dazu fehlt uns einfach die Kraft und die Vollmacht. Nichts, überhaupt nichts in diesem Leben ist vor dem Zerfall sicher. Es gibt nichts, das unvergänglich ist, ganz gleich, wie sehr wir uns das wünschen und uns darum mühen.«

Ein Gefühl der Hoffnungslosigkeit breitete sich in dem Zimmer aus. Julia spürte die Angst und die Befangenheit ganz deutlich. Gerade wollte sie etwas sagen, als Tom ihr mit seiner zurückhaltenden Stimme zuvorkam.

»Aber was macht das schon aus? Ich für meinen Teil hänge an dieser Stadt. Schließlich wohnen wir seit vielen Jahren hier. Aber das Leben geht weiter. Ein Tapetenwechsel ist nicht unbedingt etwas Schlechtes, sondern bekommt dem Menschen manchmal sehr gut. Klar, daß wir uns eine Weile lang schwertun, aber wenn Gott unser Herr ist, wenn wir ihm wirklich die Zügel überlassen, was kümmert uns dann alles andere? Er ist doch überall bei uns.«

Wieder setzte sich Julia auf ihrem Stuhl zurecht. Tom hatte recht: Sie sollten sich alle nicht so viele Sorgen machen, sondern sich voller Zuversicht der Führung Gottes anvertrauen.

»Aber wie können wir denn den Zeitpunkt erkennen?« fragte Frau Adams. »Ich meine, woher wissen wir, wann wir geduldig warten sollen und wann es Zeit ist, aufzugeben und fortzugehen? Ich habe schon so oft deswegen gebetet, aber ich weiß immer noch nicht, was Gott mit uns vorhat.«

Julia sah sich in der Runde um. Sie konnte es John anmerken, daß er nicht derjenige sein wollte, der diese Frage beantwortete, aber sie selbst fühlte sich dazu noch weniger in der Lage. Denn genau diese Unsicherheit, von der Frau Adams gerade gesprochen hatte, machte auch ihr zu schaffen.

Schließlich war es Hettie, die sich zu Wort meldete.

»Meinen Sie nicht auch«, begann sie behutsam, »daß die Zeit, solange man sich nicht wirklich zum Fortgehen gedrängt fühlt, noch gar nicht gekommen ist? Was ich damit sagen will, ist ... daß wir es schon merken werden, wenn die Zeit da ist – wenn Gott uns woanders haben will.« Hettie stockte und umklammerte ihre abgenutzte Bibel verlegen mit den Händen. »Ich bin keine große Rednerin ... das wissen Sie alle. Ich tue mich schwer, die passenden Worte zu finden, aber ... aber mir scheint, wenn wir Gott wirklich treu sind, dann wird er uns schon rechtzeitig klarmachen, ob wir bleiben oder fortgehen sollen.«

»Aber wie ist es, wenn man irgendwie das Gefühl hat, daß es Zeit zum Fortgehen ist?« fragte Frau Adams.

Julia räusperte sich und sah sie an.

»Dann müssen Sie es tun«, sagte sie leise. »Wenn Sie spüren, daß Gott Sie ruft, auch wenn es noch so sanft geschieht, dann müssen Sie ihm folgen.«

»Mein Mann hat eine Arbeit angeboten bekommen«, sagte Frau Adams, und es war kaum mehr als ein Flüstern. Victor, ihr Mann, rückte unbehaglich auf dem Stuhl neben ihr hin und her.

»Andererseits wollen wir Sie aber auch nicht im Stich lassen.«

»Das tun Sie auch gar nicht«, versicherte John den beiden. »Wir würden Sie niemals zurückhalten wollen. Wenn Sie glauben, daß dieses Angebot Gottes Antwort auf ihre Gebete ist, wenn Sie darin wirklich seine Führung sehen, dann ... dann gehen Sie getrost ... und mit unserem Segen.«

Herr Adams und seine Frau wechselten einen Blick. Beide wirkten erleichtert.

»Das gilt für Sie alle«, fuhr Julia fort. »Wir haben uns zusammengetan, um einander zu helfen, aber wenn jemand unter Ihnen glaubt, von Calder Springs fortziehen zu müssen, dann bleiben Sie bitte nicht unsretwegen hier. Wir alle sollten uns frei entscheiden können.« Alle Anwesenden nickten ernst. Es war ihnen anzumerken, wie hoch sie es John und Julia anrechneten, daß sie nicht versuchten, irgendeinen Druck auszuüben.

Nach einem längeren Schweigen meldete sich Frau Greenwald zu Wort:

»Herr und Frau Adams gehen ja schon seit vielen Jahren in die Kirche«, stellte sie fest. »Sie wissen immer ganz genau, wann Gott mit ihnen spricht. Aber was ist mit uns übrigen? Mit Leuten wie mir zum Beispiel und mit ... ach, ich will keine Namen nennen; aber woher wissen wir, wann Gott mit uns spricht, wenn wir noch nie im Leben auf seine Führung geachtet haben?«

Niemand wagte es, eine vorschnelle Antwort zu geben.

»Vor ein paar Jahren hätte ich es auch nicht gewußt«, sagte Victor Adams nach einer Zeit des Schweigens. »Man muß schon mit Gott leben, zu ihm beten und sein Wort lesen, wenn man wissen will, wann er mit einem spricht und wohin er einen führt. Vielleicht könnte es sein, daß Sie sich noch gar nicht so recht geöffnet haben für das Wirken Gottes? Daß Sie erst einmal einen Schritt der Hingabe tun und ihm bekennen müssen, daß Sie bisher ohne ihn gelebt haben, und dann die Vergebung durch Christus dankbar annehmen? Bitte verzeihen Sie, daß ich so offen rede, aber ... ich meine es nur gut, Frau Greenwald.«

Frau Greenwald nickte. Sie freute sich über Herrn Adams Anteilnahme.

John ließ die Gelegenheit nicht ungenutzt.

»Möchten Sie in den Salon mitkommen?« fragte er. »Wir zeigen Ihnen gerne, wie man diesen ersten Schritt tut – wie man betet und ein Kind Gottes wird.«

Wieder nickte sie, und in ihren Augen schimmerten Tränen.

»Victor und Ruth, möchten Sie auch mitkommen?« lud John das Ehepaar Adams ein. »Und Julia, du auch?«

Doch Julia entschied sich, bei ihren übrigen Gästen zu bleiben. Womöglich hatte sonst noch jemand unter ihnen den Wunsch, diesen ersten Schritt des Glaubens zu tun.

»Am besten bleibe ich hier«, flüsterte sie John zu.

Hettie und Tom gingen in die Küche, um den Kaffee und

das Gebäck zu holen. Julia richtete ein paar Worte an ihre anderen Gäste.

»Wir werden Victor und Ruth alle sehr vermissen«, begann sie. »Ich weiß nicht, wann sie von hier fortgehen werden, aber vielleicht könnten wir vorher ein Abschiedsessen organisieren. Diese Woche werde ich ziemlich viel zu tun haben. Ich habe gerade einen Brief bekommen. Wir ... wir erwarten wieder Gäste – zumindest für ein paar Tage. Wie lange sie bleiben werden, steht noch nicht fest, aber ich werde bestimmt die Zeit dazu finden, um unsere lieben Freunde zu verabschieden.

Und was ich vorhin gesagt habe, war mir sehr ernst«, fuhr Julia fort. »Wir wollen wirklich nur das Beste für jede Familie. Wenn das einen Umzug bedeutet, dann sollte jeder von uns die Freiheit haben, von hier fortzugehen – zumal wir wieder am Beginn eines neuen Schuljahres stehen und keine Schule mehr für unsere Kinder haben. Ich weiß nicht, wie lange wir sie noch selbst unterrichten können. Bitte tun Sie also das, was Sie für notwendig halten. Diejenigen unter uns, die hierbleiben, haben dafür vollstes Verständnis, dessen bin ich mir sicher.«

Inzwischen war Hettie hereingekommen und hatte Tassen und Untertassen gedeckt. Anschließend kam Tom und stellte die große Kaffeekanne in die Mitte des Tisches. Julia bedeutete Felicitas und Jennifer mit einem Kopfnicken, mit dem Servieren anzufangen. Bald war das Zimmer mit einem freundlichen Stimmengewirr erfüllt. Julia wartete einen günstigen Augenblick ab, um zu John und den anderen in den Salon zu gehen.

Dort traf sie eine überglückliche Frau Greenwald an, die sich gerade die Augen mit ihrem spitzenbesetzten Taschentuch abtupfte.

»Ich wollte es eigentlich schon seit langem tun«, gestand

sie, »aber ich wußte nicht, wie man es anfängt. Ich hatte furchtbare Angst, zum Pfarrer zu gehen. Ich befürchtete, daß ich ihm alle meine Sünden einzeln aufzählen müßte, und davon gab ... davon gibt es so viele.«

Julia wußte genau, daß der Pfarrer so etwas niemals von ihr verlangt hätte, aber sie wußte auch, daß die Leute manchmal die absonderlichsten Vorstellungen von einem Pfarrer hatten.

»Ich wußte ja nicht, daß man direkt zu Gott beten und ihn um Vergebung bitten kann, weil Jesus für uns gestorben ist«, sagte sie und seufzte erleichtert.

»Doch, das kann man«, sagte Julia und umarmte sie froh. »Und nicht nur Sie können das tun, sondern jeder. Es heißt ausdrücklich in der Bibel: ›Gott möchte, daß jeder gerettet wird.‹«

»Jedenfalls ist mir jetzt viel leichter ums Herz«, sagte Frau Greenwald und ging auf Frau Adams zu, um auch sie in die Arme zu schließen.

Dann gingen alle wieder in den Hauptsalon zurück. Julia bemerkte, wie die Anwesenden Frau Greenwald aufmerksam beobachteten. Sie fragten sich wohl, was geschehen war, warum ein vorher niedergeschlagenes Gesicht nun so fröhlich aussah und was es mit der Bekehrung eigentlich auf sich hatte. Wenn sich Frau Greenwald auch all dieser neugierigen Blicke bewußt war – sie ließ es sich nicht weiter anmerken, sondern nahm ihre Kinder eins nach dem anderen in die Arme und wandte sich dann mit leuchtenden Augen wieder ihren Nachbarinnen zu.

»Ich weiß gar nicht, warum ich das nicht schon vor Jahren getan habe«, sagte sie, und ihre Augen strahlten eine neue Lebensfreude aus.

»Was für ein herrlicher Tag!« freute sich Julia, als die Familie sich zum Essen versammelt hatte. »Stellt euch vor: die erste Bekehrung in einem unserer Hausgottesdienste! Ich glaube kaum, daß Frau Greenwald jemals unsere Kirche betreten hätte. Es ist schon merkwürdig. Da habe ich gebetet und gebetet, daß uns die Kirche erhalten bleibt, während sie sich auf der Suche nach dem Sinn des Lebens befand, aber zu starrsinnig war – oder auch zu ängstlich –, um zu den Gottesdiensten zu kommen. Gott hatte schon seine Gründe, als er zuließ, daß die Kirche geschlossen wurde.«

»Aber Mama«, wandte Felicitas ein, »könnte es nicht auch sein, daß es Leute gibt, die eher in die Kirche gegangen wären, als hierher zu kommen?«

»Schon möglich«, gestand Julia. »Vielleicht habe ich mich auch gerade eben falsch ausgedrückt. Womöglich hat Gott Frau Greenwald gar nicht deshalb angesprochen, *weil* die Kirche geschlossen worden ist, sondern er hat unsere Gruppe erst benutzt, *nachdem* sie geschlossen worden war. Vielleicht hatte er sonst keine Möglichkeit, uns ... nein, *mich* wachzurütteln und hat es deshalb auf diese Weise getan. Plötzlich wurde mir klar, daß ich eine große Verantwortung trage. Vorher hatte ich gedacht, für solche Dinge sei ja die Kirche da oder der Pfarrer. So hätte ich nicht denken sollen. Wenn ich damals mit dem gleichen Eifer wie heute zu Werke gegangen wäre, dann ... dann hätten wir unsere Kirche vielleicht jetzt noch.«

Das war ein sehr ernüchternder Gedanke für Julia. Sie hatte den Eindruck, als Christ versagt zu haben. Zu lange hatte sie gewartet, bis sie versucht hatte, ihren Nachbarn das Evangelium weiterzusagen.

»Jedenfalls haben wir noch viel zu tun«, sagte sie. »Es gibt Familien hier am Ort, die jederzeit fortziehen könnten. Wir haben also keine Zeit zu verlieren. Wir müssen jede Gelegenheit nutzen, ihnen von unserem Glauben an Gott weiterzusagen.«

»Jenny hat schon mit Millicent gesprochen«, verkündete Felicitas.

»Davon wußte ich ja noch gar nichts«, sagte Julia.

»Sie hatte eine Menge Fragen«, erzählte Jennifer. »Ich habe versucht, ihr zu erklären, was der Glaube an Gott bedeutet.«

»Sie hat Angst«, fuhr Felicitas fort. »Sie will nicht in die Hölle kommen.«

»Brauchst du meine Hilfe, damit du ihr besser antworten kannst?« fragte John seine Tochter.

»Ich bin nicht sicher, ob sie alles verstanden hat, was ich gesagt habe. Ich habe ihr erklärt, daß Gott nicht möchte, daß überhaupt jemand in die Hölle kommt, und daß er darum seinen Sohn Jesus in die Welt geschickt hat, damit er am Kreuz für die Menschen sterben sollte. Dann habe ich versucht, ihr zu erklären, wie man seine Sünden bekennt, wie man ihn um Vergebung bittet und ihm dafür dankt, daß Jesus gekommen ist. Ich habe ihr auch gesagt, daß wir Gott bitten können, uns zu seinen Kindern zu machen und uns zu helfen, nach seinem Willen zu leben.«

»Mir scheint, du hast deine Sache gut gemacht«, lobte John.

»Sie hat gemeint, daß sie erst in Ruhe über alles nachdenken will«, fuhr Jennifer fort.

»Das soll sie nur tun«, nickte John. »Eine solche Entscheidung nimmt man nicht auf die leichte Schulter.«

Und dann sagte er, auch zu Julia gewandt:

»Ich finde, wir sollten nicht bis zu unserer Abendandacht warten, um für diese Leute zu beten. Laßt uns das lieber jetzt gleich tun.«

Jeder der vier sprach ein kurzes Gebet: zunächst für Frau Greenwald, daß sie Fortschritte in ihrem Glauben an Gott machen sollte, und dann für Millicent, daß sie den Schritt der Bekehrung, den sie erwog, in seinem ganzen Ausmaß verstehen und die Entscheidung nicht zu lange aufschieben würde.

Fräulein Prinzessin

Am Montag morgen versuchte Julia, sich auf die Ankunft der neuen Hausgäste vorzubereiten, doch sie war einfach nicht recht bei der Sache. Die über alles Zeitliche hinausreichende Bedeutung der gestrigen Ereignisse beschäftigte sie weitaus mehr als die Ankunft der Gäste. Sie betete im stillen für Frau Greenwald, die nun einen Anfang mit Gott gemacht hatte, und für Millicent, die diesen Schritt noch erwog. Dann betete Julia auch für ihre Tochter, denn Jennifer würde mit Millicent sprechen und ihre Fragen beantworten müssen.

Julia machte eine letzte Runde durch das Haus, um sich davon zu überzeugen, daß alles bereit war. Sie stellte Vasen mit frischen Herbstblumen in die Schlafzimmer und auf die Tische im unteren Stockwerk, und schließlich fuhr Tom zum Bahnhof, um die Gäste abzuholen.

Mit klopfendem Herzen versuchte Julia, sich die Zeit des Wartens zu vertreiben. Um ihre innere Anspannung zu lindern, ging sie zu Hettie in die Küche. »Vielleicht hilft ja ein wenig Plaudern oder eine Tasse Tee oder beides gegen die Nervosität«, dachte sie.

»Ist das Wasser zufällig heiß, Hettie?« erkundigte sie sich, als sie die Küche mit rauschendem Rock betrat.

»Aber sicher, das Wasser kocht«, sagte Hettie und holte die Teekanne und die Tassen. Sie merkte Julia an, wie unruhig sie war. Aber neue Gäste waren ja auch etwas Besonderes.

»Wo sind eigentlich die Mädchen?« fragte Julia.

»Ich habe sie in die Stadt geschickt, um noch ein paar Lebensmittel zu kaufen, die ich für die Gäste brauche«, antwortete Hettie.

Julia nahm sich einen Stuhl und setzte sich an den Küchentisch.

»Haben die beiden die Zimmer gelüftet?« fragte sie, ohne selbst genau zu wissen, warum. Denn noch vor ein paar Minuten hatte sie bei ihrem letzten Rundgang durch die Gästezimmer die Gardinen vor den offenen Fenstern wehen gesehen.

Hettie nickte. Auch sie wußte, daß Julia gerade noch oben gewesen war, um die Zimmer auf ihren Zustand zu überprüfen.

»Warum bin ich nur so aufgeregt?« fragte Julia. »Schließlich ist es nicht das erste Mal, daß wir Gäste bekommen.«

»Nur, daß diese Gäste wohl die letzten für dieses Jahr sein dürften«, antwortete Hettie. »Und wir brauchen das Geld dringender denn je.«

Hettie hatte recht. »Meine Nervosität ist also nicht völlig aus der Luft gegriffen«, dachte Julia und fühlte sich schon ein wenig besser.

Hettie stellte Julia eine Tasse hin und fragte: »Hätten Sie gern ein Stück Kuchen dazu oder lieber ein Plätzchen?«

»O ja, gerne«, sagte Julia zu Hetties Erstaunen. Julia aß sonst nie etwas Süßes zu ihrem Tee und behauptete immer, Zucker sei schädlich für die Gesundheit.

»Was von beiden darf's denn sein?« fragte Hettie, und Julia sah sie mit großen, fragenden Augen an.

»Plätzchen oder Kuchen?« wiederholte Hettie.

Julia zuckte ratlos die Schultern, und Hettie füllte kurzerhand einen Teller mit Plätzchen, den sie ihr hinstellte.

»Ich muß sie gleich an der Tür begrüßen«, murmelte Julia.

»Damit eilt's nicht. Wir werden die Lokomotive pfeifen hören, lange bevor sie hier ankommen.«

Julia nahm sich ein Plätzchen.

»Es gibt so viel zu bedenken, daß mir manchmal richtig schwindlig wird«, gestand sie.

»Was denn zum Beispiel?« fragte Hettie.

»Mir gehen die Mädchen nicht aus dem Kopf«, sagte Julia. »Es gibt Tage, da frage ich mich, ob wir ihnen mehr zumuten, als ihnen guttut. Ich habe früher einmal zu John gesagt, daß ein wenig Hausarbeit ihnen nicht schaden würde – und das hat es auch nicht. Aber sollten sie nicht die Möglichkeit haben, auch andere Dinge zu lernen?

Meine Jugend war völlig anders«, fuhr sie nach einer Pause fort. »Ich habe Klavier- und Tennisunterricht bekommen, Reiten und Französisch gelernt. Ich bin auf eine Oberschule für Mädchen gegangen. Meine Töchter dagegen können nicht viel mehr als putzen, Betten machen, Plätzchen backen und Unkraut jäten. Reicht das aus, Hettie?«

»Sie sind doch noch jung«, wandte Hettie ein.

»Meinen Sie, daß ...«

Der schrille Pfiff der herannahenden Lokomotive riß Julia aus ihren Gedanken. Vergessen waren ihre Fragen, ihr Tee und ihr angebissenes Plätzchen.

»Da sind sie ja!« rief sie aufgeregt und sprang auf.

»Nein, sie sind doch erst am Bahnhof, und Tom muß sie ja noch vom Bahnhof hierher bringen. Der Zug hat gerade erst gehalten.«

Julia glättete sich den Rock, ordnete mit zitternden Fingern ihre Frisur und setzte sich wieder. Lange hielt sie es jedoch nicht mehr aus. Noch ein letzter Schluck Tee, und sie verließ eilig die Küche, um sich ein letztes, ein allerletztes Mal davon zu überzeugen, daß auch tatsächlich alles für die Gäste bereit war.

»Sagen Sie mal, ist das alles?« erkundigte sich Herr Blakeney bei Tom, während die Pferde durch die Hauptstraße von Calder Springs trotteten.

Tom wußte nicht so recht, was er darauf antworten sollte.

Wenn die Blakeneys eine geschäftige, betriebsame Großstadt erwartet hatten, dann hatten sie den Prospekt wohl nicht aufmerksam genug gelesen.

Tom räusperte sich, doch Frau Blakeney kam ihm zuvor.

»Genau so etwas hatten wir doch gewollt, oder etwa nicht, Thaddäus?« Ihre schrillen Worte klangen eher wie ein Befehl als eine Frage.

Thaddäus geruhte nicht zu antworten.

Die beiden jüngeren Frauen sahen starr vor sich hin. Ihre ausdruckslosen Augen und ihr stures Schweigen ließen vermuten, daß sie die Stadt nicht im geringsten interessierte.

Unterwegs kamen sie bei den Shannons vorbei, wo die Kinder im Vorgarten spielten. Als das Gespann näher kam, unterbrachen die Kinder ihr Spiel, und vier Augenpaare musterten die Passagiere in dem Zweispänner. Eines der Kinder hob ein kleines Patschhändchen zum Winken, und Tom erwiderte den Gruß mit einem freundlichen Kopfnicken.

»Hoffentlich werden wir hier nicht auf Schritt und Tritt von neugierigen Nachbarn verfolgt«, sagte die ältere Frau.

Tom dachte an die zahlreichen verbarrikadierten Häuser. Es war unschwer zu erraten, daß sie leer standen. »Von diesen Nachbarn sind wohl kaum Störungen zu erwarten«, dachte er grimmig.

Julia wartete schon an der Haustür. Gleich hinter ihr stand Hettie. Herr Blakeney verbeugte sich steif, doch seine Frau war zu sehr damit beschäftigt, sich in ihrer neuen Umgebung umzuschauen, als daß sie Julias Willkommensgruß auch nur zur Kenntnis genommen hätte.

»Doch, Thaddäus, ich glaube, das reicht für unsere Zwecke«, hörte Julia sie zu ihrem Mann sagen. Endlich wandte sie sich an Julia, doch nur, um ihr einen Befehl zu erteilen: »Zeigen Sie uns die Zimmer!« Und zu Hettie gewandt sagte sie: »Bereiten Sie alles vor, damit Fräulein Priscilla ein Bad nehmen kann. Sie ist sehr erschöpft von der Reise.«

Dann drehte sie sich zu Tom und sagte: »Wir brauchen die Koffer sofort. Ich werde Ihnen zeigen, welche Koffer in weiches Zimmer gehören.«

Julia, die es gewohnt war, Hettie mit den Gästen nach oben zu schicken, ging diesmal selbst voraus. Sie zeigte den Blakeneys die drei Gästezimmer und das gemeinsame Bad. Hettie war schon im Badezimmer und ließ das Wasser in die Wanne laufen.

»Priscilla, du darfst dir ein Zimmer aussuchen«, sagte Frau Blakeney zu einer ihrer beiden Töchter.

Das Mädchen ging durch alle drei Zimmer, sah sie sich noch einmal an, studierte sie dann noch ein drittes Mal gründlich und entschied sich schließlich mißmutig für das Zimmer mit dem Blick über das Tal.

»Dein Vater und ich werden das Zimmer direkt gegenüber nehmen«, teilte Frau Blakeney der jungen Frau mit. Damit blieb der anderen Tochter nur noch das dritte Zimmer übrig, wo sie wortlos einzog.

»In einer halben Stunde wird im Hauptsalon Tee serviert«, teilte Julia ihren Gästen mit.

»Nicht eher?« fragte die Frau.

»Ich ... ich dachte, ihre Tochter sollte erst in Ruhe ein Bad nehmen«, wunderte sich Julia.

»Sie wird in ihrem Zimmer Tee trinken«, bestimmte Frau Blakeney. »Wir übrigen kommen in zehn Minuten zum Tee.«

»Wie Sie wünschen«, antwortete Julia. »Kein Wunder, daß ich so nervös gewesen bin«, dachte sie im stillen. »Diese Leute scheinen ja höchst anspruchsvoll zu sein!«

»In zehn Minuten also«, wiederholte sie und ging nach unten, um bei den Vorbereitungen zum Tee zu helfen.

In der Küche räumten Jennifer und Felicitas gerade ihre Einkäufe in die Regale. Hettie war noch nicht aus dem Badezimmer zurück, wo sie die Wanne für Fräulein Priscilla füllte.

»Kommt«, sagte Julia zu den Mädchen, »helft mir bitte schnell mit dem Teetablett. Hettie ist noch oben und füllt die Wanne für unseren Gast.«

»Hattest du uns nicht gesagt, die Kinder wären schon erwachsen?« fragte Felicitas.

»Das sind sie auch. Mindestens zwanzig, schätze ich.«

»Und warum sind sie dann so ...« begann Felicitas, doch ein Blick auf ihre Mutter ließ sie verstummen.

»Weil sie es anscheinend gewöhnt sind, sich andauernd bedienen zu lassen«, antwortete Julia. »Ich fürchte, wir haben eine anstrengende Zeit vor uns.«

Die beiden Mädchen wechselten einen vielsagenden Blick und schickten sich dann an, das Teetablett fertigzumachen und das Gebäck auf einen Silberteller zu legen.

»Und ich halte es für ratsam, die Eltern mit ›gnädige Frau‹ und ›gnädiger Herr‹ anzureden«, fügte Julia hinzu. Sie hatte ihre Kinder noch nie in die Rolle der Dienerschaft gedrängt, sondern hatte ihnen stets zu verstehen gegeben, daß sie ihren Gästen ebenbürtig waren.

Die Mädchen waren sichtlich überrascht.

»Na ja«, entschuldigte Julia sich, »wir sind immerhin auf das Geld angewiesen, und je länger sie bleiben, desto mehr verdienen wir. Ihr beide braucht dringend neue Kleider.«

Es war das erste Mal, daß Julia die Kleider ihren Töchtern gegenüber offen angesprochen hatte.

»Also gut, wir wollen versuchen, daran zu denken«, versprach Jennifer.

Keuchend und mit hochrotem Gesicht kam Hettie in die Küche.

»Allerliebstes Fräulein Priscilla!« spottete sie verächtlich. »Fräulein Zimperliese, wenn Sie mich fragen!«

Julia hatte ihre Haushälterin noch nie so aufgebracht erlebt.

»Erst ist das Wasser zu kalt, dann ist es zu heiß. Pah! Die Prinzessin auf der Erbse ist nichts dagegen! Fräulein Prinzessin, jawohl!«

Julia unterdrückte ein Schmunzeln, und Felicitas wäre um ein Haar in schallendes Gelächter ausgebrochen.

Das schrille Läuten einer Glocke ließ alle aufschrecken.

»Was ist denn das?« fragte Julia.

»Ich seh' mal nach«, sagte Felicitas und lief los, um die Ursache des Lärms ausfindig zu machen.

Das war kein Kunststück, denn die Glocke läutete ununterbrochen. Das Läuten kam aus dem Salon. Dort saß Frau Blakeney in Julias Lieblingssessel und schüttelte aus Leibeskräften die Kupferglocke, die eigentlich nur in dringenden Fällen benutzt werden sollte.

»Ist etwas nicht in Ordnung?« fragte Felicitas.

»Wir warten auf unseren Tee«, sagte die Frau mit vorwurfsvollem Blick.

Aus Angst, im nächsten Moment schallend loslachen zu müssen, verkniff sich Felicitas eine Antwort. Sie drehte sich um und ging in die Küche zurück. An der Salontür fiel ihr ein, worum ihre Mutter sie gebeten hatte, und sie blieb stehen, um so gefaßt wie möglich zu antworten: »Jawohl, gnädige Frau.« Dann zog sie die Tür vorsichtig ins Schloß und hastete in die Küche.

»Ihr werdet's nicht glauben«, sagte sie mit großen Augen. »Da sitzt diese Frau Blakeney wie eine Königin und läutet die Glocke, was das Zeug hält. O wei, da bimmelt sie schon wieder!«

Julia nahm das Teetablett und trug es in den Salon. Jennifer ging mit ihr, um beim Servieren zu helfen. Es schienen wohl tatsächlich anstrengende Tage vor ihnen zu liegen.

»Fräulein Constance wird Ihnen Bescheid sagen, wenn Fräulein Priscilla ihren Tee wünscht. Sie trinkt ihn schwach, und zwar mit Sahne und Zucker. Und sie mag lieber Kuchen als Plätzchen«, sagte die Frau, während sie ihren Tee entgegennahm.

Julia nickte.

»Wir essen am liebsten um sieben«, fuhr Frau Blakeney fort. »Und das Frühstück bringen Sie uns aufs Zimmer, wenn ...«

»Nein«, unterbrach Julia sie sanft, aber bestimmt. »Das Frühstück wird im Eßzimmer serviert, und zwar entweder um halb acht oder acht Uhr, ganz wie Sie wünschen.«

Frau Blakeney erholte sich schnell wieder von ihrer Entgeisterung.

»Also gut, dann eben um acht«, sagte sie mit einem spitzen Unterton in der Stimme.

Julia wandte sich zum Gehen, und Jennifer folgte ihr. »Vielleicht hätte ich ihr das Vergnügen lassen sollen«, dachte Julia. »Schließlich sind wir auf das Geld angewiesen, und sie ist zahlender Gast bei uns. Aber ... nein. Sie hat es weit genug getrieben. Wir können sie nicht von früh bis spät nur bedienen.«

Kaum hatten sie die Tür zwischen dem Salon und dem Eßzimmer hinter sich geschlossen, als Jennifer ihr augenzwinkernd zuflüsterte: »Gut gemacht, Mama!«

Julia lächelte. Hoffentlich hatte sie nur keinen Fehler gemacht!

In der Küche wartete Felicitas schon auf Jennifers Bericht.

»Sie sitzt einfach nur da und teilt Befehle aus«, sagte sie empört.

»Ach, hätten wir doch nur unsere liebe Frau Williams wieder!« flüsterte Felicitas, und die übrigen lachten.

»Sie war schon ein komischer Kauz, aber ein sehr netter«, meinte Jennifer.

»Manchmal frage ich mich, wo die beiden wohl gerade sein mögen und wie es ihnen geht«, sagte Julia und stellte das Teetablett auf dem Küchentisch ab, um die Tassen zum Spülbecken zu tragen. »Jennifer, hol bitte das kleine Tablett und mach es für Fräulein Priscilla fertig. Und Felicitas, sei so gut und stell die geblümte Zuckerdose und das Sahnekännchen dazu. Es kann nur noch ein paar Minuten dauern, bis sie nach ihrem Tee ruft.«

»Ob sie wohl zu Hause auch eine Glocke hat«, murmelte Jennifer, während sie die Anweisungen ihrer Mutter ausführte.

»Doch keine Glocke! Fräulein Prinzessin hat einen Gong!« antwortete Felicitas, und die beiden Mädchen brachen in Gelächter aus.

Geraume Zeit später klopfte Fräulein Constance an die Küchentür, um Bescheid zu sagen, daß Fräulein Priscilla jetzt ihren Tee trinken wolle. Anscheinend liebte sie ausgiebige Wannenbäder.

»Ich schicke das Tablett gleich nach oben«, versprach Julia.

»Das ist nicht nötig. Ich nehme es selbst mit.«

Überrascht sah Julia auf. Constances Augen, in die sie nun direkt hineinblickte, spiegelten tiefen Kummer wider. Plötzlich tat die junge Frau ihr unendlich leid. Am liebsten wäre sie einen Schritt auf sie zugegangen und hätte sie in ihre Arme geschlossen. Doch der Moment der Anteilnahme und des Mitgefühls war schon bald wieder verflogen, denn Julia mußte sich wieder ihrer Aufgabe widmen. Sie füllte die Teekanne mit siedendheißem Wasser, stellte sie auf das Tablett und reichte es der jungen Frau.

Fräulein Constance verließ die Küche mit kerzengeradem Rücken und steif erhobenem Kopf.

»Liebe Güte!« bemerkte Julia, als die Tür wieder geschlossen war. »Habt ihr je ein traurigeres Gesicht gesehen?«

»Ist sie etwa das Hausmädchen?« fragte Felicitas.

»Nein«, antwortete Julia. »In dem Brief hieß es, die Blakeneys hätten zwei erwachsene Töchter.«

»Warum verwöhnen sie dann die eine und lassen die andere die ganze Arbeit tun?«

»Das ist mir auch ein Rätsel«, sagte Julia kopfschüttelnd. »Es kann natürlich sein, daß sie sie gar nicht zur Arbeit zwingen. Vielleicht hat sie es von sich aus angeboten, das Tablett nach oben zu tragen, um uns einen Gang zu ersparen.«

»Ein ungewöhnlicher Zug für jemanden aus dieser Familie«, fand Jennifer.

»Sie ist furchtbar schweigsam«, bemerkte Felicitas.

»Im Salon vorhin war sie auch so still«, fügte Jennifer hinzu. »Beim Tee habe ich sie kein einziges Wort sagen gehört. Du etwa, Mama?«

»Nein, ich glaube nicht«, antwortete Julia.

»Der Mutter hat dafür der Mund keine Sekunde stillgestanden«, erzählte Jennifer ihrer Schwester. »Ich weiß nicht einmal, mit wem sie gesprochen hat. Niemand hat ihr zugehört. Trotzdem hat sie pausenlos geredet.«

»Wenn ihr mich fragt, dann sind diese Leute noch sonderbarer als die arme Frau Williams«, meinte Felicitas.

»Langsam, Mädchen«, mahnte Julia. »Wir dürfen nicht vorschnell urteilen – und auch nicht zu hart. Im Grunde genommen kennen wir diese Leute ja noch gar nicht.«

Beeren und Bären

Nach einer Woche kam Julia zu dem Schloß, daß die Zwillinge die Blakeneys am ersten Tag durchaus richtig eingeschätzt hatten. Frau Blakeney redete in der Tat wie ein Wasserfall, ohne daß ihr jemand zuhörte. Herr Blakeney schenkte überhaupt keiner der Frauen in seiner Familie Beachtung. Er machte einen steifen, gelangweilten und nicht sehr zuvorkommenden Eindruck. Fräulein Priscilla war entweder damit beschäftigt, sich herauszuputzen, oder sie nörgelte an allem herum, während Fräulein Constance alle Botengänge erledigte, die – wie ihre Schwester es ausdrückte – nicht Sache des »Dienstpersonals« waren.

Julia wunderte sich zwar über die seltsamen Zustände in dieser Familie, erwähnte jedoch ihren Töchtern gegenüber nichts davon. Die Mädchen dagegen unterhielten sich in aller Offenheit über die merkwürdige Familienkonstellation und dachten sich die abenteuerlichsten Erklärungen aus.

»Ich wette, sie ist eine Stieftochter«, sagte Felicitas.

»Aber wessen? Seine oder ihre?« fragte Jennifer.

»Bestimmt seine. Er spricht ja mit niemandem, aber Frau Blakeney würde mit Constance reden, wenn sie ihre Tochter wäre.«

»Aber sie redet doch mit ihr. Constance hört nur einfach nicht zu«, wandte Jennifer ein.

»Ja, das stimmt allerdings. Frau Blakeney redet und redet.«

»Vielleicht ist Constance ein Adoptivkind.«

»Dafür sieht sie Priscilla zu ähnlich.«

»Ja, das tut sie wirklich, nicht? Aber ich wette, daß Priscilla in Ohnmacht fallen würde, wenn jemand ihr das sagen würde.«

Felicitas ahmte Priscillas Gehabe nach.

»Und ob! Sie hält sich ja für tausendmal hübscher!«

»Sie sieht tatsächlich ein kleines bißchen besser aus«, sagte Jennifer, »obwohl Constance bestimmt genauso hübsch sein könnte – vielleicht sogar noch hübscher, weil sie nicht dauernd schmollt –, wenn sie nur nicht dauernd eine so ernste Miene aufsetzen würde.«

»Und nicht mit einer so strengen Frisur herumlaufen würde.«

»Und hübschere Kleider hätte.«

»Das reicht, ihr beiden«, ermahnte Julia ihre Töchter. »Diese Dinge gehen euch nichts an. Laßt uns nicht schlecht von anderen reden.«

Die Mädchen schränkten ihre Unterhaltung ein, während sie das restliche Geschirr spülten.

»Aber seltsam ist es trotzdem«, meinte Hettie, nachdem sich die Mädchen mit ihrer Limonade auf den Weg zur Veranda gemacht hatten.

»Das ist es in der Tat; aber Sie wissen ja, wie manche Familien sind. Aus irgendwelchen Gründen geben sie einem Kind den Vorzug.« Hettie nickte.

Auch sie kannte solche Fälle. Julia hörte ein Geräusch und drehte sich um.

Die hintere Küchentür öffnete sich, und die Zwillinge kamen mit ihren vollen Limonadegläsern wieder zurück.

»Ist es euch draußen zu windig?« erkundigte Julia sich.

»Das nicht gerade«, klagte Felicitas. »Aber Fräulein Prinzessin hat die Schaukelbank belegt.« Die beiden Mädchen bezeichneten Priscilla oft mit dem Namen, den Hettie ihr am ersten Tag verpaßt hatte. »Sie hätte auch gern ein Glas Limonade. Und Plätzchen dazu, versteht sich!«

Jennifer stellte zwei Gläser und einen Teller mit Plätzchen auf ein Tablett und ging damit auf die Veranda.

Julia drehte sich zu Felicitas um.

»Ist ihre Mutter bei ihr?«

»Nein.«

»Und Constance?«

»Constance war bei ihr, aber dann mußte sie ins Haus, um für Fräulein Prinzessin ein Schultertuch zu holen.«

Julia war froh, daß Jennifer auch für Fräulein Constance ein Glas Limonade mitgenommen hatte. Das Mädchen tat ihr leid.

»Ist Fräulein Prinzessin jetzt zufrieden?« fragte Felicitas, als Jennifer zurückkehrte.

Jennifer nickte.

»Sie hat sogar ›Herzlichen Dank!‹ gesagt.«

»Fräulein Prinzessin hat ›Herzlichen Dank‹ gesagt?« Felicitas konnte es kaum fassen.

»Nein, nicht sie. Fräulein Constance. ›Vielen herzlichen Dank!‹ hat sie gesagt. Ich glaube, es waren die ersten Worte, die ich aus ihrem Mund gehört habe.«

»Mama«, sagte Felicitas, »wie alt mag sie wohl sein?«

»Das weiß ich auch nicht genau«, antwortete Julia und rollte einen zweiten Tortenboden aus. »Vielleicht einundzwanzig oder zweiundzwanzig.«

»Und Fräulein Prinzessin?«

»Vermutlich ein oder zwei Jahre jünger.«

»Fräulein Prinzessin scheint sich zu Tode zu langweilen«, bemerkte Jennifer.

»Fräulein Constance würde sich bestimmt auch langweilen, wenn sie sich nicht so viele Bücher mitgebracht hätte«, meinte Felicitas. »Aber irgendwann geht ihr der Vorrat aus. Womit wird sie sich dann wohl beschäftigen?«

»Wir haben eine gut ausgestattete Bibliothek. Dort kann sie sich jederzeit ein neues Buch holen«, sagte Julia.

»Jedenfalls ist sie ganz anders als ihre Schwester«, sagte Jennifer und spielte mit der Zitronenscheibe in ihrem Limonadeglas. »Sie sagt zwar nicht viel, aber sie macht ihr Bett immer selbst, hängt ihre Kleider in den Schrank und lüftet regelmäßig ihr Zimmer. So etwas würde Fräulein Prinzessin nie tun.«

»Aber Fräulein Prinzessin redet mehr«, sagte Felicitas.

»Wenn man ihr Herumkommandieren als Reden bezeichnen kann«, sagte Jennifer.

»Ich würde es eher Nörgeln nennen!« sagte Felicitas verächtlich.

»Ihr zwei, wir haben schon einmal darüber gesprochen«, ermahnte sie Julia. »Ich möchte nicht, daß ihr anderen Leuten schlechte Dinge nachsagt.«

»Auch, wenn sie wahr sind?« fragte Felicitas.

»Auch, wenn sie wahr sind«, antwortete Julia bestimmt.

Am nächsten Morgen nahmen sich Jennifer und Felicitas zwei Eimer und machten sich auf zum Beerenpflücken. Leise schlossen sie die Küchentür hinter sich und traten auf die Veranda, wo Fräulein Constance ganz alleine auf der Schaukelbank saß und las. Als sie die beiden Schwestern kommen sah, ließ sie ihr Buch sinken und sah auf. Ihr Blick blieb an den Eimern hängen.

»Müßt ihr Kühe melken?« erkundigte sie sich.

»Aber nein!« lachte Felicitas. »Wir kaufen unsere Milch bei den Shannons.«

»Holt ihr sie in solchen Eimern dort ab?« fragte Constance weiter.

»Nein, das Abholen besorgt Tom«, antwortete Jennifer. »Wir gehen jetzt Beeren pflücken.«

»Beeren? Gibt es denn hier welche?«

»Nein, nicht in unserem Garten. Wilde Beeren.«

»Und wo wachsen sie?« fragte Fräulein Constance.

»Im Wald. Wir kennen fast jeden Beerenstrauch weit und breit. Mama schickt uns zum Pflücken los, und von den Beeren kocht sie dann Marmelade und Gelee.«

»Möchten Sie gerne mitkommen?« fragte Felicitas.

Jennifer warf ihrer Schwester einen nervösen Blick zu. Sie dachte daran, daß auch Millicent zugesagt hatte mitzukommen, und Jennifer hatte gehofft, mit ihr ein Gespräch über den Glauben führen zu können.

»Ach, darf ich wirklich?« fragte Fräulein Constance. »Ich habe noch nie in meinem Leben Beeren gepflückt.«

Felicitas und Jennifer wechselten einen Blick.

»Klar doch. Ich hole nur noch schnell einen Eimer«, sagte Jennifer.

»Nein, das mache ich«, widersprach Felicitas. »Geh du schon mal mit Millicent voraus. Wir treffen euch dann im Wald.«

Jennifer sah ihre Zwillingsschwester dankbar an.

»Haben Sie ein Paar Wanderschuhe?« fragte Felicitas Fräulein Constance.

»Ja, natürlich; ich hole sie gerade. Und für Mutter schreibe ich schnell eine Notiz.«

Felicitas ging in die Küche, um einen Eimer für Fräulein Constance zu besorgen.

»Du wirst's nicht glauben!« sagte sie zu ihrer Mutter. »Fräulein Constance möchte mitkommen. Sie sagt, sie hat noch nie in ihrem Leben Beeren gepflückt.«

»Vielleicht wird ihr der Ausflug guttun«, sagte Julia, die einen Spaziergang im Wald immer sehr erholsam fand.

Felicitas nahm den Eimer und wartete auf der Veranda. Lange brauchte sie jedoch nicht zu warten. Fräulein Constance hatte sich beeilt und kam mit rosigen Wangen aus dem Haus gelaufen. Felicitas hatte sie noch nie so fidel erlebt.

Felicitas ging den engen Pfad voraus, der sich durch den Wald schlängelte.

»Der Weg bis zu den Beerensträuchern ist ziemlich lang«, sagte sie. »Ich hoffe, das macht Ihnen nichts aus.«

»Nein, gar nichts!« sagte Constance. »Ich wandere sehr gern.«

Felicitas war überrascht. Soweit sie sich erinnern konnte, hatte die junge Frau noch keinen einzigen Spaziergang durch die nähere Umgebung gemacht.

»Hier kommt man nur zu Fuß voran«, erklärte Felicitas ihr. »Für Fuhrwerke oder Automobile gibt es keine Straßen.«

»Darum ist es auch so herrlich ruhig hier«, antwortete Fräulein Constance.

»Sind Sie deshalb nach Calder Springs gekommen?« fragte Felicitas.

Die junge Frau zögerte. Schließlich antwortete sie: »Wir sind wegen Priscilla hier. Sie braucht eine ruhige Umgebung.«

»Ist sie krank gewesen?«

»So könnte man es vielleicht ausdrücken«, sagte Fräulein Constance nach einem erneuten Zögern.

Felicitas sah ihre Begleiterin an. »Priscilla wird doch wohl nicht auch irgendwo ausgebrochen sein«, dachte sie. »Trotz ihrer mürrischen Art macht sie doch einen recht normalen Eindruck.« Aber das wollte sie nicht laut sagen. Statt dessen antwortete sie nur: »Das tut mir leid für sie.«

Fräulein Constance hatte den Blick in die Ferne gerichtet und atmete den Duft der Tannen und Fichten tief ein.

»Gibt es eigentlich Bären hier?« erkundigte sie sich.

Felicitas zögerte. Sie mochte nicht die Unwahrheit sagen, doch andererseits wollte sie ihre Begleiterin nicht übermäßig verängstigen. Sie kämpfte mit sich, bis schließlich ihre Aufrichtigkeit die Oberhand gewann.

»Ja«, antwortete sie. »Es leben wohl ein paar Grizzlys in

den Wäldern. Deshalb reden wir auch beim Gehen, oder wir singen oder klappern mit den Eimern. Denn sie sind eigentlich sehr menschenscheu. Wenn sie uns kommen hören, machen sie sich sofort aus dem Staub.«

Constance lachte. Es war der erste Ausdruck von Fröhlichkeit, den Felicitas an ihr erlebt hatte. Das Lachen klang zwar ein wenig aufgesetzt und gezwungen, so als wäre die junge Frau völlig aus der Übung geraten, aber es war immerhin ein Lachen.

»Ich glaube, hier könnte es mir gefallen«, sagte sie.

»Bleiben Sie länger als zwei Wochen?«

Ein sonderbarer Schatten legte sich plötzlich auf das Gesicht der jungen Frau; dann nickte sie langsam.

»Ich denke schon ... es sei denn, daß Priscilla es hier ganz und gar nicht aushält.«

Felicitas wunderte sich über diese Antwort, stellte Fräulein Constance aber keine weiteren Fragen.

Sie erreichten die Beerensträucher noch vor Jennifer und Millicent und hatten ihre Eimer schon fast halb gefüllt mit runden, saftigen Beeren, als die beiden anderen Mädchen eintrafen.

»Wie schmecken sie denn?« rief Jennifer.

»Einfach köstlich!« antwortete Fräulein Constance. Die blauen Flecken auf ihren Lippen verrieten, daß sie wußte, wovon sie sprach.

Dann machten sich auch Jennifer und Millicent schweigsam an die Arbeit. Hin und wieder flatterte ein Vogel über die Mädchen hinweg und schimpfte die Eindringlinge lautstark dafür aus, daß sie in sein Revier eingedrungen waren, doch die Mädchen ließen sich dadurch nicht weiter stören. Ein paar Eichhörnchen stimmten aus den nahegelegenen Bäumen in das Schimpfen mit ein und kleine Erdhörnchen hüpften in die Sträucher, als fürchteten sie, bald keine Beeren mehr zu finden, wenn sie sich nicht beeilten.

Ein Seufzen von Fräulein Constance ließ Felicitas herumfahren. Die junge Frau saß nur einfach still da, hatte die Hände in den Schoß gelegt und betrachtete inbrünstig die Wolkenfetzen, die über den blauen Himmel jagten.

»Es ist so heiß«, stöhnte Jennifer. »Ich habe schrecklichen Durst!«

»Ich auch«, sagte Millicent. »Kommt, wir holen uns was zu trinken.«

»Habt ihr denn Wasser mitgebracht?« fragte Fräulein Constance, die aus ihrer Träumerei erwacht war.

»Nein. Wir gehen einfach an den Bach dort drüben.«

»Dort ist ein Bach?«

»Wenn Sie genau hinhören, dann können Sie ihn plätschern hören«, sagte Jennifer und legte den Kopf schräg.

»Ach ja. Jetzt höre ich es. Ich habe nur nicht gewußt, was das Geräusch bedeutet. Gehen wir jetzt gleich?«

»Na klar! Aber nehmen Sie Ihre Beeren mit. Sonst könnte es nämlich sein, daß sich ein Tier an Ihrem Eimer vergreift!«

Wieder lachte Fräulein Constance, und diesmal klang es schon ein wenig freier, so, als hätte sie ganz neu Gefallen am Leben gefunden.

Noch am Nachmittag kündigte Frau Blakeney beim Tee ihre baldige Abreise an. Julia war enttäuscht. Sie hatte sich große Hoffnungen gemacht, an der Unterbringung dieser Familie noch etwas zu verdienen, auch wenn diese Leute sie von früh bis spät herumkommandierten.

»Schicken Sie mir morgen früh eine Ihrer Töchter hoch. Sie soll mir beim Packen helfen«, befahl Frau Blakeney.

Julia versprach es.

»Brauchen Sie beide?« fragte sie der Höflichkeit halber.

»Eine reicht – es sei denn, sie ist schrecklich langsam«, sagte Frau Blakeney. »Ich habe nur zwei Koffer.«

»Und Ihre Töchter?« fragte Julia. Sie konnte sich kaum vorstellen, daß Fräulein Prinzessin, die seit ihrer Ankunft keinen Finger gerührt hatte, ihre Koffer selbst packen würde. Höchstens vielleicht, daß Fräulein Constance ihr diese Arbeit abnehmen würde.

»Die Mädchen? Wieso? Die reisen doch gar nicht ab«, antwortete Frau Blakeney, als hätte Julia das eigentlich schon längst wissen müssen.

Julia starrte die Frau verständnislos an, doch sie redete ohne Pause weiter.

»Sie werden schon zurechtkommen. Priscilla langweilt sich zwar zu Tode, aber daran läßt sich nun mal nichts ändern. Sie wußte ja, wie es werden würde. Constance wird sich schon um sie kümmern.«

Noch immer wußte Julia nicht, was sie sagen sollte.

»Mein Mann und ich fahren wieder nach Hause in die Stadt. Es gibt noch so viele Veranstaltungen, die wir besuchen müssen. Ich kann es mir einfach nicht leisten, längere Zeit fortzubleiben. Termine über Termine. Sie wissen, was ich meine. In der Stadt ist das Leben furchtbar geschäftig. Besonders, wenn man sozusagen als führendes Mitglied der Gesellschaft bekannt ist. Aber ich werde versuchen, hin und wieder bei den Mädchen nach dem Rechten zu sehen.« Sprach's, erhob sich vom Tisch und ging auf ihr Zimmer zurück.

Wichtige Entscheidungen

»Mama! Mama!« rief Jennifer, als sie in die Küche gestürzt kam. »Millicent hat sich entschieden. Sie hat sich entschieden!«

Julia sah von ihrer Arbeit auf. Sie war gerade damit beschäftigt, ein großes Vollkornbrot in Scheiben zu schneiden.

»Das ist ja wunderbar!« Sie wußte natürlich sofort, wo von ihre Tochter sprach. Erfreut schloß sie sie in die Arme.

»Sie hat gesagt, sie hätte sich alles gründlich überlegt, und dann hat sie Gott gebeten, ihr alle Sünden zu vergeben, damit sie in den Himmel kommt.«

Auch Felicitas freute sich.

»Ist ja prima, Jenny!« lachte sie und fiel allen reihum in die Arme.

»Wir müssen für sie beten und ihr helfen, wo wir nur können«, sagte Julia.

»Sie hat versprochen, von jetzt an immer zur Bibelstunde zu kommen.«

»Hat sie eigentlich eine eigene Bibel?« fragte Julia.

Jennifer schüttelte den Kopf.

»Dann müssen wir ihr eine besorgen«, sagte Julia. »Bestimmt haben wir eine im Haus, die wir ihr schenken könnten.«

»Wo ist Papa?« fragte Jennifer. »Ich möchte es ihm auch gleich erzählen.«

»Er und Tom helfen Herrn und Frau Adams bei den Vorbereitungen für den Umzug. Du darfst gerne schnell zu ihm laufen. Aber Jennifer, bitte erzähle es ihm nur allein. Millicent soll die Gelegenheit haben, den anderen selbst von ihrer Bekehrung zu erzählen. Du weißt ja, das ist ganz wichtig!«

Jennifer nickte und machte sich auf die Suche nach ihrem Vater.

»Na, das ist wirklich eine freudige Überraschung!« sagte Julia. »Aber nun darf ich nicht vergessen, daß wir Gäste haben, um die wir uns kümmern müssen. Felicitas, holst du bitte die Sahne für das Teetablett? Und vergiß nicht, die Zuckerdose aufzufüllen, ja?«

»Wann reisen sie denn ab, Mama?« fragte Felicitas, während sie die Sahne holte.

»Mit dem Zug morgen vormittag. Aber die beiden jungen Damen bleiben noch eine Weile hier. Ich weiß selbst nicht, wie lange noch.«

»Allmählich gefällt mir Fräulein Constance immer besser«, sagte Felicitas. »Wenn man ihr nur eine kleine Chance geben würde, dann könnte sie sogar richtig nett sein.«

»Sag mal«, fragte Julia, »wie wär's denn, wenn wir ihr eine große Chance gäben? Was hältst du davon?«

Als Antwort lächelte Felicitas nur und nickte. Sie hatte verstanden.

Dann servierten sie dem Ehepaar Blakeney den Nachmittagstee. Wie gewöhnlich blieb Fräulein Priscilla auf ihrem Zimmer. Fräulein Constance hatte es vorgezogen, nach ihrem Ausflug in den Wald ein Bad zu nehmen, und verzichtete auf den Tee im Salon.

Beim Tee sprach Frau Blakeney mit Julia.

»Diese silbernen Kerzenhalter im Eßzimmer gefallen mir außerordentlich gut. Es müssen äußerst seltene Exemplare sein. Ich habe schon zu meinem Mann gesagt, daß Sie sie unmöglich hier gekauft haben können.«

»So ist es«, lächelte Julia. Die Unverblümtheit der Frau amüsierte sie. »Sie kommen aus dem Osten. Wir haben sie damals zur Hochzeit geschenkt bekommen.«

»Ach, dann sind Sie selbst wohl auch aus dem Osten?«

»Ich bin in Montreal aufgewachsen. Mein Vater wohnt immer noch dort.«

Frau Blakeney warf ihrem Mann einen Blick zu, als wollte sie sagen: »Siehst du, ich habe es ja gleich gewußt!«

»Jedenfalls sind die Kerzenhalter genau mein Geschmack«, fuhr Frau Blakeney fort. »Wieviel kosten sie?«

Julia fehlten die Worte. Zuerst wollte sie ihrem Gast klarmachen, daß die Kerzenhalter unverkäuflich waren. Doch dann dachte sie an das Gemälde in der Diele. Auf eine Anfrage hin hätte sie es niemals verkauft. Doch jetzt war es fort, und die Welt war trotzdem nicht untergegangen. Dafür hatte sie mit dem Geld ihre Familie in einer schwierigen Zeit ernähren können. Bestimmt würde das Leben auch ohne die beiden silbernen Kerzenhalter weitergehen. Julia wandte sich ihrem Gast zu und sagte:

»Sie sind ... recht teuer«, antwortete sie.

»Das sehe ich selbst«, sagte Frau Blakeney mit einem fast beleidigten Unterton.

»Ich hatte eigentlich nicht vor, sie zu verkaufen, aber wenn ich es erwägen würde, dann würde ich ...« Julia überlegte blitzschnell: »Wenn Frau Blakeney wirklich meine Kerzenhalter haben will, dann soll sie auch bis auf den letzten Pfennig den Preis bezahlen, den sie mir wert sind.« Dann nannte sie eine beinahe schwindelerregende Summe.

Ohne mit der Wimper zu zucken, drehte sich Frau Blakeney zu ihrem Mann um.

»Siehst du!« sagte sie selbstgefällig. »Ich habe dir doch gesagt, daß sie zu haben sind. Gib ihr das Geld.« Dann sagte sie in befehlendem Ton zu Julia: »Ich werde sie gleich morgen früh mitnehmen. Sorgen Sie dafür, daß sie sorgfältig verpackt werden.«

Mit dieser Aufgabe betraute Julia ihre Haushälterin. Sie selbst brachte es nicht übers Herz, die Kerzenhalter einzupacken. Später, als sie das Geld in den Händen hielt, besaß sie aber genügend gesunden Menschenverstand, um Gott für seine finanzielle Fürsorge zu danken – was sie allerdings nicht davon abhielt, ein paar Tränen zu vergießen. Schließlich hatte dieses Hochzeitsgeschenk zu ihren liebsten Erinnerungsstücken gehört.

»Wieviel hast du verlangt?« fragte John besorgt, als die beiden endlich im Bett lagen und nun, da es im Hause still geworden war, noch einmal über die Ereignisse des Tages sprachen. Julia nannte ihm den Preis und sagte dann mit einer Spur von Verachtung in der Stimme: »Sie hat nicht einmal mit der Wimper gezuckt.«

»Und hat sie diese Summe auch anstandslos bezahlt?«

»Nein, nicht sie selbst. Sie hat ihrem Mann befohlen, mir das Geld zu geben, und das hat er auch brav getan.«

»Dann hast du das Geld also?«

»Ja, es gehört uns. Ich habe es erst einmal in die Schatulle in deinem Schreibtisch gelegt«, sagte Julia.

»Das Geld kommt uns natürlich sehr gelegen, aber es ist trotzdem jammerschade, daß du dich von den Kerzenhaltern trennen mußtest«, sagte John traurig. »Ich weiß doch, wie sehr du an ihnen gehangen hast.«

Julia drehte sich auf die andere Seite, schwieg einen Moment lang und sagte dann mit fester Stimme: »Ja, aber meine Familie ist mir noch wichtiger.« Sie schwieg erneut und fuhr dann ein wenig zögernd fort: »Das ... das bringt mich zu einem Thema, John, über das ich sehr viel nachgedacht habe. Es geht um die Mädchen. Ich finde, sie brauchen eine gründlichere Schulbildung, und ich glaube kaum, daß wir ... daß ich ihnen selbst dazu verhelfen kann. Was sie brauchen, ist eine richtige Schule!«

»Das habe ich mir auch schon überlegt«, unterbrach sie

John, »und ich wollte auch schon längst mit dir darüber gesprochen haben, aber wir finden ja kaum noch einen ungestörten Moment, wo wir nicht beide restlos erschöpft sind.«

Julia drehte sich zu ihrem Mann, um ihn anzusehen, aber in der Dunkelheit konnte sie die Umrisse seines Gesichts kaum erkennen.

»Ich habe neulich einen Brief geschrieben«, fuhr John fort. »An Herrn Small. Nachdem sie das Sägewerk woanders wieder aufgebaut haben, hat er mehrmals angefragt, ob ich an einer Arbeitsstelle interessiert wäre. Das ist zwar schon eine Weile her, aber ich dachte, es könnte nicht schaden, wenn ich mich erkundige, ob er überhaupt noch eine Stelle frei hat.«

Wieder entstand eine Pause.

»Andere Leute aus unserer Stadt haben es genauso gemacht – sich erst einmal eine vorläufige Arbeit gesucht. Warum sollte ich es nicht auch probieren? Ich könnte mit der Bahn hinfahren und zwischendurch immer wieder nach Hause kommen, während ihr – du und die Mädchen – hierbleibt. Vielleicht können wir uns sogar einen Hauslehrer leisten, wenn ich ein festes Gehalt habe. Es wäre ja nicht für lange ...«

»Ach, das ist es also, was ihm solches Kopfzerbrechen macht«, dachte Julia. »Er weiß, wie knapp uns trotz der Gäste das Geld geworden ist. Und weil er die Familie nicht auseinanderreißen wollte, hat er sich bisher noch nicht nach einer neuen Stelle umgesehen.« Der Gedanke schnürte Julia die Kehle zu. Auch ihr lag daran, die Familie nicht auseinanderzureißen. Allein der Gedanke daran bereitete ihr Kopfzerbrechen. Und trotzdem hatte auch sie schon darüber nachgedacht, diesen Vorschlag zu machen. Julia holte ihre abschweifenden Gedanken zurück und versuchte, sich wieder auf das zu konzentrieren, was John gesagt hatte.

»Hast du schon von ihm gehört?« fragte sie so gefaßt sie nur konnte.

»Noch nicht, ich habe meinen Brief ja erst vor ein paar Tagen abgeschickt.«

Julia langte in der Dunkelheit nach Johns Arm. Sie brauchte einen Halt.

»Ich habe mir überlegt«, sagte sie langsam, »daß wir die Mädchen vielleicht für ein Jahr auf eine Oberschule schicken sollten. Was hältst du davon?«

»Aber das würde ein Vermögen kosten«, wandte John ein. »Auch wenn ich eine Arbeitsstelle hätte und du Einkünfte von deinen Gästen beziehst ... wie könnten wir uns so etwas je leisten?«

»Indem wir sie zu Papa schicken«, lautete Julias Antwort.

»Zu deinem Vater? An die Ostküste?«

»Er würde sie liebend gern bei sich aufnehmen, und die Kosten würden sich in Grenzen halten. Papa würde darauf bestehen, sie ohne Entgelt bei sich wohnen zu lassen, und dann könnten sie dieselbe Oberschule wie ich damals besuchen. Die Schule liegt in der Nähe und sie hat einen guten Ruf.«

»Hast du schon mit den Mädchen darüber gesprochen?«

»Aber nein! Natürlich nicht. Das würde ich niemals tun, ohne vorher mit dir alles abgesprochen zu haben«, sagte Julia eine Spur verletzt.

John atmete erleichtert auf, doch Julia konnte ihm seine innere Anspannung noch immer anmerken.

»Es liegt dir wohl sehr viel daran?« fragte er schließlich.

Julia dachte einen Moment lang nach.

»Ja und nein«, antwortete sie dann. »Wenn du meinst, daß mir unendlich viel daran liegt, sie auf die gleiche Oberschule zu schicken, die ich damals besuchte, dann stimmt das nicht. Insofern ist es gar nicht so wichtig. Ich wäre überhaupt nicht auf die Idee gekommen, wenn wir nicht sowieso eine Schule für die beiden suchten. Aber wenn du meinst, daß mir viel daran liegt, daß sie eine gute Schulbildung bekommen, dann hast du recht. Und Papa ist die einzige Lösung, die mir einfällt.«

John überlegte eine Zeitlang.

»Müssen wir jetzt gleich eine Entscheidung treffen?« fragte er dann leise.

»Nein. Nicht heute abend. Aber das erste Trimester hat bereits angefangen. Selbst wenn wir die beiden so bald wie möglich losschicken, werden sie zu spät kommen. Wir sollten also nicht zu lange warten.«

»Dann laß uns versuchen, bis zum Wochenende eine Antwort zu finden.«

»Und außerdem«, fügte Julia nachdenklich hinzu, »schreibt Papa uns fast in jedem Brief, daß wir ihn besuchen kommen sollen.«

»Aber was ist mit ihrer Kleidung?« fragte John. »Für eine feine Oberschule im Osten haben sie kaum etwas anzuziehen.«

»Daran habe ich auch schon gedacht«, sagte Julia. »Wir könnten ihnen das Geld von den Kerzenhaltern mitgeben, und Papa könnte dafür sorgen, daß sie die passende Kleidung bekommen.«

»Sie brauchen eine ganze Reihe Sachen. Reicht das Geld dafür?«

»Wenn es nicht reicht, dann wird Papa den Rest schon beisteuern.«

»Julia, du weißt doch, daß ich nicht möchte, daß dein Vater unseren Kindern soviel Geld schenkt.«

»Ach John!« rief Julia. »Es würde ihm doch eine solche Freude machen! Willst du ihm die auch noch verwehren? Die beiden sind doch seine Enkelkinder!«

John streckte den Arm in der Dunkelheit aus und zog seine Frau an sich.

»Das stimmt natürlich«, murmelte er und drückte sie an sich. »Vielleicht hast du recht.«

Das Ehepaar Blakeney reiste mit dem Vormittagszug ab. Wenn man Hetties Worten Glauben schenken durfte, benahm sich Fräulein Priscilla »wie eine Rasende«. Fräulein Constance ließ den Abschied gefaßter über sich ergehen, obwohl auch sie über ihre plötzlich verordnete Einsamkeit nicht gerade glücklich zu sein schien.

»Was werde ich nur ohne Mama tun?« jammerte Fräulein Priscilla.

»Ich bin doch bei dir!« sagte Fräulein Constance.

»Aber du hast ja die ganze Zeit ein Buch vor der Nase!« schimpfte Fräulein Priscilla.

»Vielleicht täte es dir gut, deine Nase hin und wieder auch in eins zu stecken«, gab Fräulein Constance ungerührt zurück – worauf Fräulein Priscillas Wehgeschrei nur noch lauter wurde.

Kurze Zeit später versammelten sich fast alle Bewohner von Calder Springs in dem schönen Garten der Harrigans, um mit einem großen Picknick die Familie Adams zu verabschieden. Frau Adams mußte heftig weinen, als sie ihren Nachbarinnen Lebewohl sagte.

»Ich werde Sie alle ja so sehr vermissen!« schluchzte sie.

»Sie schreiben uns doch, nicht wahr?« sagte Julia. »Wir möchten unbedingt wissen, wie es Ihnen in Ihrer neuen Heimat ergeht: wie Victor seine Arbeit gefällt, welcher Kirche Sie sich anschließen und wie die Menschen dort sind. Wir werden Sie auch vermissen.«

Als sich der Aufbruch schließlich nicht länger hinauszögern ließ, waren die Nachbarn beim Verladen des Gepäcks behilflich, brachten die Familie zum Bahnhof und halfen beim

Einsteigen in den Zug. Frau Adams hielt mit der linken Hand den Griff einer kleinen Reisetasche umklammert und mit der rechten die Hand eines ihrer Kinder. Herr Adams trug den schweren Koffer und hatte das zweite Kind an der Hand. Endlich stieß die Lokomotive einen gellenden Pfiff aus, weißer Dampf quoll aus dem Schornstein, und der Zug setzte sich stampfend und pustend in Bewegung. Ein letztes Mal winkten Herr und Frau Adams den Menschen zu, die sie liebgewonnen und in deren Mitte sie einen so großen Teil ihres Lebens verbracht hatten.

Inzwischen, seit Herr und Frau Blakeney abgereist waren, hatte sich im Haushalt der Familie Harrigan einiges verändert.

Fräulein Priscilla kam nur noch selten aus ihrem Zimmer, und Fräulein Constance bestand darauf, ihr die Mahlzeiten zu bringen. Je mehr Fräulein Priscilla sich zurückzog, desto zugänglicher wurde Fräulein Constance. Eines Nachmittags kam sie sogar in die Küche, obwohl es dort gar kein Tablett für ihre Schwester abzuholen gab. Gerne nahm sie Julias Einladung an, ab sofort regelmäßig mit der Familie Tee zu trinken. An einem dieser Nachmittage sagte sie mit einem herzlichen Lächeln: »Bitte nennen Sie mich nicht Fräulein. Ich heiße einfach nur Constance.«

»Ich mag sie wirklich gern«, sagte Julia später zu Hettie und den Mädchen. »Wir müssen besonders nett zu ihr sein. Es sollte mich nicht wundern, wenn sie großen Kummer hinter sich hat. Obwohl sie niemals davon gesprochen hat ...« Julia ließ den Satz unvollendet, denn ihre Gedanken wanderten wieder zu der anderen Schwester.

»Wir müssen auf Fräulein Priscilla achtgeben. Wir dürfen nicht zulassen, daß sie dort oben in ihrem Zimmer dahinsiecht, wenn sie wirklich krank ist. Es wäre einfacher, ihren

Zustand zu beurteilen, wenn sie sich häufiger bei uns sehen ließe.« Julia beschloß, einen Vorwand zu suchen, unter dem sie Fräulein Priscilla öfters besuchen konnte, um sie im Auge zu behalten.

Bei ihrem ersten Besuch traf sie die junge Dame aufrecht im Bett sitzend an, vor sich eine Dose mit Plätzchen und eifrig damit beschäftigt, sich die Fingernägel zu feilen.

»Kann ich irgend etwas für Sie tun?« erkundigte sich Julia höflich.

Die junge Frau seufzte: »Wenn Sie etwas anstellen können, daß die Wochen schneller vergehen ...«

»Ich fürchte, in dieser Hinsicht bin ich machtlos«, lächelte Julia. »Ich habe jedoch die Entdeckung gemacht, daß die Zeit schneller zu vergehen scheint, wenn man sich ein wenig Zeitvertreib gönnt.«

»Und wie soll man sich in diesem Nest ›Zeitvertreib gönnen‹, wenn ich fragen darf?« maulte Fräulein Priscilla.

»Es gibt zum Beispiel mehrere schöne Wanderwege in der Umgebung. An der Hauptstraße gibt es einen kleinen Kunstgewerbeladen. Einen Gemischtwarenladen haben wir auch zu bieten. Und auch Handarbeit kann sehr interessant sein.«

Fräulein Priscilla seufzte nur und verdrehte gelangweilt die Augen.

Doch als Julia ein paar Stunden später vom Einkaufen zurückkam, sah sie zu ihrem Erstaunen Fräulein Priscilla in einen Waldweg einbiegen. »Kleiner Abendspaziergang, was?« dachte sie. »Man sollte doch über nichts urteilen, was man nicht kennt ...«

Abschiedstränen

»Aber wir kennen Großvater doch überhaupt nicht!« jammerte Felicitas.

»Das stimmt zwar«, sagte Julia mit Tränen in den Augen, »aber er ist ein gutherziger Mann. Ihr werdet ihn liebgewinnen – so lieb, wie ich ihn auch habe.«

»Kannst du nicht mit uns kommen, Mama?« flehte Jennifer. »Du hast ihn doch schon seit Urzeiten nicht mehr gesehen.«

»Nein«, antwortete Julia. »Vielleicht später einmal? Aber jetzt nicht.«

»Bist du dir denn sicher, daß wir überhaupt an dieser Schule aufgenommen werden?«

»Aber natürlich. Ihr seid doch beide ausgezeichnete Schülerinnen – und wohlerzogene junge Damen obendrein!«

»Aber was ist mit ... mit unseren Kleidern?« fragte Jennifer und sah auf ihr schlechtsitzendes, altmodisches Kleid hinab.

»Wir haben das Geld, um neue zu kaufen«, antwortete Julia.

»Was hältst du denn davon, Papa?« fragte Jennifer und richtete den Blick auf John.

»Ich bin der gleichen Meinung wie eure Mama. Ihr sollt eine solide Schulbildung bekommen, und euer Großvater kann es kaum erwarten, euch kennenzulernen. Er wohnt ganz allein in seinem großen Haus. Eine solche Gelegenheit muß man wirklich ausnutzen.«

»Aber was wird aus Weihnachten?« flüsterte Jennifer.

»Das ... das wird für uns alle nicht leicht werden. Aber bis dahin habt ihr schon neue Freundinnen gefunden und euch bei Papa eingelebt. Und schließlich gibt es noch die Post. Unsere Geschenke können wir ... als Paket schicken«, sagte Julia und bemühte sich verzweifelt, ihre Gefühle nicht zu zeigen.

»Also ... spannend wär's ja schon«, fand Felicitas. »Wir sind doch noch nie im Osten gewesen ... überhaupt waren wir so gut wie noch nie von Calder Springs fort. Ob unsere Manieren wohl fein genug sind? Oder ob wir ständig ins Fettnäpfchen treten?« Die Vorstellung, einen entsetzlichen Fauxpas zu begehen, brachte sie beide zum Lachen.

»Ihr seid die Töchter eurer Mutter«, sagte John zu ihrer Beruhigung. »Eure Manieren könnten gar nicht feiner sein, selbst wenn ihr in einem Palast aufgewachsen wärt.« John hatte aus vollster Überzeugung gesprochen. Er befürchtete nicht im geringsten, daß die Mädchen wegen schlechter Manieren in Verlegenheit gerieten.

Felicitas wußte, daß er recht hatte. Ihre Mutter hatte ihnen erstklassiges Benehmen beigebracht. Das ganze Vorhaben verlor etwas von seinem Schrecken.

»Du, Jenny ... Komm, wir tun's!« rief sie mit einem Mal und warf die Arme um ihre Zwillingsschwester.

Jennifers Mundwinkel zuckten verdächtig, formten sich aber dann zu dem niedlichen Lächeln, das sie alle an ihr kannten.

»Also gut, von mir aus«, gab sie endlich nach und nahm ihre Schwester an der Hand. Dann liefen die beiden Mädchen auf ihre Eltern zu und umarmten sie.

Am nächsten Morgen bekam John einen Brief von Herrn Small, Johns ehemaligem Chef. Er zeigte sich äußerst erfreut, daß John sich dazu entschlossen hatte, wieder einer seiner Mitarbeiter zu werden. »Sobald Sie hier eintreffen, können Sie anfangen«, schrieb er. »Geben Sie mir Bescheid, wann Sie ankommen und welcher Art die Unterkunft sein soll. Falls Sie eine Vorauszahlung für die Umzugskosten brauchen, schicke ich sie Ihnen umgehend.«

Herr Small nahm offensichtlich an, daß John seine ganze Familie mitbringen würde.

Der Brief verschaffte John zwar ein wenig Erleichterung, doch er wußte, daß diese Lösung nicht endgültig sein konnte. Er mußte einen Weg finden, um seine Familie wieder zu vereinen.

Julia ging dem Gedanken an die bevorstehende Trennung aus dem Weg, indem sie sich in die Arbeit stürzte. Es gab Unmengen zu tun, besonders an Reisevorbereitungen für die Mädchen, und dafür blieben ihr nur noch wenige Tage.

John ging zum Bahnhof, kaufte die Fahrkarten und kümmerte sich um die Koffer. Julia holte vier Kleider aus ihrem eigenen Schrank hervor, die sich für ihre Töchter ändern ließen. Zwar rissen die vier Kleider eine große Lücke in ihren Bestand, weil es schon längere Zeit her war, daß sie etwas für sich selbst gekauft hatte. Aber es gab ohnehin keine feierlichen Anlässe mehr in Calder Springs, und die Kleider waren viel zu elegant für die Küchenarbeit.

Zwei Tage lang nähte und nähte Julia und gönnte sich zwischendurch nur wenige Stunden Schlaf. Sie kürzte, flickte, änderte und säumte. Sie hatte zwar nur begrenzte Möglichkeiten, aber als die zwei Tage vorbei waren, besaßen die Mädchen endlich ein paar Kleider, die für die Bahnreise an die Ostküste geeignet waren. Danach würde sich ihr Vater um die Garderobe kümmern.

Julia hatte ihm telegrafisch Bescheid gegeben, und seine Antwort verriet eine mindestens ebensogroße Vorfreude wie die der Mädchen.

In ihren vorangegangenen Briefen hatte Julia nichts von ihrer eigenen finanziellen Not erwähnt. »Er würde sich nur Sorgen machen«, hatte sie gedacht. »Und er würde uns bestimmt Geld schicken – was John überhaupt nicht gefallen würde.«

Von der Schließung des Sägewerks hatte Julia ihrem Vater geschrieben. Er wußte auch, daß die Familie ihr schönes Haus behalten wollte und daß seine Tochter sich in den Kopf gesetzt hatte, aus Calder Springs einen Urlaubsort zu machen. Auch daß nun öfters einige Feriengäste das Haus bewohnten, hatte sie ihm mitgeteilt, ihm weitere Einzelheiten jedoch vorsorglich verschwiegen.

Als Julia an den Kleidern nähte, die die beiden Mädchen auf der Reise zu ihrem Großvater tragen sollten, tropften immer wieder ein paar Tränen auf den Stoff. Julia hoffte von ganzem Herzen, daß die drei einander sehr, sehr liebgewinnen würden. Sie hoffte, daß ihr Vater verstehen würde, wie lieb sie ihn hatte, wenn sie ihm nun ihr kostbarstes Gut anvertraute. Sie hoffte auch, daß die Mädchen in ihm all die Gutherzigkeit, Wärme und Weisheit finden würden, die sie selbst an ihm kannte. Doch dann überkam Julia mit einem Mal eine tiefe Traurigkeit. Ihr Vater, den sie so sehr liebte, hatte noch keinen Frieden mit Gott geschlossen.

»Und die Zeit wird immer knapper«, dachte Julia. Schon mehrmals hatte sie in ihren Briefen dieses Thema angesprochen, doch immer, wenn sie ihm von ihrer Sorge um sein geistliches Wohlergehen schrieb, ging er in seinem nächsten Brief auf alles ein, was sie geschrieben hatte, bis auf diesen einen Punkt.

»Vielleicht kann Jennifer mit ihm reden«, dachte Julia. »Sie hat Millicent zum Glauben geführt. Vielleicht wird es ihr gelingen, ihrem Großvater den Glauben verständlich zu machen – mit ihren einfachen, ehrlichen Worten.« Der Gedanke daran ließ Julia noch ernstlicher beten.

Der Tag der Abreise kam viel zu schnell für Julia. Felicitas hatte bereits fünf Minuten nachdem sie von dem Plan erfahren hatte, alle Bedenken in den Wind geschlagen. Jennifer dagegen hatte etwas mehr Zeit dazu gebraucht, um sich für die Idee zu erwärmen. Doch nun, da die Zeit der Abreise gekommen war, verspürte auch sie nur noch die reinste Abenteuerlust.

»Ihr schreibt doch sicher häufig«, sagte Julia, und es war Feststellung und Frage zugleich. Die Mädchen hatten längst den Überblick darüber verloren, wie oft sie schon daran erinnert worden waren.

»Ehrenwort«, antworteten sie wie auf Kommando.

»Mir aber auch!« fügte John hinzu, der ebenfalls kurz vor der Abreise stand. Schon am nächsten Tag wollte er seine neue Stelle antreten.

»Ehrenwort«, versprachen sie auch ihm.

»Ihr werdet mir ja so fehlen ...«, sagte Julia und stockte. Der Abschiedsschmerz schnürte ihr die Kehle zu.

»Wir werden euch beide auch vermissen«, versicherten die Mädchen ihren Eltern, doch ihre Aufmerksamkeit galt jetzt dem Zug. Sie konnten es kaum erwarten, endlich einzusteigen.

»Kommt, ich gebe euch noch einen Kuß«, sagte Julia und küßte die beiden rosigen Gesichter, »und der hier ist für Großvater!«

Und dann waren die Mädchen auch schon fort. Für Julia war alles viel zu schnell gegangen. Gerade hatte sie ihre beiden Töchter noch in die Arme geschlossen, und jetzt schon saßen sie in ihrem Abteil, und der Zug dampfte Richtung Osten. Einsam und verlassen blieb sie zurück und sah den weißen Taschentüchern nach, mit denen die Kinder ihr aus dem Fenster zuwinkten, bis sie in der Ferne verschwunden waren.

Dann drehte sie sich zu ihrem Mann um, warf sich ihm in die Arme und ließ ihren Tränen freien Lauf. John hielt sie fest umklammert und wünschte sich dabei sehnlichst, nicht selbst am nächsten Tag abreisen zu müssen.

Bald stellte Julia sich wieder aufrecht hin und sah ihm in die Augen.

»Wir haben doch das Richtige getan.« Das hatte sie als Feststellung gemeint, doch es klang eher wie eine Frage.

John klopfte ihr auf die Schulter.

»Ja, wir haben das einzig Richtige getan«, sagte er mit Bestimmtheit, und Julia tröstete sich mit dieser Antwort.

Um so schwerer fiel es Julia am nächsten Morgen, sich von ihrem Mann zu trennen. Doch sie tat ihr Bestes, um sich nicht an ihn zu klammern. Sie war fest entschlossen, sich ihren großen Kummer nicht anmerken zu lassen.

»Sobald ich eine Gelegenheit finde, komme ich für ein Wochenende nach Hause«, versprach er.

»Ich habe ja noch Hettie und Tom«, beruhigte Julia ihn »Ich werde nicht einsam sein.«

»Und die beiden Gäste auch«, erinnerte John sie. »Sie werden dich auf Trab halten.«

Damit hatte er recht. Fräulein Priscilla war durchaus in der Lage, Julia von früh bis spät beschäftigt zu halten. Obwohl die Gäste zusätzliche Arbeit bedeuteten, war Julia dankbar, sie im Haus zu haben. Dadurch würde es nicht so still und leer wirken.

»Ich schreibe dir«, versprach John. »Jeden Tag!« Und er küßte sie zärtlich.

Julia schmiegte sich still an ihn.

»Und ich bete für dich – auch jeden Tag!« versicherte er ihr.

Julia kämpfte mühsam gegen ihre Tränen an. Sie konnte nur mit dem Kopf nicken und hoffen, daß John die Tiefe ihrer Gefühle in dieser wortlosen Geste verstand.

»Und vergiß nicht: Wenn du mich wirklich dringend brauchst, dann kannst du mir ein Telegramm schicken.«

Wieder nickte Julia, ohne ein Wort hervorzubringen.

Der Zug pfiff, und Julia wußte, daß die Zeit des Loslassens gekommen war.

»Ich liebe dich«, flüsterte sie, als er sie ein letztes Mal küßte. Dann war auch er fort.

Allein machte sich Julia auf den Heimweg. Sie ging ohne Eile, denn sie wollte in einem gefaßten Zustand zu Hause ankommen. Sie war sich sicher, daß die gute Hettie eine Tasse heißen, starken Tee für sie bereithalten würde. Das war zwar kein Allheilmittel gegen die innere Leere, die sie nun verspürte, aber doch ein gewisser Trost.

Hintergangen

Das Tablett in den Händen, die Wangen flammend rot und die Augen vor Zorn sprühend, kam Julia in die Küche gestürzt. Am Küchentisch blieb sie stehen, um das Tablett abzustellen, damit sie es in ihrer Erregung nicht fallen ließ. Doch auch nachdem sie es abgestellt hatte, hielt sie die Griffe weiterhin fest umklammert.

Hettie wartete darauf, daß Julia etwas sagen würde, doch ihre Dienstherrin starrte nur die Wand an und preßte die Lippen fest aufeinander.

»Was ist los?« fragte Hettie endlich.

Julia sank auf einen Stuhl. Sie hatte den Eindruck, als würden ihre Beine sie keine Sekunde länger tragen.

»Fräulein ... . Fräulein Prinzessin!« rief Julia aus. Diesen höhnischen Spitznamen gebrauchte sie zum ersten Mal. »Sie ... sie ist in anderen Umständen!« sagte sie mit zornigem Blick.

Hettie nickte.

»Was? Sie wußten Bescheid?« rief Julia.

»Ich hatte meine Vermutungen«, sagte Hettie, während sie mit dem Kartoffelschälen fortfuhr.

»Also, ich ... ich bin außer mir! Wer hätte das für möglich gehalten? Schon allein der Gedanke, daß sie mein Haus, mein christliches Zuhause, als ... als Versteck mißbrauchen konnte ...«

Julia schlug die Hände vors Gesicht. Vor Entsetzen zitterte sie am ganzen Leib.

Hettie schälte ihre Kartoffeln ungerührt weiter.

»Einerlei. Ich werde es nicht dulden! Auf gar keinen Fall!« erklärte Julia bestimmt. »Nicht in meinem Haus. Ich verstecke kein junges Ding, das ... das ein unmoralisches Leben geführt hat und ihre Sünden hier bei mir verbergen will!«

Hettie sagte nichts.

»Sie ... sie ... ach, ich bin ja so froh, daß die Mädchen das nicht mit ansehen mußten!« stöhnte Julia.

Noch immer schwieg Hettie.

»Warum hat sie sich ausgerechnet uns ausgesucht? Warum mußte sie gerade zu uns kommen? Es muß doch auch anderswo einen Unterschlupf geben. Aber nein: Ausgerechnet auf uns ist sie verfallen.« Julia ruderte mit einer zitternden Hand durch die Luft, um ihren Unmut zu bekunden.

Hettie verlagerte ihr Gewicht von einem Fuß auf den anderen. So ruhig und bestimmt, wie Julia ihre Haushälterin selten erlebt hatte, antwortete sie: »Vielleicht hat sie sich uns gar nicht ausgesucht.«

Julia hob den Kopf.

»Ich weiß doch ganz genau, daß ihre Mutter uns ausgesucht hat. Ihre Mutter bestimmt über alles in dieser Familie. Wenn sie mehr Zeit damit verbracht hätte, ihre Töchter richtig zu erziehen, und sich nicht dauernd als ... als ›führendes Mitglied der Gesellschaft‹ betätigt hätte, dann ... dann hätte sie sich und ihrer Familie diese Schande erspart.«

»So habe ich das nicht gemeint«, sagte Hettie ruhig.

Einen Moment lang herrschte Schweigen. Julias Gesicht zeigte wachsende Ungeduld.

»Worauf wollen Sie hinaus?« fragte sie.

»Das Mädchen ist eine Sünderin – genau, wie Sie es gerade eben gesagt haben«, antwortete Hettie langsam.

Julias Gesicht rötete sich erneut. Gerade wollte sie eine weitere Rede über die schlechte Moral der Jugend von heute halten, als ihr Hettie direkt in die Augen sah.

»Was wollen Sie damit sagen?« fragte sie ihre Haushälterin zum zweiten Mal.

»Wie hat denn unser Heiland die Sünder behandelt?« fragte Hettie und warf die fertig geschälte Kartoffel in den Topf, um die nächste aus der Schüssel zu nehmen.

Julias Augen weiteten sich. Sie ließ den Kopf sinken und faßte sich schuldbewußt an die Schläfe.

»O Hettie!« sagte sie reumütig. »Daran habe ich gar nicht gedacht ...«

Wieder schwiegen beide, und Julia ging mit sich selbst hart ins Gericht. Als sie ihren Kopf hob, schimmerten Tränen in ihren Augen, und ihre Stimme war nur noch ein Flüstern.

»Hettie, glauben Sie, daß Gott sie hierher geschickt hat, weil er möchte, daß wir sie trotzdem lieben – und daß wir alles tun, um ihr zu helfen?«

»Das könnte sein.«

Nach einem weiteren Schweigen nickte Julia: »Ja, Hettie, es könnte wirklich sein. Und ich hätte beinahe versagt. Kläglich versagt.«

»Sie hätten sich früher oder später schon von selbst darauf besonnen«, tröstete Hettie sie.

»Ich war ja drauf und dran, das Mädchen fortzuschicken«, gestand Julia.

»Gedacht haben Sie vielleicht daran, aber ich bezweifle, daß Sie es wirklich getan hätten.«

»Ach Hettie, ich schäme mich ja so! Daß ich aber auch so vorschnell urteilen mußte. Ich war nur so unendlich wütend. Ich fühlte mich so ... so hintergangen!«

»Mit Recht«, stellte Hettie fest.

»Doch wenn Gott sie wirklich zu uns geschickt hat, dann müssen wir unser Bestes tun, um seinen Willen zu erfüllen. Wir müssen ihr irgendwie klarmachen, daß Gott vergeben kann – auch so etwas.«

»Einfach wird's nicht sein«, sagte Hettie und spülte die Kartoffelschüssel aus.

»Sie meinen, es wird nicht einfach sein, Priscilla begreiflich zu machen, daß Gott auch solche Sünden vergeben kann?«

»Viel schlimmer: Sie wird kaum begreifen, daß Gott ihre Vorstellung von Vergnügen mißbilligen könnte«, sagte Hettie. »Sie ist das dickköpfigste, eigensüchtigste Wesen, das mir je über den Weg gelaufen ist.«

So hatte Julia die Sache noch gar nicht betrachtet. Sie dachte eine Zeitlang nach. Die Aufgabe, die vor ihr lag, würde in der Tat nicht einfach sein.

Nächstenliebe

»Hast du immer noch so arges Heimweh?« fragte Felicitas ihre Schwester, während die beiden sich für die Nacht umzogen. Als Jennifer ihr eine Antwort schuldig blieb, sagte sie mit schwesterlichem Mitgefühl: »Ich auch.«

Dann war es wieder still im Zimmer.

»Aber es macht Spaß, Großvater zu beobachten und zu sehen, wie er eine solche Freude an uns hat«, meinte Felicitas.

Jennifer nickte und fing an, sich ihre langen Haare zu bürsten.

Die Mädchen hatten sich, zumindest was das Äußere betraf, schnell in ihrer neuen Umgebung eingelebt. Eigentlich war alles ähnlich wie zu Hause, wenn auch Großvaters Haus viel größer und eleganter war als ihr Elternhaus in den Bergen.

Zur Schule gingen die beiden mit Begeisterung. Erleichtert hatten sie festgestellt, daß ihnen die anderen Mädchen im Unterricht kaum voraus waren, und ihre Manieren konnten sich selbst in der Großstadt sehen lassen.

Eigentlich hätten sie es nicht besser antreffen können: Sie hatten einen Großvater, der sie liebevoll bei sich willkommen geheißen hatte, hatten nette Klassenkameradinnen gefunden und reichlich Gelegenheit, Einkaufsbummel zu machen und Veranstaltungen in der Stadt zu besuchen. Doch nichts von alledem konnte das Gefühl der Leere vertreiben, das sie verspürten, wenn sie an ihre Heimat dachten. Sie vermißten ihre Eltern. Es ließ sich wohl nicht leugnen: Sie hatten Heimweh.

Felicitas nahm ihre Bürste und fuhr sich damit gedankenverloren durch die Haare.

»Weißt du, was ich mir vorgenommen habe?« fragte sie Jennifer.

Jennifer schüttelte nur den Kopf. Sie befürchtete, daß ihr die Stimme versagen würde, wenn sie auch nur ein Wort sagte.

»Ich habe mir vorgenommen zu heiraten.«

Jennifer wäre beinahe die Bürste aus der Hand gefallen. Sie sah ihre Zwillingsschwester entgeistert an.

»Das meinst du doch wohl nicht im Ernst«, sagte sie.

»Und ob! Die einzige Lösung für Mamas und Papas Geldsorgen besteht ja wohl darin, daß eine von uns beiden einen reichen Mann heiratet. Und weil du dich nicht fürs Heiraten interessierst, muß ich es wohl tun.«

»Ach, du redest doch nur dumm daher!« sagte Jennifer beruhigt. Die Idee erschien ihr einfach zu lächerlich, um ernst genommen zu werden.

»Du wirst dich noch wundern, Schwesterlein!« sagte Felicitas selbstbewußt und warf den Kopf zurück. »Wirst schon sehen, wie ernst ich es meine.«

»Und wo willst du diesen reichen Mann aufgabeln, bitteschön?« fragte Jennifer. »Wir gehen auf eine Oberschule für Mädchen. Nach der Schule gehen wir immer schnurstracks nach Hause. Großvaters Bekannte sind alle genauso alt wie er. Wo willst du also einen Mann kennenlernen?«

»Das schaffe ich schon. Nur Geduld!«

Jennifer war nach wie vor skeptisch.

»Bis Männer reich werden, sind sie meistens schon alt und längst verheiratet.«

Das konnte Felicitas nicht abstreiten. Sie überlegte einen Moment.

»Aber es gibt auch jüngere. Sie erben das ganze Geld«, sagte sie triumphierend.

»Na, wenn schon! Jedenfalls kennst du keinen einzigen.«

»Das wird sich bald ändern. Warte nur ab!«

Jennifer legte ihre Bürste beiseite und ging an ihr Bett, um die Decke zurückzuschlagen.

»Also schön«, sagte sie schließlich, als sie unter die weiße Bettdecke kroch. »Für den Fall, daß du einen jungen Mann kennenlernst, der reich ist, der an Gott glaubt und dich tatsächlich heiraten will – und wenn Mama und Papa meinen, daß du für so etwas alt genug bist – dann sollst du meinen Segen haben.«

Felicitas warf ihre langen Haare mit einem Ruck nach hinten.

»Wieso meinst du, daß ich deinen Segen dazu nötig hätte?« fragte sie trotzig. »Ich tue es schließlich nur, um Mama und Papa zu retten, und du redest so, als ob ...«

»Mama und Papa brauchen nicht ›gerettet‹ zu werden.«

»Aber Hilfe brauchen sie. Du weißt doch genau, was ich meine. Sonst wären wir doch nicht hier und so weit von ihnen fort«, sagte Felicitas, den Tränen nahe.

Auch Jennifer war nach Weinen zumute. Das Heimweh raubte ihr den Mut und machte sie einsam und verzweifelt.

»Komm, wir wollen uns nicht streiten«, flehte sie ihre Schwester an. Sie wußte genau, daß sie in Tränen ausbrechen würde, wenn sie versuchte weiterzusprechen.

Felicitas kehrte ihr den Rücken zu. Auch sie wollte nicht, daß Jennifer sah, wie mühsam sie sich gegen ihre Tränen wehrte.

»Dann hältst du also nicht viel von meiner Idee?« brachte Felicitas endlich hervor.

»Nein. Und ich glaube kaum, daß sie Mama und Papa gefallen würde. Du bist viel zu jung, um überhaupt ans Heiraten zu denken.«

»Andere Mädchen heiraten doch auch in unserem Alter.«

»Andere Mädchen sind oft unbedacht.«

»Was können wir denn bloß tun?« fragte Felicitas.

»Beten«, antwortete Jennifer. »Nur beten. Und wenn wir schon beten, dann laß uns auch für Großvater beten. Er geht zwar mit uns in die Kirche, aber ich glaube nicht, daß er wirklich ... daß er wirklich an Gott glaubt.«

Genau das befürchtete auch Felicitas.

»Aber er hat ein Herz aus Gold, findest du nicht?«

Jennifer wischte sich mit dem Ärmel ihres weißen Nachthemds über die Augen.

»Ja, das hat er«, gab sie ihrer Schwester recht, »und er vermißt Mama bestimmt ganz schrecklich.«

John schob seinen Stuhl zurück und stand auf. Das Essen in der Baracke der Holzfäller war beendet, und er machte sich auf den Weg zurück zu seinem Quartier. Die schlichte, äußerst karg ausgestattete Hütte mußte er mit fünf anderen Männern teilen. Diese Art von Unterkunft gefiel ihm überhaupt nicht.

In der engen Stube ging es lautstark zu, und oft war die Luft voller Rauch. Obwohl er fest entschlossen war, diese Unannehmlichkeiten in Kauf zu nehmen und auf seine geliebte Ruhe und Ungestörtheit zu verzichten, sehnte er sich doch unablässig nach Calder Springs – und vor allem nach Julia.

John ließ sich Zeit für den kurzen Weg von der Eßbaracke zu seinem Quartier. Er brauchte Ruhe, um nachzudenken und zu beten. Bei all dem Lärm und Gelächter, den schmutzigen Witzen und dem Rauch war es ihm so gut wie unmöglich, sich auf das Beten zu konzentrieren. Er verließ den ausgetretenen Pfad und setzte sich auf einen umgestürzten Baumstamm. Der Abendhimmel war klar, und die ersten Sterne funkelten schon. John war müde. Er hatte einen langen, anstrengenden Arbeitstag im Wald hinter sich. Er war jetzt kein Vorarbeiter mehr, sondern nur noch ein einfacher Holzfäller.

Herr Small hatte ihm zwar in Aussicht gestellt, daß sich das bald ändern könnte, aber vorläufig war John noch wie die anderen Männer zum Holzfällen eingeteilt. Im Grunde genommen war er dankbar für die schwere Arbeit. Die Erschöpfung bewahrte ihn vor Schwermut und Grübelei, und nachts fand er trotz seiner Sorgen genug Schlaf. Zudem war er natürlich froh über das Geld, das er verdiente.

John sah zu dem klaren Sternenhimmel empor und spürte, wie das Heimweh ihm die Kehle zuschnürte. Er dachte an Julia, sah die Mädchen vor sich, das vertraute kleine Calder Springs. All das fehlte ihm sehr.

»O Herr«, flüsterte er in die Dämmerung hinein, »ich bin so froh, daß ich dich nicht auch zurücklassen mußte!«

Er saß still da. Es war ihm unmöglich, aufzustehen und weiterzugehen. Selbst das Beten fiel ihm schwer. Er beobachtete, wie der Mond über den dunklen Fichten aufging. Für kurze Zeit schob sich eine Wolke davor. Dann tauchte er wieder auf, größer und heller als vorhin. Im Wald heulte ein Wolf, und ein zweiter antwortete ihm. »Sie sind wohl auf der Jagd«, dachte John. Es ging ums Überleben. Auf einmal fühlte sich John auf sonderbare Weise mit den Wölfen verbunden. Auch er kämpfte ums Überleben, für sich selbst, aber am meisten für Julia und die Mädchen. Er mußte es schaffen – um ihretwillen.

Julia steckte eine der letzten Rosen dieses Sommers in eine kleine Vase und stellte sie auf das Frühstückstablett, das sie für Fräulein Priscilla hergerichtet hatte. Constance machte gerade einen Spaziergang durch den Wald. Julia hatte dem jungen Mädchen versprochen, sich um Fräulein Priscilla zu kümmern. Constance hatte sehr erleichtert ausgesehen. Sie sehnte sich wohl nach ein paar ungestörten Minuten, denn Priscilla wurde von Tag zu Tag griesgrämiger und patziger.

»Ich finde, ein kurzer Spaziergang würde auch Fräulein Priscilla nicht schaden«, hatte Julia vorgeschlagen.

»Da haben Sie wohl recht«, hatte Constance seufzend geantwortet, »aber sie ist zu nichts zu bewegen.«

Julia hatte nichts darauf geantwortet. Sie hatte schon alles Erdenkliche versucht, um Fräulein Priscilla zuvorkommend und liebevoll zu behandeln. »Fräulein Prinzessin« war jedoch äußerst schwierig im Umgang. Von der Entschlossenheit beseelt, ihr dennoch wahre Liebe zu erweisen, betete Julia noch ernsthafter um die Kraft, dies zu tun.

Seufzend nahm Julia das Tablett vom Tisch. Die Begegnung mit Fräulein Priscilla würde nicht einfach werden. Auf dem Tablett lag auch ein Brief von Frau Blakeney. Sie hatte ihre Töchter noch kein einziges Mal besucht. Constance hatte Julia erzählt, daß jeder ihrer Briefe voller Entschuldigungen steckte. Für einen Besuch sei sie viel zu beschäftigt, hieß es.

»So ist Mama immer schon gewesen«, hatte Constance achselzuckend erklärt. »Wir haben uns längst daran gewöhnt.«

Fräulein Priscilla schien jedoch diejenige in der Familie zu sein, die sich am wenigsten daran gewöhnt hatte. Immer, wenn das Versprechen wieder einmal gebrochen worden war, verfiel sie in eine finstere Laune, die sie anschließend an ihren Mitmenschen ausließ.

Julia klopfte sachte an die Tür.

»Ja«, antwortete Fräulein Priscilla unwillig, und Julia betrat ihr Zimmer.

»Guten Morgen«, grüßte sie freundlich. »Haben Sie ...«

»Stellen Sie's schon hin!« fauchte Fräulein Priscilla. »Ich sterbe ja bald vor Hunger! Wo ist Constance? Sie hätte längst mit dem Tablett hier sein müssen!«

Julia ging nicht auf diese Bemerkung ein. Sie wußte genau, daß Fräulein Priscilla eben erst aufgewacht war. Hettie und sie hatten in regelmäßigen Abständen nach ihr geschaut.

»Hier ist wieder ein Brief für Sie«, sagte Julia.

»Von Mama?« Fräulein Priscillas Miene leuchtete einen Augenblick lang auf, um gleich darauf wieder mürrisch zu werden. »Wahrscheinlich schreibt sie von ihren letzten Bällen und Gesellschaften. Abscheulich! Ich kann's nicht ausstehen, wenn ich lesen muß, was ich alles verpaßt habe.«

»Feste scheinen Sie sehr zu mögen«, sagte Julia, während sie den Kaffee einschenkte.

»Dafür haben Sie bestimmt kein Verständnis. Constance auch nicht. Die hat immer nur daheim gesessen und Bücher gelesen – oder in den Blumenbeeten gearbeitet oder in der Frauenhilfe mitgemacht. Genau wie ... wie eine alte Jungfer!«

Das letzte Wort hatte Fräulein Priscilla mit geballter Verachtung ausgespuckt. Anscheinend kannte das Mädchen kein widerwärtigeres Schimpfwort als »alte Jungfer«.

Julia verkniff sich die Antwort, die sie am liebsten darauf gegeben hätte, und sagte statt dessen nur: »Sie scheint aber recht glücklich zu sein.«

Fräulein Priscilla nahm es nicht einmal zur Kenntnis. Sie riß den Briefumschlag auf, nahm den Bogen heraus und verschlang den Inhalt. Plötzlich strahlte ihr Gesicht.

»Sie besucht mich!« rief sie. »Sie hat schon ihre Fahrkarte. Am Donnerstag kommt sie. Das ist ja schon morgen!«

Es war das erste Mal, daß Julia Fräulein Priscilla regelrecht aufgekratzt erlebte.

»Dann sollte ich Ihnen aber noch schnell die Haare waschen und legen«, schlug Julia vor, denn die junge Dame hatte ihr Äußeres in letzter Zeit stark vernachlässigt. »Aber frühstücken Sie zuerst in Ruhe zu Ende. Danach komme ich und helfe Ihnen beim Haarewaschen«, versprach Julia.

Als sie dann Priscillas strähnige Haare frisierte, schlug Julia ihr vor, ihre Mutter am besten unten im Kaminzimmer zu begrüßen und anschließend dort mit ihr Tee zu trinken.

»Das wird sie garantiert nicht tun«, meinte Constance später. »Damit würde sie sich doch nur selber die Schau stehlen. Sie will schließlich erreichen, daß Mutter sich furchtbare Vorwürfe macht, weil sie sie hier allein gelassen hat – und das in ihrem Zustand.«

Wie angekündigt traf Frau Blakeney am nächsten Tag mit dem ersten Zug ein. Bis zum letzten Moment hatte Julia noch mit einer Absage gerechnet. Sie wäre jede Wette eingegangen, daß ihr irgendein »wichtiges gesellschaftliches Ereignis« dazwischengekommen war.

Doch nun stand sie tatsächlich vor der Tür – mit Sack und Pack. Julia hatte sie schon gehört, noch bevor Tom ihr die Tür öffnen konnte. Sie redete so viel wie eh und je.

Und Constance hatte recht behalten: Priscilla weigerte sich, ihre Mutter im Kaminzimmer zu begrüßen. So steuerte Frau Blakeney geradewegs auf die Treppe zu, um in Fräulein Priscillas Zimmer zu gelangen. Als Julia das Teetablett nach oben brachte, lag Fräulein Priscilla wie eine todkranke Frau auf ihrem Bett. Die Haare hingen wirr um ihr bleiches Gesicht, und kein Funke von Lebendigkeit war in ihrem Blick zu sehen. Bei jeder Bewegung stöhnte sie laut, zeterte und schimpfte und benahm sich derart unmöglich, daß Julia sie am liebsten an den Schultern gepackt und ordentlich durchgeschüttelt hätte.

»Ach, meine ärmste Kleine!« bemitleidete Frau Blakeney ihre Tochter und strich ihr tröstend über die Haare. »Constance«, sagte sie dann vorwurfsvoll, »ich hatte erwartet, daß du besser für deine Schwester sorgst. Schau sie dir nur an. Ihre Fingernägel sind ja seit Wochen nicht mehr gepflegt worden.«

Julia stellte das Tablett ab und verließ eilig das Zimmer. Auf dem Weg durch die Küche nahm sie sich ihr Schultertuch und ging in den Garten hinaus. »Hätte ich doch bloß ein paar Kartoffeln auszugraben ... oder Mohrrüben zu ernten ... ganz egal, was!« brummte sie. »Ich muß mir den Zorn von der Seele arbeiten!«

Aber Tom hatte den Garten schon versorgt. Bald würde es Winter werden. Julias Gedanken wanderten von der verzogenen Priscilla zu ihren eigenen, geliebten Töchtern. Wie sollte sie nur den Winter ohne Felicitas und Jennifer überstehen?

Frau Blakeney blieb nur ein paar Tage lang. Julia fragte sich, ob ihr die Launen ihrer Tochter wohl zu sehr zugesetzt hatten. Vor ihrer Abreise kaufte sie von Julia noch einen Porzellankrug, eine Schüssel und einen Spiegel mit Goldrand. Julia verkniff sich die Tränen, die sie den schönen Erinnerungsstücken am liebsten nachgeweint hätte, und freute sich statt dessen über die großzügige Bezahlung, die sie vorsichtig in Johns Schatulle legte. Sie hatten das Geld wirklich nötig und auf Luxus konnten sie erst einmal verzichten.

Einen Monat später kam ein weiterer Pensionsgast: ein gewisser Herr Dr. Martin Waters – aus einem Ort, von dem noch nie jemand etwas gehört hatte. Der Arzt war von Frau Blakeney bestellt worden, um Fräulein Priscilla bis zur Geburt ihres Kindes zu betreuen und dann diskret wieder abzureisen. Dies erfuhren die Harrigans allerdings erst nach und nach, denn der Arzt hatte strikte Anweisungen erhalten, mit niemandem über seinen Auftrag zu sprechen.

Dr. Waters hielt sich selbst für ungeheuer wichtig, und er sorgte dafür, daß seine Selbsteinschätzung auch den anderen nicht verborgen blieb. Er trug modische Anzüge, zuckte regelmäßig mit der Oberlippe, die mit einem sorgfältig gestutzten

Schnurrbart bedeckt war, und warf verstohlene Blicke um sich, als befürchtete er, jemand folge ihm auf den Fersen. Seine stahlblauen Augen sprühten bei dem geringsten Anlaß vor Zorn. Julia merkte ihm an, wie reizbar und unbeherrscht er war.

Sie fühlte sich äußerst unbehaglich in seiner Gegenwart, hatte jedoch keine andere Wahl, als den Mann still zu ertragen. Ihr einziger Trost bestand darin, daß er ein zahlender Pensionsgast war.

Fräulein Priscilla schien Gefallen daran zu finden, in männlicher Gesellschaft zu sein. Sie kommandierte Constance herum und ließ sich von ihr erstaunlicherweise wieder die Haare bürsten und die Fingernägel pflegen. Der Arzt, ein Mann um die Vierzig, besaß durchaus eine gewisse männliche Ausstrahlung und sein wortkarges Auftreten verlieh ihm etwas Mysteriöses und Anziehendes.

Doch Fräulein Priscilla hätte sich ebensogut all den Aufwand sparen können. Der Arzt schien sich einzig für sein Honorar zu interessieren, welches aller Wahrscheinlichkeit nach reichlich ausfallen würde.

Dr. Waters zog es vor, seine Zeit größtenteils allein zu verbringen und er stellte sich taub für Fräulein Priscillas Stöhnen, Ächzen und Klagen. In seiner Dienstbeflissenheit verabreichte er ihr jedoch allerhand weiße und rosafarbene Pillen, und zwar in einem solchen Maß, daß Julia sich allmählich um das ungeborene Kind zu sorgen begann. Doch sie wagte es nicht, Kritik zu üben. »Vielleicht sind es ja nur Pfefferminztabletten«, dachte sie und kicherte.

»Ich hoffe nur, daß diese ganze Tortur bald vorüber ist«, sagte sie abends zu Hettie. »Unsere Bemühungen, diesem Mädchen Liebe und Verständnis entgegenzubringen, sind anscheinend gescheitert. Fräulein Priscilla ist kein bißchen zugänglicher geworden. Ganz im Gegenteil: Sie ist patziger als je zuvor. Ich weiß gar nicht, wie die arme Constance das nur aushält.«

»Ich glaube, darin hat sie schon jahrelang Übung«, antwortete Hettie. »Sie ist ein klarer Fall von vernünftiger, verantwortungsbewußter älterer Schwester, die sich um die verzogene, unvernünftige jüngere Schwester kümmern muß.«

»Treffender hätte man es wohl kaum beschreiben können«, fand Julia.

Der Wunsch nach einem baldigen Ende der unerfreulichen Verhältnisse im Hause Harrigan ging leider nicht in Erfüllung. Trotz ihrer großen Ungeduld brachte Fräulein Priscilla das Kind nicht pünktlich zur Welt. Die Tage schleppten sich dahin, und alle im Haus wurden zusehends nervöser und gereizter. Fräulein Priscilla nörgelte und schimpfte, wo sie nur konnte, und herrschte alle an, die ihr Zimmer betraten. Denjenigen, die es nicht betraten, erging es nicht besser. »Wo bleiben Sie denn? Ich hatte Sie doch gerufen!« hieß es in diesem Fall.

Im Laufe der Zeit fiel es Julia immer schwerer, ihr Versprechen zu halten. Die junge Frau schien durch die praktische Nächstenliebe, um die sich Julia so sehr bemühte, einfach nicht erreichbar zu sein.

Das Kind

Ein lautes Klopfen an ihrer Schlafzimmertür riß Julia aus dem Schlaf: »Frau Harrigan. Frau Harrigan«, rief Constance aufgeregt. »Kommen Sie schnell. Es ist soweit!«

Zuerst begriff Julia nicht, was das zu bedeuten hatte. Warum nur diese Aufregung? Sie setzte sich im Bett aufrecht hin und versuchte, sich zu besinnen. Wer rief denn dort nach ihr mitten in der Nacht und warum?

»Frau Harrigan!« Es klang verzweifelt. »Bitte kommen Sie. Schnell! Es ist soweit!«

»Das ist doch Constance«, dachte Julia. Dann wurde ihr schlagartig alles klar. »Das Baby! Priscilla bekommt ihr Baby!« schoß es ihr durch den Kopf.

In Windeseile sprang Julia aus dem Bett und griff im Schrank nach ihrem Morgenmantel. Der Generator war für die Nacht abgeschaltet, so daß sie keinen elektrischen Strom hatten. Julia verschwendete keine Zeit damit, eine Lampe anzuzünden. Sie hastete zur Tür und band sich im Gehen den Morgenrock zu.

Constance war gerade im Begriff, erneut anzuklopfen, als Julia die Tür mit einem Ruck öffnete.

»Es ist soweit«, sagte Constance wieder, die Hand noch zum Klopfen erhoben.

»Braucht der Arzt noch etwas?« fragte Julia.

»O Schreck!« rief Constance. »Den habe ich ja noch gar nicht geholt!« Sie drehte sich um und lief den Flur entlang, um Dr. Waters Bescheid zu sagen.

Seine Tür öffnete sich, noch bevor Constance sie erreicht hatte, und der Arzt trat auf den Flur hinaus. Er wirkte verstimmt wegen der Störung, doch Julia war froh, ihn zu sehen. Er krempelte die Ärmel hoch und griff nach seiner großen, schwarzen Arzttasche, die beruhigend »dienstlich« aussah.

»Haben Sie Wasser heißgemacht?« fragte er.

Wasser heißgemacht? »Natürlich nicht. Es ist ein Uhr in der Nacht«, dachte Julia, doch diese schnippische Antwort behielt sie für sich und sagte statt dessen: »Ich kümmere mich sofort darum.«

Julia versuchte, das laute Stöhnen in Priscillas Zimmer zu überhören und hastete die Treppe hinunter, um den Kessel aufzusetzen.

Kurz nach acht Uhr morgens kam Constance in die Küche gelaufen und berichtete freudestrahlend, daß die Geburt ohne Komplikationen verlaufen und ein kleiner Junge zur Welt gekommen war.

Auch Julia verspürte die unbändige Freude, die sie schon immer empfunden hatte, wenn ein neuer Erdenbürger das Licht der Welt erblickte. Am liebsten wäre sie auf der Stelle nach oben gelaufen, um den neugeborenen Jungen zu sehen.

»Der Arzt läßt fragen, wohin er das Kind bringen soll«, fuhr Constance fort – ein Gedanke, der Julia abrupt wieder in die Wirklichkeit zurückversetzte.

»Dieses Kind ist ungewollt«, dachte sie traurig. »Niemand heißt es willkommen. Nicht einmal ich habe daran gedacht, für das Nötigste zu sorgen.«

»Ja ... aber ...« stotterte sie, »bleibt er denn nicht in Fräulein Priscillas Zimmer?«

»Priscilla will ihn nicht sehen«, antwortete Constance mit gebrochener Stimme. »Sie will ihn sofort aus ihrem Zimmer haben. Sie hat sich mit dem Gesicht zur Wand gedreht.«

»Aber ... aber gewiß ...« Doch dann begriff sie endlich.

Fräulein Priscilla hatte sich vier Monate lang versteckt. Sie hatte keinerlei Absichten, mit einem Säugling nach Hause zurückzukehren.

»Ich ... ich mache gleich etwas zurecht. Bringen Sie das Baby erst einmal in mein Schlafzimmer.«

»Aber ... aber ich dachte, vielleicht könnte ich ihn zu mir in mein Zimmer nehmen«, sagte Constance, während die beiden durch das Haus hasteten. »Ich ... ich verstehe zwar nichts von Säuglingen, aber wenn Sie so nett wären und ... wenn wir ein Bett für ihn hätten ...«

»Ich habe aber kein Kinderbett«, sagte Julia ein wenig ungehalten. »Warum hat diese Frau Blakeney auch für nichts gesorgt?« dachte sie. »Alles übrige hat sie doch bis ins kleinste geregelt. Schließlich ist es ihr Enkelkind!«

»Wie wäre es mit ... mit einer Kiste oder ... einer Schublade oder etwas Ähnlichem?« fragte Constance, und Julia schämte sich wegen ihrer vorwurfsvollen, zornigen Gedanken.

»Die arme Constance!« dachte sie statt dessen. »Sie hat eine anstrengende Zeit hinter sich und nun muß sie auch noch einen Säugling pflegen!«

»Wir werden schon etwas finden«, versicherte sie dem Mädchen.

Zu guter Letzt bekam der kleine Junge ein weißes Hemd mit rosafarbenen Bändern angezogen. Er wurde in gebrauchte rosafarbene Decken gewickelt – in denen schon Jennifer und Felicitas gelegen hatten – und dann in eine mit Handtüchern ausgelegte Schublade gebracht. Julia hätte weinen können, als sie den kleinen Kerl dort liegen sah.

»Du armes kleines Wesen!« flüsterte sie. »Du kannst doch nichts dafür, daß du da bist. Und welch ein freudloser Empfang! Was soll nur aus dir werden? Was in aller Welt soll nur aus dir werden? Wenn ich dich nur behalten könnte. Ich würde dich so liebhaben ...« Julia wischte sich eine Träne von der

Wange und ging in die Küche zurück, um eine Kanne Tee für Fräulein Priscilla zu kochen.

Sie hatten sonst nichts für den Säugling. Tom bastelte schließlich eine Art Schnuller aus dem Finger eines neuen Gummihandschuhs. Etwas Geeigneteres hatten sie in Herrn Perrys Laden nicht finden können. Julia füllte ein Fläschchen mit warmer, verdünnter Dosenmilch und gab sie dem hungrigen Säugling zu trinken.

Constance übernahm die Pflege des Kindes, nachdem Julia sie, so gut sie konnte, in die Säuglingspflege eingewiesen hatte. Da sie keine Windeln zur Hand hatte, bat Julia Hettie, ein altes Bettlaken aus Flanell in Streifen zu reißen. In der Eile war nicht daran zu denken, die Windeln mit einem richtigen Saum zu versehen.

Julia war noch nie so unglücklich über die Geburt eines Kindes gewesen. »Ach, welch ein Unrecht! Der Kleine trägt doch keine Schuld!« grämte sie sich. Es war einfach ungerecht, daß ein Kind unerwünscht, unwillkommen und ungeliebt auf die Welt kam.

Doch als Julia Constances Gesicht sah, während diese dem Säugling aus der behelfsmäßigen Flasche zu trinken gab, änderte sie plötzlich ihre Meinung.

»Ich habe mich geirrt«, dachte sie. »Er mag zwar ungewollt sein, aber ungeliebt ist er nicht. Constance hat ihn ja schon restlos ins Herz geschlossen!«

Und es stimmte. Kein Säugling war je zärtlicher umsorgt worden als dieser neugeborene Junge in den Armen seiner Tante.

»Wie heißt er denn nun eigentlich?« erkundigte Julia sich eines Abends bei Constance.

»Mutter hat angeordnet, daß er überhaupt keinen Namen bekommt«, antwortete Constance mit einem Seufzen.

Julia traute ihren Ohren nicht.

»Aber ... aber heimlich nenne ich ihn Peter«, vertraute ihr die junge Frau an. »Mein kleiner Peter«, sagte sie liebevoll und sah das Baby zärtlich an.

»Peter. Ein schöner Name!« Julia wartete, bis Peter sein Fläschchen leergetrunken hatte, nahm ihn dann in ihre Arme und drückte ihn vorsichtig an sich.

»Er scheint prächtig zu gedeihen, nicht wahr?« sagte Julia bei einem ihrer täglichen Besuche bei dem Neugeborenen. Sie ließ das winzige Hemdchen, an dem sie gerade nähte, auf ihren Schoß sinken, um dem Kleinen beim Trinken zuzuschauen.

»Er trinkt ja geradezu Unmengen!« sagte Constance und lachte, wie Julia sie noch nie hatte lachen hören.

Constance küßte den Kleinen auf das warme, flaumige Köpfchen.

»Ich glaube, er ist schon ein Stück gewachsen«, sagte sie. »Erst acht Tage alt – und schon ein Stück größer!«

Julia lächelte.

»Ja, das finde ich auch. Kein Wunder – so, wie ihm sein Fläschchen schmeckt!« Dann fügte Julia mit einem Schmunzeln hinzu: »Ich glaube, wir müssen ihm schnellstens neue Handschuhe besorgen. Hoffentlich hat Herr Perry noch welche auf Lager. Von dem Paar, das wir ihm gekauft hatten, sind schon sämtliche Fingerspitzen abgeschnitten.«

Constance sah auf.

»Viel länger wird es jetzt nicht mehr dauern«, sagte sie. »Der Arzt meint, daß Priscilla bald wieder reisefähig sein wird.«

Julia sah sie fragend an.

»Wird der Arzt denn mitfahren?« fragte sie.

»Aber nein! Er will geradewegs zurück nach ... wie hieß der Ort doch gleich? Er sagt, sein Vertrag schließt nicht ein, uns nach Hause zu begleiten.«

»Ach so«, sagte Julia, doch so ganz hatte sie das Verhalten dieses sonderbaren Arztes noch immer nicht verstanden.

»Morgen werde ich abreisen!« kündigte der Arzt am nächsten Tag beim Abendessen an.

Sogar Priscilla hatte sich zum Essen eingefunden. Sie sah noch immer sehr blaß aus, doch Julia war davon überzeugt, daß ihr kränkliches Aussehen weniger die Folge der Entbindung war, sondern vielmehr auf all die Monate zurückzuführen war, die sie fern von frischer Luft und Sonnenschein in ihrem Zimmer zugebracht hatte.

»Ich brauche saubere Kleidung und Decken für das Kind sowie ausreichend Nahrung für eine zwölfstündige Reise«, sagte der Arzt plötzlich, ohne aufzublicken.

Drei Augenpaare studierten das Gesicht des Mannes.

»Was wollen Sie damit sagen?« fragte Constance.

Der Arzt starrte sie nur ausdruckslos an.

»Ich brauche Kleidung und Nahrung für das Kind«, wiederholte er. »Was ist daran so mißverständlich?«

»Sie werden das Kind doch wohl nicht mitnehmen?«

»Genau das werde ich tun. Ich habe Anweisungen von Ihrer Mutter ...«

»Meine Mutter weiß doch gar nicht, wie alles ist«, unterbrach Constance ihn. »Sie hat diese Pläne gemacht, bevor ...«

»Ich habe meine Anweisungen und ich gedenke, sie zu befolgen«, sagte der Arzt mit Bestimmtheit.

»Aber Sie *dürfen* das Kind nicht mitnehmen!«

»Ich *werde* es mitnehmen. So steht es in meinem Vertrag«, erklärte der Mann ungerührt.

»Aber ...« Constance fehlten die Worte.

»Um Himmels willen, Constance, mach jetzt nicht so ein Palaver!« fuhr Priscilla dazwischen. Sie warf ihre Serviette auf den Tisch und stand auf. »Du kennst die Abmachungen. Mutter hat für alles gesorgt.«

»Aber Mutter kennt Peter doch überhaupt nicht!« rief Constance und erhob sich ebenfalls.

»Peter? Peter?« kreischte Priscilla. »Wer hat ihn Peter genannt? Du weißt, daß Mutter verboten hat, ihm einen Namen zu geben. Mit welchem Recht hast du ...«

»Ich hab' ihn lieb!« schrie Constance zurück. »Ich hab' ihn lieb!«

Priscilla starrte Constance an. Erstaunen und Wut mischten sich in ihrem Gesicht. Dann fing sie an zu weinen.

Heiße Tränen liefen ihr über die frisch gepuderten Wangen.

»Das ist ... das ist mal wieder typisch!« schrie sie. »Man kann dir nicht einmal zutrauen, ein ... ein Baby zu versorgen. Du weißt genau, was Mama gesagt hat ...«

»Ich werde für ihn sorgen. Jawohl, das werde ich!«

»Kommt nicht in Frage. Du bringst mir dieses ... dieses Kind auf keinen Fall mit nach Hause. Hörst du? Ich verbiete es dir!« schrie Priscilla.

Julia zitterte. Einen solchen Streit hatte sie noch nie erlebt. Am liebsten hätte sie sich die Ohren zugehalten und wäre aus dem Zimmer gestürzt, doch statt dessen blieb sie wie angewurzelt sitzen.

»Natürlich werde ich ihn nicht nach Hause mitnehmen!« rief Constance zurück. »Das wäre das Allerletzte, was ich tun würde! Nach Hause, wo er ... Nein, ich werde ihn eine Zeitlang hierbehalten. Geld genug habe ich. Ich kann uns eine Unterkunft suchen.«

»Du bist verrückt!« schrie Priscilla hysterisch. »Dickköpfig und eigennützig bist du, daß du's nur weißt!« Mit diesen Worten lief sie laut schluchzend aus dem Zimmer und schlug die Tür hinter sich zu.

Constance sank auf ihren Stuhl zurück, nahm eine Serviette und preßte sie sich vors Gesicht. Ihre Schultern zitterten, doch Julia wußte, daß sie sich ihres Sieges gewiß war.

Dann hob sie den Kopf wieder und sah Julia an.

»Darf ich ... darf ich wohl noch eine Weile hierbleiben? Nur ein paar Tage, bis ich ... bis ich etwas für Peter und mich gefunden habe?«

»Aber natürlich«, flüsterte Julia.

Eine Bewegung am Tisch erinnerte Julia wieder daran, daß sie nicht allein dort saßen. Sie hatte den Arzt völlig vergessen.

»Ich fürchte, das wird nicht möglich sein. Ich habe schon sämtliche Papiere für die Adoption.«

»Aber das können Sie nicht tun.«

»O doch!« sagte der Mann. »Ich habe eine Urkunde bei mir, unterschrieben und rechtskräftig. Ich dulde keinerlei Einmischung Ihrerseits.« Er schob seinen Stuhl zurück und stand auf.

»Um neun Uhr hat das Kind reisefertig zu sein«, ordnete er an. Dann sah er Julia geradewegs ins Gesicht. »Frau Harrigan, ich erwarte von Ihnen, daß Sie sich danach richten.«

Ohne sich noch einmal umzusehen, schritt er aus dem Zimmer, und Constance vergrub ihr Gesicht in den Händen und schluchzte.

Als Julia am nächsten Morgen nach Constance und Peter sehen wollte, fand sie an der Tür einen Zettel: »Peter hat sein Fläschchen schon getrunken und seine Sachen sind gepackt. Geben Sie ihm einen letzten Kuß von mir. Ich gehe jetzt nach draußen und mache einen Spaziergang. Gruß, Constance.«

Leise öffnete Julia die Tür und wischte sich im Gehen die Tränen vom Gesicht. Peter schlief in seinem behelfsmäßigen Bettchen. Neben ihm stand ein Koffer, der Constance gehörte.

Darin lagen, sauber gefaltet, alle Kleidungsstücke, die Constance und Julia in den vergangenen Tagen genäht hatten. Die geborgte Kleidung, die einmal Julias Zwillingen gehört hatte, lag gestapelt auf dem Bett.

Julia hob den kleinen Jungen aus seinem Bettchen, um ihn für die Reise fertig zu machen.

»Sie hat dich ja so lieb!« flüsterte sie dem schlafenden Säugling zu, und Tränen tropften auf seine Decke. »Ich hoffe nur ... ich bete, daß deine neue Mutter, wer sie auch sein mag, dich wenigstens halb so liebhaben wird.«

Julia hob das kleine Bündel hoch und küßte die zarte Wange. Das Baby regte sich, ohne aufzuwachen.

»Ein Kuß von mir und einer von Tante Constance«, flüsterte Julia und küßte das Kind noch einmal. Sie rang um ihre Fassung, bevor sie den Säugling nach unten zu dem Arzt brachte, der schon auf ihn wartete.

Julia ging in der Küche auf und ab, die Stirn in Falten gelegt und ein stummes Gebet auf den Lippen, als die Tür aufging und Constance hereinkam. Julia warf einen Blick auf das Gesicht der jungen Frau und ging dann auf sie zu, um sie in die Arme zu nehmen. Die beiden hielten einander mehrere Minuten lang umklammert, ohne ein Wort zu sagen. Dabei ließen sie ihren Tränen freien Lauf.

»Sie sind bestimmt halb verhungert«, flüsterte Julia. »Sie sind ja den ganzen Tag unterwegs gewesen! Hier, setzen Sie sich. Hettie hat Ihnen etwas aufbewahrt.«

Julia schob den Kessel auf der Herdplatte nach vorn und prüfte die Wärme im Ofen, wo das Essen stand.

»Rücken Sie sich den Stuhl näher ans Feuer«, mahnte Julia. »Draußen ist es kalt. Sie sind bestimmt völlig durchgefroren!«

Constance wischte sich die Augen, schneuzte sich und tat dann das, was Julia ihr gesagt hatte.

»Ich bin mit ihnen zum Bahnhof gefahren«, sagte Julia zögernd. »Dem Kleinen ging es gut. Er ist nicht einmal aufgewacht, als zur Abfahrt gepfiffen wurde.«

Sie stockte. Wieder erstickten Tränen ihre Stimme.

»Die ... die zwölf Stunden werden bald vorbei sein«, fuhr Julia fort. »Vergessen Sie nicht: Irgendwo gibt es einen Mann und eine Frau, die beide überglücklich sind und es kaum erwarten können, ihrem neuen Kind in die Augen zu sehen. Können Sie sich vorstellen, wie ihnen jetzt gerade zumute sein muß?«

Constance sagte nichts, und Julia sah, wie ihre herabhängenden Schultern zitterten.

»Vor vielen Jahren hatten John und ich auch einmal erwogen, einen kleinen Jungen zu adoptieren. Aber man sagte uns, daß es nicht viele Waisenkinder gäbe. Und weil wir schon zwei gesunde Mädchen hatten, wäre die Wartezeit wahrscheinlich sehr lang geworden.«

Die junge Frau war immer noch nicht in der Lage zu antworten. Julia ging zu ihr hinüber und legte beide Hände auf ihre zitternden Schultern.

»Ach, Constance, ich will Ihnen nicht alles noch schwerer machen. Ich möchte nur, daß Sie auch an Peters neue Eltern denken: Wie sie sich nach einem Kind gesehnt haben ... wie sie gebetet haben. Der kleine Peter kann ... nein, er *wird* der Sonnenschein in ihrem Leben werden. Er ist so ein niedliches Kind. Sie werden ihn sehr liebhaben. Dafür wollen wir beten. Wir wollen beten, daß er umsichtige, sanftmütige und liebevolle Eltern bekommt.«

Erneut weinte Constance, doch dann sah sie Julia an und flüsterte: »Sie haben recht. Es ist besser für ihn, eine Mutter *und* einen Vater zu haben. Ich habe ihn liebgehabt ... ich werde ihn immer liebhaben, aber ich hätte ihm kein Zuhause geben können, wie er es gebraucht hätte. Ach Julia, ich möchte lernen, wie man betet, damit ich für ihn beten kann. Sie können beten, das weiß ich. Ich habe immer wieder gestaunt, wie Sie mit mir ... und mit Priscilla umgegangen sind. Jemand, der nicht an Gott glaubt, hätte niemals soviel Geduld und Freundlichkeit aufbringen können. Bitte ... bitte sagen Sie mir, wie ich zu Gott finden kann!«

Nun kamen auch Julia erneut die Tränen, und die Buchstaben verschwammen ihr vor den Augen, als sie gemeinsam mit Constance einige Bibelstellen las und ihr erklärte, wie man zum Glauben an Jesus Christus und zur Vergebung der Sünden findet.

Am nächsten Tag reisten Priscilla und Constance ab. Constance nahm nur sehr widerwillig Abschied, doch Priscilla konnte die Abfahrt kaum erwarten.

»Dieser Zug mit seinem Kriechtempo wird bestimmt Verspätung haben«, lamentierte sie, doch der Zug kam pünktlich auf die Minute.

»Ich schreibe Ihnen bestimmt!« versprach Constance beim Abschied.

»Ich freue mich schon darauf!« sagte Julia und kämpfte gegen ihre Tränen an.

»Haben Sie vielen Dank ... vielen Dank dafür, daß Sie mir den Weg zum Glauben gezeigt haben ... für Ihr Verständnis ... und für all die Liebe«, sagte Constance.

Julia nahm sie ein letztes Mal in die Arme und drückte sie an sich. Dann wandte sie sich Priscilla zu. In der Ferne konnte man den Zug hören, der stampfend und ratternd die letzte Anhöhe vor dem Bahnhof von Calder Springs hinaufkeuchte.

»Priscilla«, sagte Julia, »ich ... ich werde weiterhin für Sie beten.« Sie wollte das Mädchen zum Abschied umarmen, doch Priscilla wehrte ab und trat einen Schritt zurück.

»Constance, nimm die große Tasche da!« befahl sie. »Die ist viel zu schwer für mich.«

»Lassen Sie sich nichts vormachen«, flüsterte Constance Julia zu. »Sie ist von Ihrer Liebe sehr viel mehr angesprochen worden, als sie sich anmerken lassen will. Das hat sie mir selbst gesagt. Und jetzt, wo ich Gott kenne, werde ich ihr helfen können. Ich werde nicht aufgeben und ständig für sie beten. Wer weiß, vielleicht findet sie eines Tages doch noch Frieden mit Gott!«

Die Überraschung

Viel zu früh fiel nach dem kurzen Herbst der erste Schnee. Julia fühlte sich in dem großen, leeren Haus wie eingesperrt. Wenn die Weihnachtsvorbereitungen nicht wären, die ihre Gedanken und Hände beschäftigt hielten, so dachte sie manches Mal, hätte sie vor lauter Einsamkeit und Kummer schon oft den Verstand verlieren können.

Endlich war es soweit. Zum Weihnachtsfest kam John nach Hause, und Julia klammerte sich an ihren Mann, gerade so, als sei er ihre einzige Rettung vor dem Wahnsinn.

»Seit deiner Abreise habe ich die Tage im Kalender abgehakt«, seufzte sie, »aber sie sind so unendlich langsam vergangen.«

John zog sie an sich und küßte sie auf die wohlriechenden blonden Haare.

»Du bist ja viel schmaler geworden!« klagte Julia.

»Nur ein bißchen.«

»Aber eben doch schmaler. Wie ist denn das Essen?«

»Das Essen ist gut. Wir bekommen reichlich davon. Sie füttern uns wie ... wie die Holzfäller«, sagte John grinsend.

Julia streichelte seine Wange.

»Ich freue mich ja so sehr, daß du wieder daheim bist!«

Aber seltsamerweise fehlten ihr jetzt, wo John zu Hause war, die Mädchen noch mehr als zuvor, oder vielleicht lag es auch nur daran, daß Weihnachten war. Jedenfalls mußte Julia ständig an Jennifer und Felicitas denken.

»Dieses Weihnachtsfest wird Papa ganz besonders genießen«, sagte sie sich immer wieder. Vor ihrem inneren Auge sah sie das große, vornehme Haus auf der Avenue St. Pierre in Montreal, wo sie als Mädchen so lange gewohnt hatte.

Bestimmt hatten die Hausangestellten wieder die Dielen und Flure mit Girlanden aus Fichtenzweigen und Ilex geschmückt. In dem großen Salon stand der Baum, dessen Weihnachtsschmuck im Kerzenlicht glitzerte und funkelte. Der unwiderstehliche Duft von Zimt und Muskat erfüllte das ganze Haus. Alles war so, wie sie es von ihrer Kindheit her kannte. Jetzt, wo die Mädchen bei ihm wohnten, hatte Papa endlich einen Grund, um nach alter Tradition Weihnachten zu feiern.

»Ach, wenn wir doch auch dabeisein könnten!« seufzte Julia. »Das wäre ... das wäre einfach traumhaft schön!«

Aber es war leider nicht möglich. So brachte Julia ihre Päckchen zur Post – mit Tränen in den Augen und sehr viel Mutterliebe im Herzen. Wieder im Haus, fing sie sofort damit an, Johns Lieblingsplätzchen zu backen, die vertrauten Girlanden an die Wände zu hängen und den schönen Baum zu schmücken, den John ihr ins Haus gebracht hatte. Als die letzte Glaskugel hing und alle Kerzen an ihrem Platz waren, war sie mit ihrer Arbeit doch recht zufrieden.

Am Weihnachtstag deckte Julia den Tisch für sieben Personen. Sie freute sich auf das Festessen mit ihrem Mann, mit den Clancys und Herrn Perry. Eigentlich hatte sie alle einladen wollen, die noch in der Stadt wohnten, aber die Shannon-Kinder hatten die Masern und durften deshalb das Haus nicht verlassen, und Greenwalds hatten selbst über Weihnachten Besuch.

Irgendwie gelang es John und Julia, den Tag hinter sich zu bringen. Julia tat ihr Bestes, um fröhlich und ausgeglichen zu wirken, versuchte, sich mit ihren Gästen zu unterhalten, mußte aber immer wieder feststellen, daß ihre Gedanken zu Jennifer und Felicitas nach Montreal wanderten. »Was sie wohl jetzt gerade tun? Ob die Mädchen wohl an uns denken?« fragte sie sich. »Ach, könnte ich doch bei ihnen sein.«

Schließlich verabschiedeten sich die Gäste, und der Tag ging zu Ende. Julia war froh, daß sie so viel Zeit und Energie in die Vorbereitungen gesteckt hatte. Auf diese Weise war sie jetzt so erschöpft, daß sie auf der Stelle einschlafen konnte.

Während der langen Wintertage, die nun folgten, gab sich Julia alle erdenkliche Mühe, um sich beschäftigt zu halten. Im Haushalt fehlte manches, doch ihr war sämtliches Material ausgegangen, so daß sie die fehlenden Kleider oder Haushaltsgegenstände beim besten Willen nicht selber herstellen konnte. Da Julia fest zur Sparsamkeit entschlossen war, kaufte sie nur noch das Notwendigste, damit die Ersparnisse bald dazu reichten, die Familie wieder zu vereinen.

Im Februar wurde zu allem Überfluß auch noch Hettie krank. Julias Sorgen waren ernster, als sie zugeben mochte. In der Stadt gab es weder einen Arzt noch eine Apotheke. Die wenigen Medikamente, die noch zu haben waren, lagerten in Herrn Perrys Hinterstube.

»Da kann ich Ihnen leider nicht viel bieten«, sagte Herr Perry zu Julia, als sie sich hilfesuchend an ihn wandte.

»Ich weiß einfach nicht, was ich tun soll«, seufzte Julia. »Bei Husten macht man heiße Umschläge, und bei Erkältungen gibt man Dampfbäder, aber dies ist weder das eine noch das andere. Es ist mir ein Rätsel, was Hettie eigentlich hat.«

»Am besten halten Sie sie warm und ruhig. Mehr kann ich Ihnen auch nicht raten«, sagte Herr Perry. »Versuchen Sie's mal mit Hühnerbrühe«, sagte er dann. »Meine Mutter hat immer auf heiße Hühnerbrühe geschworen.«

»Und woher soll ich ein Huhn nehmen? Ich habe ja seit zwei Jahren nichts als Wild gegessen!« Julia schüttelte den Kopf, und Herr Perry nickte verständnisvoll.

Schließlich entschloß Julia sich, noch ein paar Pillen mitzunehmen, die Erleichterung bei Schmerzen bringen sollten, und stapfte dann durch den tiefen Schnee wieder nach Hause.

Es dauerte mehrere Tage, bis sich bei Hettie die ersten Anzeichen einer Besserung zeigten. Julia indessen war nach all den Sorgen und der schweren Arbeit völlig erschöpft.

»Ich bleibe eine Weile bei ihr«, bot Tom an. »Sie müssen sich unbedingt ausruhen, Frau Harrigan«, sagte er besorgt.

Julia protestierte nicht. Sie ging in ihr Zimmer und ließ sich angekleidet auf ihr Bett sinken.

»Lieber himmlischer Vater, bitte hilf ihr doch, bald wieder ganz gesund zu werden«, flüsterte sie nur noch und schlief ein.

Im März zogen die Clancys fort.

»Die Behörden haben meine Versetzung angeordnet«, erklärte Herr Clancy traurig. »Was für einen Sinn hat eine Arbeit in der Stadtverwaltung, wenn es bald keine Stadt mehr gibt?«

»Ich habe mir überlegt«, sagte Frau Greenwald ein paar Tage später zu Julia, »daß es eigentlich überflüssig ist, die Läden geöffnet zu halten, wenn kaum noch Ware darin ist. Genausogut können wir die Reste aussortieren und die Fenster zunageln, bevor alle fortgezogen sind und uns keiner mehr dabei helfen kann.«

Schließlich waren nur noch die Shannons, die Greenwalds und Herr Perry übrig.

»Aber was machen wir mit unseren Sommergästen?« fragte Julia. »Und dem schönen Andenkenladen?«

»Vielleicht leiht Herr Perry uns ein Regal in seinem Laden«, schlug Frau Greenwald vor, und Julia hatte keine weiteren Einwände mehr.

Und so wurden die wenigen Handarbeiten, die noch in dem Kunstgewerbeladen lagerten, zu Herrn Perrys Geschäft gebracht, und die Männer der Stadt nagelten die Schaufenster wieder mit Brettern zu.

Endlich regten sich in Julia die ersten Hoffnungen auf den Frühling. Sie nutzte jede Gelegenheit, um sich im Freien aufzuhalten, obwohl es noch zu früh war, Beete zu bepflanzen, noch zu naß für Spaziergänge im Wald und ohnehin zu einsam für Ausflüge in die Stadt. Julia blieb zumeist in der Nähe des Hauses und ging täglich zum Postamt, um nach Briefen von John, den Mädchen oder ihrem Vater zu fragen.

Johns Briefe klangen meist sehr zuversichtlich. Wie angekündigt, hatte Herr Small ihm eine Stelle als Vorarbeiter verschafft, so daß ihm die langen Arbeitstage als Holzfäller erspart blieben. Er beschrieb Julia, wie rasch der Ort wuchs und daß entlang der Hauptstraße ständig neue Wohnhäuser errichtet wurden.

»Neuerdings gibt es sogar elektrischen Strom hier«, hieß es in einem seiner Briefe. »Den haben wir natürlich dem Sägewerk zu verdanken.« Oft schrieb er, wie sehr ihm seine Familie fehlte, und wie er sich schon auf den Tag freute, an dem er mit seinen Ersparnissen nach Hause zurückkehren konnte.

Die Mädchen berichteten in ihren Briefen von dem interessanten Leben in der Großstadt. Sie hatten ihren Großvater fest ins Herz geschlossen. Es gefiel ihnen in der Schule und sie hatten sich schnell mit ihren Klassenkameradinnen angefreundet. Musik und Sport waren ihre Hobbys, und sie berichteten Julia begeistert von ihren Einkaufsbummeln in der Stadt und den Ausflügen in die Umgebung. Aber sie verhehlten auch ihren innigen Wunsch nicht, die Eltern so bald wie möglich wiederzusehen. Auch wenn sie es nicht ausdrücklich erwähnten, las Julia zwischen den Zeilen, wie sehr sie unter dem Heimweh litten.

Die in Eile geschriebenen Briefe ihres Vaters betrafen in erster Linie die Mädchen. Er lobte Julia, die ihre Töchter zu zwei »so netten jungen Damen« erzogen hatte; er schrieb von ihren guten Leistungen in der Schule und berichtete stolz von Jennifers Fortschritten am Klavier und Felicitas' guten Zensuren in Mathematik. Die Briefe ihres Vaters bereiteten Julia stets Freude, aber sie vertieften auch ihre Sehnsucht.

Nachdem Tom an einem sonnigen Vormittag die Beete umgegraben hatte, ging Julia mit ihren Saatpäckchen nach draußen. Sie war froh, endlich eine Beschäftigung zu haben, die ein sichtbares Ergebnis hervorbrachte, einen Erfolg, den man mit den Augen bewundern und messen konnte. Zugleich fragte sie sich allerdings auch, warum sie das überhaupt tat. »Ich lege hier einen Garten an«, dachte sie, »von dem sich eine ganze Stadt ernähren könnte, und dabei sind wir nur noch zu dritt: Hettie, Tom und ich.

Aber, was sage ich wir bekommen doch schließlich Sommergäste!« widersprach sie sich selbst.

»Sommergäste? Vielleicht ein paar. Niemals genug, um ein angemessenes Einkommen zu erwirtschaften. Niemals genug, um diese Berge von Gemüse zu verzehren«, mußte sie ehrlicherweise zugeben.

Dennoch fuhr Julia mit der Aussaat fort. Innerlich fühlte sie sich dazu gedrängt, obwohl ihr Verstand manchen Zweifel hegte. Doch die Gartenarbeit gab ihr das Gefühl, beschäftigt zu sein, etwas Sinnvolles zu tun und einen Teil zum Familieneinkommen beizutragen.

Als der Frühling in den Sommer überging, sagte Mary Shannon eines Tages: »Wir ziehen auch fort. Jim hält es hier einfach nicht mehr aus.«

Was sollte Julia sagen? Sie hatte es nicht anders erwartet.

»Wollen Sie unsere Kuh haben?« fragte Mary vorsichtig.

»Ich werde Tom fragen. Er würde sie ja versorgen müssen. Die Entscheidung soll er selbst treffen.«

»Es tut mir leid, daß wir Sie allein hier zurücklassen«, fuhr Mary fort.

Julia lächelte müde und doch verständnisvoll.

»Schon gut«, sagte sie. »Wir haben doch immer gesagt, daß jeder von uns das Recht hat, von hier fortzuziehen, wenn die Zeit gekommen ist und es keinen anderen Ausweg mehr gibt.«

»Haben Sie selbst auch vor fortzuziehen?« fragte Mary.

Julia trat von einem Fuß auf den anderen. Erwogen hatte sie es schon. Sie hatte sogar gehofft, daß John den Vorschlag machen würde.

»Nein«, sagte sie schließlich. »Nein, ich glaube kaum. Jedenfalls vorläufig nicht.«

»Erwarten Sie Gäste?« fragte Frau Shannon.

»Sie meinen Sommergäste? Nein, noch nicht. Aber dazu ist es auch noch zu früh. Die meisten kommen erst im Spätsommer oder zu Herbstanfang.«

»So, jetzt muß ich aber gehen. Ich habe jede Menge Arbeit«, sagte Mary. »Das ganze Haus steht voller Koffer und Kisten, und alle warten darauf, gepackt zu werden. Vielen Dank für den Tee, Julia.«

Mary schickte sich an zu gehen, wandte sich dann aber noch einmal zu Julia um.

»Ich ... bevor ich gehen muß, wollte ich noch fragen, ob Sie ... ob Sie wohl für mich beten könnten. Ich ... also, ich bin ein wenig bange und mache mir Sorgen, und ich brauche eine Menge Glauben, wenn ich es schaffen soll. Ich brauche Gott, Julia.«

Behutsam ergriff Julia die Hand ihrer Nachbarin und dankte Gott dafür, daß Mary dieses Thema noch angeschnitten hatte.

»Aber gern, Mary. Sehr gerne! Gott ist bei uns. Er hört es, wenn wir beten.«

Nachdem sie mit Mary zusammen gebetet hatte, begleitete Julia sie bis an die Küchentür und sah ihr noch lange nach.

Kurz darauf geschah etwas, womit Julia überhaupt nicht gerechnet hatte: Völlig unerwartet tauchte John in Calder Springs auf. Er überraschte seine Frau, indem er sich von hinten an sie heranschlich und sie an den Schürzenbändern zupfte, als sie gerade damit beschäftigt war, zwischen den Gemüsereihen den Boden zu harken. Julia fuhr blitzartig herum, um zu sehen, wer da seine Scherze mit ihr trieb. Sie traute ihren Augen nicht, als sie in das lachende Gesicht ihres eigenen Mannes blickte. Sie warf sich in seine Arme und schluchzte hemmungslos an seiner Schulter.

»Ach John, ich wußte gar nicht ... habe deinen Brief überhaupt noch nicht ... », brachte sie hervor, als sie wieder sprechen konnte.

»Ich habe auch gar keinen Brief geschrieben«, sagte John. »Ich ... ich mußte dich einfach wiedersehen. Deshalb habe ich mir ein paar Tage frei genommen.«

»Die Shannons sind auch fortgezogen«, berichtete ihm Julia traurig.

»Das habe ich schon gemerkt. Ich habe den leeren Garten gesehen und die mit Brettern vernagelten Fenster.«

»Die ganze Stadt ist leer«, sagte Julia mit einem Kopfschütteln. Sie wandte sich ab, weil sie nicht wollte, daß John die Tränen sah, die ihr in die Augen gestiegen waren.

John nahm Julias Hand und führte seine Frau auf die Veranda. »Komm, setz dich ein wenig auf die Schaukelbank«, sagte er liebevoll und setzte sich neben sie.

»Sag mal, Julia«, begann er dann behutsam. »Ich habe in letzter Zeit viel nachgedacht.« Er machte eine Pause, um sich die Worte sorgsam zurechtzulegen. Um nichts in der Welt wollte er die Frau bekümmern, die er so innig liebte.

»Du hast ... hast alles getan, was in deiner Macht stand,

aber Julia ... ich glaube nicht, daß etwas daraus werden kann. Nicht hier. Ich fürchte, wir müssen die Hoffnung aufgeben, Julia. Wir werden das Haus verlieren.«

John hielt den Atem an und wartete. Noch nie in seinem Leben hatte er etwas über Julias Willen hinweg bestimmt. Er erwartete einen Aufschrei und lauten Protest. Doch Julia schwieg nur.

»So kann es einfach nicht mit uns weitergehen, Julia. Ich kann es nicht ertragen, ohne dich ... ohne die Mädchen zu leben. Ich meine ...«

»Was willst du mir damit sagen?« fragte Julia mit bebender Stimme.

»Wir gehören zusammen. Wir sind eine Familie. Ich weiß, wie sehr es dich schmerzen wird, das Haus zu verlieren, aber ...«

»Das Haus?« stieß Julia hervor. »Du glaubst, ich könnte nicht auf das Haus verzichten?«

John sah seine Frau verwirrt an.

»John, das Haus bedeutet mir nichts. Natürlich habe ich sehr daran gehangen, aber ohne meine Familie ... ist dieses große, wunderschöne Haus hier nur noch ... ein überdimensionaler Sarg! Einsam und verlassen, ohne Leben, ohne Stimmen, ohne Lachen. Nein, John, es war nicht das Haus, was mich hier gehalten hat und wofür ich mich eingesetzt habe.«

»Was war es denn?« fragte John.

»Du. Du warst der Grund, John. Ich hatte Angst, du könntest es nicht ertragen, das Haus zu verlieren. Um deinetwillen wollte ich es nicht aufgeben, John.«

»Du meinst ...?«

Julia nickte heftig.

»Du hast dich so sehr bemüht, um mir alles zu ermöglichen ... um mir ein bequemes Leben zu bieten. Ich dachte ... ich dachte, daß es dich ... erdrücken würde, das alles zu verlieren. Ich habe versucht, es um deinetwillen zu erhalten«, schluchzte

Julia und ließ ihren Kopf auf die Schulter ihres Mannes fallen.

»Ach, Julia. Arme Julia«, tröstete John sie. »Du bist mir doch am allerwichtigsten. Nur du. Ich möchte dich bei mir haben, sonst nichts. Was ich nicht ertragen kann, ist diese ... diese ständige Trennung.«

»Mir geht es doch genauso«, schluchzte Julia.

John küßte sie auf die tränennasse Wange. Er umarmte sie, und seine Tränen vermischten sich mit ihren. Dann lächelte er und hob ihr Kinn.

»Kommst du mit mir? Für immer? Jetzt gleich?« fragte er, gerade so, als machte er ihr noch einmal einen Heiratsantrag.

»Ja, John!« rief Julia, und ihre Augen begannen zu leuchten.

»Aber was wird aus Hettie ... und Tom?«

»Hetties Vater hat gerade geschrieben. Er möchte, daß die beiden zu ihm ziehen. Es geht ihm nicht gut. Hettie hat sich schon große Sorgen um ihn gemacht, aber sie wollte mich nicht im Stich lassen.«

John legte seinen Arm fester um Julia.

»Du, Julia – ich habe ein kleines Haus gefunden«, sagte er mit der Begeisterung eines Kindes. »Es ... es ist nichts Besonderes, kein Vergleich zu diesem hier ... aber, ob du's glaubst oder nicht: Man hat sogar einen Blick auf die Berge«, sagte er augenzwinkernd.

»Haben wir denn alle darin Platz?« fragte sie.

John nickte.

»Ein wenig eng wird's allerdings werden. Die Mädchen werden sich ein Zimmer teilen müssen.«

»Das haben sie doch schon seit eh und je getan«, erinnerte Julia ihn. »Ach John, ich ... ich bin ja so froh. Ich glaube, ich platze gleich vor Freude! Ich kann's kaum noch erwarten!«

John küßte sie noch einmal. Dann wurde seine Miene wieder nüchterner.

»Ich hatte schon befürchtet«, gestand er, »daß du nicht bereit sein würdest, in eine andere Holzfällerstadt umzuziehen. Daß du dich nicht trennen könntest – von all dem hier.« Er deutete mit einer Kopfbewegung auf das große weiße Haus.

Julia schüttelte entschlossen den Kopf. Sie war selbst überrascht, daß sie nach all den Zweifeln der letzten Monate plötzlich nur noch Frieden empfand.

»Jetzt ist die Zeit gekommen«, flüsterte sie ruhig und bestimmt. »Und ich habe ein gutes Gewissen, von hier fortzugehen. Es ist ein ganz neues Gefühl – richtig befreiend. Wie mag das zu erklären sein?«

»Vielleicht, weil du bis jetzt noch hier gebraucht wurdest«, antwortete John.

Julia dachte an Constance und Mary Shannon.

»Ja, vielleicht ist das tatsächlich der Grund«, sagte sie. »Vielleicht hatte ich noch einen Auftrag hier.«

»Und jetzt?« fragte John.

Mit leuchtendem Gesicht schlang Julia ihre Arme um seinen Hals.

»Jetzt«, sagte sie, »hat Gott neue Aufgaben für uns. Neue Abenteuer. Ach, John! Ich bin ja so froh, daß wir sie gemeinsam erleben können!«

»Weißt du was? Wir schicken den Mädchen sofort ein Telegramm!« schlug John vor, und Julia stimmte von ganzem Herzen zu.

»Vielleicht will Papa sie ja auch persönlich bei uns abliefern!« rief sie, in Gedanken schon voller Vorfreude auf das große Wiedersehen. Tränen der Freude schimmerten in ihren Augen, als sie ihren Kopf an Johns Schulter lehnte.